La tejedora de sueños

Llegada de los dioses

Letras Hispánicas

Antonio Buero Vallejo

La tejedora de sueños

Llegada de los dioses

Edición de Luis Iglesias Feijoo

VIGESIMOPRIMERA EDICIÓN

CÁTEDRA

LETRAS HISPÁNICAS

1.ª edición, 1976
21.ª edición, 2025

Ilustración de cubierta: *Penélope tejiendo la tela*. Fresco.
Palacio Vecchio. Florencia

PAPEL DE FIBRA
CERTIFICADA

© Herederos de D. Antonio Buero Vallejo
© Ediciones Cátedra (Grupo Anaya, S. A.), 1976, 2025
Valentín Beato, 21. 28037 Madrid
Depósito legal: M. 7.243-2011
I.S.B.N.: 978-84-376-0071-0
Printed in Spain

Índice

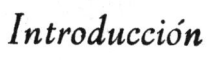

Introducción

Desde el momento en que Buero Vallejo estrenó su primera obra, su vida es el teatro, concebido como un medio para relacionarse con la sociedad. Es conveniente, por tanto, antes de analizar dos de sus dramas, ofrecer una breve síntesis de las principales circunstancias de su biografía, en la que se haga especial hincapié sobre la etapa menos conocida, la anterior a su revelación como dramaturgo.

Antonio Buero Vallejo nació en Guadalajara, el 29 de septiembre de 1916, en el seno de una familia de clase media. Su padre, Francisco Buero, gaditano, era entonces capitán ingeniero del Ejército, con destino, como profesor de la Academia Militar de Ingenieros, en la ciudad castellana, de cuya provincia era natural su esposa. El futuro escritor vive en su ciudad natal hasta 1934, salvo un periodo de un año y medio en Larache, cuando contaba once años. De sus estudios de bachillerato en el Instituto recuerda sobre todo a su profesor Emilio Guinea [1] y, entre los condiscípulos, a Miguel Alonso Calvo, hoy autor conocido como Ramón de Garciasol [2]. Sin embargo, y pese a otros estudios posteriores, Buero es fundamentalmente un autodidacta, formado en la lectura

---

[1] Vid. las palabras del propio Buero recogidas por Mohamed Salah El Din Fahl, *La obra dramática de Antonio Buero Vallejo*, resumen de tesis doctoral, Madrid, 1971, pág. 10, y José Ruiz-Castillo Basala, *El apasionante mundo del libro. Memorias de un editor*, Barcelona, Agrupación Nacional del Comercio del Libro, ed. no venal, 1972, pág. 251.

[2] Ramón de Garciasol, «Antonio Buero Vallejo», *Cuadernos de Ágora*, núms. 79-82, mayo-agosto de 1963, ofrece una sentida rememoración de aquellos años.

incesante, ya desde pequeño, en la biblioteca de su padre, quien abrió en la mente del hijo vastos campos de interés, como él mismo recuerda: «Mi infancia estuvo rodeada de colecciones de obras teatrales y de libros de pintura... Mi padre me enseñó a leer; fue mi primer maestro. Siendo aún niño, a él le oí, antes que a nadie, hablar de la teoría de la relatividad y del tiempo como una cuarta dimensión, lo que suscitó en mí temprana y ardiente curiosidad por el enigma del cosmos. Ello no me inclinó hacia las disciplinas científicas, pero me llevó, primero a infantiles lecturas de Wells y después, hasta hoy, a los libros de divulgación de los grandes físicos modernos, lecturas para mí tan fascinadoras como la más amena novela»[3].

Hay muchos elementos significativos, vistos desde el presente, en los años de niñez y adolescencia de Buero: los juegos infantiles con teatrillos de cartón y la lectura de los «miles de comedias» que su padre guardaba[4]; su primera poesía escrita a los nueve años, como recordaba aún en 1952[5]; su primer premio, obtenido en 1933 en un certamen para estudiantes alcarreños con la narración «El único hombre», en la que es de señalar la cita, tan temprana, de *Las meninas* velazqueñas; su decisión de redactar unas confesiones íntimas al modo de Rousseau[6], luego destruidas, o, en fin, el propósito de escribir un cuento sobre un pintor que se queda ciego[7], lejano e interesante antecedente de *Llegada de los dioses*.

Pero el joven Buero Vallejo no iba a ser escritor; le

[3] M. Salah El Din Fadl, *op. cit.,* pág. 10. Buero ha reconocido en una conferencia su admiración por Wells y la influencia que ejerció en algunas de sus obras; para él «es quizá el más formidable creador de mitos, después de Kafka, que ha habido en la literatura de nuestro tiempo» (Aportación de Buero al colectivo *Teatro español actual,* Madrid, Fundación Juan March-Editorial Cátedra, 1977, pág. 74).

[4] Juan del Sarto, *Correo Literario,* núm. 52, 15 de julio de 1952, página 3.

[5] Salvador Rodríguez Paredes, «Habla Buero Vallejo», *La Tarde,* Málaga, 3 de julio de 1952.

[6] Vid. el fragmento de una conferencia de Buero, «Ocultación y manifestación del autor», en *Correo Literario,* núm. 16, 15 de enero de 1951.

[7] «Hablando con Buero Vallejo», *Sirio,* núm. 2, abril de 1962, página 4.

atraía más la pintura, afición alentada por su padre, que guardaba sus dibujos inseguros desde los cinco años en álbumes que aún hoy existen [8]. Por ello, al terminar en 1934 el bachillerato, se traslada a Madrid para estudiar en la Escuela de Bellas Artes. Durante dos años sigue sus cursos, interesándose especialmente por las clases de Rafael Laínez, Enrique Lafuente Ferrari y Aurelio Arteta [9], pero participa también en la notable efervescencia cultural y social que entonces vive el país; entra a formar parte de la Federación Universitaria de Estudiantes, la FUE, de cuya filial en la Escuela fue secretario; da clases de arte en los cursos nocturnos para obreros que la Federación organizaba en la Universidad de San Bernardo, como vívidamente ha rememorado Jorge Campos [10]; se siente atraído por el socialismo: «También fui un muchacho preocupado por las injusticias sociales y de ahí mi adhesión —calurosa en la adolescencia, más reflexiva y conflictiva hoy, pero básicamente inalterada— a la esperanza socialista» [11]. Le siguen atrayendo también la literatura y el teatro, por lo que es espectador de las obras más importantes que suben entonces a los escenarios y continúa leyendo o descubriendo a autores que dejan su huella: Dostoyevski, Ibsen, Shakespeare, Galdós, Valle-Inclán, Unamuno, Antonio Machado, Ortega. Publica incluso algunos artículos sobre pintura en la *Gaceta de Bellas Artes,* bajo el seudónimo de Nicolasillo Pertusato, uno de los personajes retratados en *Las meninas* [12].

El inicio de la guerra civil interrumpe lo que parecía una vocación decidida y la biografía de Buero se ve afectada, como la de todos los españoles, por las tormentas

---

[8] Arcadio Baquero, «Buero Vallejo, pintor», *La Estafeta Literaria,* núm. 198, 1 de agosto de 1960, págs. 14-15.
[9] Testimonio recogido por Ricardo Doménech en el prólogo a su edición de *El concierto de San Ovidio. El tragaluz,* Madrid, Castalia, 1971, pág. 10.
[10] Jorge Campos, «Buero, en tres momentos», *Cuadernos de Ágora,* núms. 79-82, cit., pág. 23.
[11] Citado por M. S. El Din Fadl, *op. cit.,* pág. 12, testimonio puntualizado por el dramaturgo en carta personal de 1973.
[12] Carlos Fernández Cuenca, *Correo Literario,* núm. 69, 1 de abril de 1953, pág. 12.

que, para él, no terminarían hasta diez años después. Tras su primer propósito de ir voluntario al frente, frustrado por la oposición familiar, trabaja en la propaganda plástica de la FUE. Cuando las tropas de Franco avanzan sobre Madrid, su padre, ahora teniente coronel en expectativa de destino y sospechoso por sus ideas conservadoras, aunque él se considerase un profesional apolítico, es encarcelado en unión de su hijo mayor, también militar, cinco años mayor que Antonio. El temor a la «quinta columna» que, según Mola anunciaba, iba a tomar la capital, unido a la retirada del Gobierno republicano a Valencia, el 6 de noviembre de 1936, producen esa misma noche el asalto a las cárceles y el fusilamiento en Paracuellos del Jarama de muchos presos, entre los que estaba el padre del futuro escritor; su cadáver nunca fue encontrado.

Movilizada a principios de 1937 su quinta, Buero se incorpora al frente del Jarama; tras un breve período de instrucción en Infantería, pasa a las órdenes del Jefe de Sanidad de la XV División, un médico húngaro de las Brigadas Internacionales conocido por el nombre de Oscar Goryan. Trasladado éste al Ejército de Maniobra en 1938, Buero va con él al frente de Aragón; de allí pasa al Ejército de Levante, en el que vive la retirada de las tropas republicanas hasta marzo de 1939. Al acabar la guerra se encuentra en Valencia, donde intenta inútilmente tomar un tren para Madrid y es encerrado por la guardia civil en la plaza de toros, en la que se congregan hasta treinta mil hombres que, una vez identificados, son repartidos por distintos campos de concentración; a él le correspondió el de Soneja, en Castellón, donde estuvo veinte días, en los que empezó a ver quebrantada su salud por las deficientes condiciones alimenticias, sanitarias y de todo tipo [13].

---

[13] Naturalmente, debo al propio dramaturgo muchos de estos datos y otros que omito para no alargar esta introducción. Hay en algunos episodios circunstancias patéticas, como la producida en Valencia: Buero, que se había desprendido de sus ropas militares para ir a Madrid, se encontró en la plaza de toros vestido de paisano, inmerso en una marea de uniformes, llamativa circunstancia que solucionó echándose encima un capote prestado.

Por medio de un salvoconducto colectivo y con la obligación de presentarse en comisaría al llegar, puede volver a Madrid. Una vez allí, ante las noticias de que quienes comparecen ante la autoridad son enviados de nuevo a los campos de concentración, decide no presentarse. En cambio, enlazó con un grupo dispuesto a emprender una resistencia política clandestina, pero, al cabo de dos meses, fueron denunciados, detenidos y juzgados. La acusación fue de «adhesión a la rebelión», la pena impuesta, de muerte. Y así pasó ocho meses en la prisión de Conde de Toreno, en Madrid, con la trágica incertidumbre de que en cualquier momento pudiera ordenarse su ejecución inmediata. Ya de entonces debe de proceder la asociación, repetida luego por él, entre su caso y el de Dostoyevski, que a los veintiocho años, cinco más de los que entonces contaba Buero, fue también condenado a muerte y sometido a la tremenda escena de su ejecución simulada [14].

Cuando aún pesa sobre él la fatídica condena, ve ingresar en la prisión a Miguel Hernández, a quien había conocido a fines de 1938, con motivo de una breve estancia del poeta, físicamente agotado, en el hospital de Benicasim, donde servía Buero. Hernández, «muy flaco y muy pálido», como él lo recuerda [15], va a ser también condenado a muerte, a mediados de enero de 1940. Unidos por el mismo destino, entablan honda amistad, rememorada años después por el dramaturgo: «... entonces intimamos... Sometidos a estrecha y numerosa convivencia,

---

[14] Vid. R. Cansinos Assens, «Introducción» a Dostoyevski, *Obras completas,* Madrid, Aguilar, 4.ª ed., 1949, I, págs. 28-30 y 90; Augusto Vidal, Dostoyevski, Barcelona, Barral, 1972, páginas 57-60. Sobre la admiración de Buero por el escritor ruso, vid. D. Pastor Petit, «Charla con Antonio Buero Vallejo», *Destino,* Barcelona, núm. 1836, 9 de diciembre de 1972, pág. 68.
[15] Testimonio recogido por Concha Zardoya, «Miguel Hernández: Vida y obra», *RHM,* XXI, 1955, pág. 233, que advierte que debe su información a «A. B. V.», iniciales de nuestro autor. Hernández ingresó en la prisión de Conde de Toreno el 3 de diciembre de 1939 y salió de ella el 22 de septiembre del año siguiente; vid., sobre su relación con Buero, María de Gracia Ifach, *Miguel Hernández, rayo que no cesa,* Barcelona, Plaza-Janés, 1975, págs. 265-268.

separados de nuestros familiares, vivíamos días de nostalgia y de esperanza»[16]. Esta última, pese a la angustiosa situación, les ayuda a vivir; piensan en el futuro: Hernández aprende francés, Buero trata de animar la monotonía de la vida carcelaria, como ha contado otro recluso de entonces: «Recuerdo... un curso precioso que hicimos sobre arte y lo dirigía Antonio Buero Vallejo. Miguel asistía... Nos reuníamos unos seis o siete. El texto sobre el que descansaba dicho curso era el *Apolo* de Salomón Reinach. De ese libro se valió Buero... Luego había su correspondiente comentario, coloquios, ideas, visión de arte...»[17]. De este momento es el conocido retrato de Hernández dibujado por Buero[18].

Probablemente en fechas no muy distanciadas, tanto el poeta como nuestro autor ven conmutadas sus condenas por la de treinta años de prisión; sus trayectorias marchan ya separadas. Buero va desgranando un rosario de prisiones: hacia fines de 1940, Yeserías; al mes, la colonia penitenciaria del Dueso, en Santoña. A principios de 1944, de nuevo a Madrid, a la prisión de Santa Rita; un año después, a Ocaña. Sucesivas rebajas de condena aminoran las penas de los reclusos y así, a principios de 1946, sale en libertad condicional[19]. Desde el inicio de

---

[16] Antonio Buero Vallejo, «Un poema y un recuerdo», *Ínsula*, número 168, noviembre de 1960, pág. 1.

[17] Testimonio de Aldomar Poveda recogido por Manuel Muñoz Hidalgo, *Cómo fue Miguel Hernández*, Barcelona, Planeta, 1975, págs. 200-201. Es erróneo que Buero coincidiese con Hernández en Ocaña, como se dice en este libro, pág. 206.

[18] El dibujo se ha reproducido en numerosos estudios y ediciones de las poesías de Hernández. Fue hecho el 25 de enero de 1940. En cambio, no es exacto que Buero sacase de la cárcel las famosas «Nanas de la cebolla», como dice Víctor G. de la Concha, «'Espadaña' (1944-1951) (Biografía de una revista de poesía y crítica)», *Cuadernos Hispanoamericanos,* núm. 236, agosto de 1969, pág. 391, y repite en su más reciente libro *La poesía española de posguerra*, Madrid, Prensa Española, 1973, pág. 351. En realidad, Hernández envió el poema a su esposa el 12 de septiembre de 1939 desde Madrid (Darío Puccini, *Miguel Hernández. Vida y poesía*, Buenos Aires, Losada, 1970, páginas 106 y 107).

[19] La disposición oficial, una más de las que entonces devolvían la libertad a miles de reclusos, era una Orden del Minis-

la guerra civil ha pasado casi una década y su situación vital se ha transformado radicalmente: de ser un ilusionado estudiante de arte con veinte años se ha convertido en un hombre que va a cumplir los treinta y que no tiene otra cosa que la memoria de lo vivido; quizá por eso nunca querrá renunciar a ella. Será como un estímulo para, sin rencor, manifestar su condena de todo enfrentamiento fratricida.

De la prisión traía también un temor, que en seguida se mostró fundado: la larga inactividad con los pinceles había arruinado las facultades pictóricas; si todavía pinta en los próximos años, lo hará como un medio para ayudarse a vivir. Había que buscar otro camino, también intuido en la cárcel, el de las letras: «Lo advertí exactamente en 1945. Lo sospechaba desde unos años antes» [20]. Pensó en principio escribir una novela entre realista y simbólica, inspirada en los procedimientos educativos seguidos por un ciego, hermano de un amigo de reclusión. La narración no pasó de propósito, pero el tema le seducía y decidió plasmarlo en una obra de teatro. En siete días de agosto de 1946 redactó la primera versión de *En la ardiente oscuridad,* no muy diferente de la definitiva. La relación en la tertulia de un café con otros aspirantes a escritores, García Pavón, Arturo del Hoyo, Vicente Soto [21], le anima a seguir el camino del drama

terio de Justicia de 8 de febrero de 1946, publicada en el *Boletín Oficial del Estado* un mes después, momento en que surtía efecto (*B. O. E.,* 7 de marzo de 1946, págs. 1790-1791). Afectaba a 345 penados, a algunos de los cuales se les imponía destierro. Buero estaba entre éstos, por lo que tuvo que elegir residencia diferente al domicilio familiar. Escogió Carabanchel Bajo, entonces no absorbido por la capital, lo que le fue aceptado, por lo que pudo volver en realidad a Madrid desde el principio, hasta que una posterior amnistía le eximió de mantener esa ficción.

[20] Juan del Sarto, entrevista citada en la nota 4. En el disco *Me llamo Antonio Buero Vallejo,* Madrid, Aguilar, 1964, concreta: «A mis veintitrés años pensé que yo tendría que escribir», lo que nos sitúa en 1939-1940.

[21] Buero ha escrito sobre esa «oscura tertulia de fervorosos amantes de la literatura, que toman su café los sábados por la noche en la capilla del fondo del viejo 'Lisboa' de Madrid... Los períodos brillantes de trabajo, lecturas y concursos literarios se alternan en ella con etapas de languidez aparente, en las que

y redacta otro, *Historia despiadada,* también titulado alguna vez *Victorina;* nunca se estrenó, pero no ha sido destruido.

En el mes de agosto de 1947 escribe *Historia de una escalera,* en la que vuelca muchos elementos autobiográficos, pues quiso «reflejar las sensaciones de muchacho pobre e ignorado que por entonces era él mismo, viviendo en una casa-colmena de sesenta familias,... con tipos reales trasladados fielmente a la ficción; incluso a alguno, como el personaje de la Paca, le conservó su nombre verdadero» [22]. Tras las gestiones infructuosas de algunos amigos para estrenar esta obra, redacta *Otro juicio de Salomón,* condenada a no subir nunca al escenario, y, ya en 1948, *Las palabras en la arena,* con la que gana un pequeño concurso en su tertulia, el primer premio teatral de su vida. A fines de este último año, Ramón de Garciasol, su antiguo compañero, le anima a presentarse al premio Lope de Vega, convocado por el Ayuntamiento de Madrid tras quince años de suspensión; a él envía *Historia de una escalera* y *En la ardiente oscuridad.*

Sigue haciendo trabajos ocasionales para sobrevivir; se le encarga la biografía de Doré para una edición del *Viaje por España* del barón Charles Davillier, que se publica en los primeros meses de 1949 [23]; colabora en algún guión

---

late, no obstante, la tenacidad y el orgullo tremendo de todos nosotros, aprendices de escritores...». («Prólogo» a Flora Prieto Huesca, *El tiempo (Cuatro poemas escenificados),* Madrid, 1951, sin paginación.) También García Pavón ha hablado de la tertulia: vid. sus artículos «Antonio Buero Vallejo. Sus trabajos y sus días», *Destino,* Barcelona, núm. 1742, 20 de febrero de 1971, página 22, y «Última semblanza de Melchor Fernández Almagro», *Cuadernos Hispanoamericanos,* núm. 198, junio de 1966, pág. 462.

[22] C. Fernández Cuenca, artículo citado en la nota 12. En una entrevista dijo respecto a los vecinos de su casa: «Algunos de ellos, mi madre, mi hermana, yo mismo, contribuimos en parte a formar la sustancia de algunos de los personajes de la obra» (Alejandro Gaos, *Prosa fugitiva. Entrevistas,* Madrid, Colenda, 1955, pág. 39).

[23] Antonio Buero, «Gustavo Doré. Estudio crítico-biográfico», páginas 1377-1508 del *Viaje por España* del barón Charles Davillier, ilustrado por Gustavo Doré, Madrid, Castilla, 1949. En la anotación, a cargo de Arturo del Hoyo, colaboró también Buero en unión de J. J. Carreras, J. Corrales Egea y F. García

cinematográfico y sigue haciendo ocasionalmente retratos. También sigue escribiendo: en marzo, *El terror inmóvil,* tragedia que intentó estrenar cuando ya era conocido, pero que quedó al fin casi inédita [24]. Y, de improviso, su vida sufrió un cambio radical. A principios de mayo, *Las palabras en la arena* es seleccionada como finalista del concurso convocado por los «Amigos de los Quintero», para obras en un acto, y el 12 de junio el jurado del Lope de Vega concede el premio a *Historia de una escalera.* Buero pasaba del total anonimato a ser el centro de atención del mundo literario madrileño: «nadie o casi nadie en España conocía a ese mozo alto, delgado, tímido y pálido, que, sin embargo, anda con pisadas apretadas y firmes y, aunque en voz baja, se expresa con palabras recortadas y tajantes» [25]. Se repetía la historia que, quince años antes, había vivido Alejandro Casona, también lanzado a la fama al obtener el mismo premio con *La sirena varada.*

Mientras espera que, según prescribían las bases del premio, se estrene su obra, Buero escribe *Aventura en lo gris.* Aunque en ciertos sectores no existía ningún entusiasmo en promocionar a un hombre que, cuando menos, no parecía muy adicto al régimen político, se aprovecharon unas fechas libres en el teatro Español antes de la entonces tradicional representación del *Tenorio* de Zorrilla, a principios de noviembre, para llevar a escena la obra premiada. Así se estrenó *Historia de una escalera* el 14 de octubre de 1949, fecha que la crítica considera como el momento de arranque del mejor teatro español de posguerra. Comparada repetidamente, en su género,

Pavón. La biografía de Doré llevó a Buero a consultar la bibliografía sobre el artista que le era accesible, pese a lo que, en una ocasión, reconoció que «mi trabajo adolece de precipitación y, en algunos momentos, de falta de documentación. En la parte biográfica he tenido a veces que 'intuir', y ya sabe usted que cuando un escritor dice intuir quiere decir... inventar» (R. V.-Z. [Rafael Vázquez-Zamora], «Antonio Buero Vallejo, escritor», *España,* Tánger, 2 de agosto de 1951).

[24] Se publicó el acto segundo en el «Número 100» de la colección Teatro, Alfil, 1954.

[25] Alfredo Marqueríe, «Prólogo» a *Historia de una escalera,* Barcelona, José Janés, 1950, pág. 9.

19

con lo que en los suyos representan *La familia de Pascual Duarte* e *Hijos de la ira,* la obra de Buero venía a ser, antes que nada, el testimonio de que la regeneración dramática era posible y que la vida REAL de los españoles podía y debía ser llevada al escenario. *Historia de una escalera* revelaba repentinamente la verdadera condición del teatro de la década anterior; el ambiente falso e irreal de tantas comedias, sus conflictos artificiales, el disparate sin sentido, los deleznables espectáculos musicales, todo coincidía en una sistemática y cuidadosa ocultación de la realidad, en un proceso de evasión, condicionado quizá por las circunstancias que pesaban sobre los autores y producido por la identificación del legítimo entretenimiento con la huida de lo problemático. Este escapismo, si en ocasiones había producido comedias ternuristas, llamadas poéticas, en las que la fantasía resultaba una coartada para la falta de trascendencia, en otras, más frecuentes, se convertía en la búsqueda de la risa del espectador sin reparar en los medios de conseguirla. En reducidas ocasiones, se trataba de un teatro no mal construido y correctamente escrito, demasiado literario, pero aceptable en circunstancias normales de concurrencia con otros tipos de obras; fatal, desde luego, si se toma, como entonces se tomaba, por paradigma del buen teatro.

En años posteriores, *Historia de una escalera* ha sido mitificada, y por ello a veces no bien entendida; se la tomó como ejemplo de drama «realista» que mostraba en su áspera verdad facetas de la vida española inéditas durante muchos años, pero la obra trasciende, sin negarlos, tales significados y es, sobre todo, prueba de la posibilidad de hacer un teatro ambicioso por su empeño y cargado de las más hondas preocupaciones humanas. Era un drama que no rehuía la presentación de aspectos amargos o trágicos, que podían retraer al público, cuya adhesión se lograba, sin embargo, por la pericia constructiva del autor; buena prueba de ello es que la obra estuvo más de tres meses en cartel. La sorpresa que su estreno produjo fue fulminante y duradera, pero llegó a entenderse luego que su mayor mérito radicaba en su supuesto populismo, en su carácter «social». El día en que se aborde el estudio de la evolución de las ideas estéticas y sociales de la España de posguerra habrá que dedicar un capítulo al período que, de los años cincuenta a la mitad de los sesenta, vio producirse un grave trastorno de valores, cuando se potenció el contenido sobre la forma, hasta despreciar ésta, y se pensó que lo importante era aquello de que se hablaba, y no que se hiciera bien o mal. En esa etapa, la obra de Buero, y no me refiero tan sólo a la primera, no fue entendida correctamente; se ignoró que la parcela de realidad en que el autor fijaba la vista era sólo la base sobre la que construía su drama, y no su finalidad exclusiva, esto es, que el dramaturgo quería algo más que «denunciar», como entonces se decía, un estado de cosas. Y no porque éste no le importase (¡y tanto!), sino porque desde el principio entendió que la acción social del teatro es menos directa y más sutil de lo que muchos ingenuamente creían. Ese fue el período en que, entre las suyas, sólo obras como *Historia de una escalera* y *Hoy es fiesta* fueron apreciadas, mientras se tachaba a las demás de meros ejercicios simbólicos, cuando no de flagrantes desviaciones.

A la vez, la obra de Buero rompía con demasiados convencionalismos, incidía con fuerza sobre un medio casi embalsamado, y ello produjo también reacciones adversas de otro signo. Quizá sea excesivo hablar, como alguna vez se ha hecho, de una campaña en su contra, pero no hay que olvidar que se vivía bajo la hipoteca de una guerra, cuyos ideales quedaron reflejados con notable claridad para el terreno teatral en artículos como uno de 1939, en el que puede leerse: «Si la victoria de Franco nos permite respirar y vivir tranquilos porque nadie ha de venir, sin razón y sin justicia, a molestarnos en nuestras actividades, ¿por qué... no se ha de dar en la escena esta misma tranquilidad de limpieza moral, con el fin de que puedan ir al teatro, sin temor a la asfixia en ambientes cargados, los componentes naturales de un hogar cristiano y español...?»[26]. La obra de Buero venía a ser

[26] Luis Araujo-Costa, «La dignificación del teatro», *A B C*, número 10372, 3 de mayo de 1939; vid. los párrafos de este mismo

la antítesis de estos deseos: ni traía tranquilidad, ni rehuía ambientes «asfixiantes», ni era, según se sugirió entonces, moral ni cristiana... Por ello se creó un ambiente contrario al autor, elaborado sobre unos cuantos tópicos repetidos con frecuencia; nacieron así las acusaciones de plagio, las denuncias de pesimismo, de falta de soluciones en sus obras y de visión de un «más allá», o la afirmación de que «no todo son tristezas en la vida». Se trataba, en suma, de descalificar una obra tachándola de negativa y descorazonadora. Todavía en 1964 podía leerse en un desafortunado artículo, resumen de una opinión más extendida: «En realidad, Buero Vallejo sólo presenta una porción muy pequeña de la vida española, la más desagradable y sórdida. Su testimonio es indirecto y terriblemente intelectualizado... Toda su obra constituye una secreción de negros humores reprimidos durante largo tiempo» [27].

Todo ello contribuyó a crear, ante cada estreno suyo, un apasionamiento que detectaron muy bien algunos periodistas: «sus estrenos producen cierto clima de expectación, de curiosidad malsana, de 'acecho'», se decía en 1954 [28]. «Cada estreno de Antonio Buero Vallejo... ha estado rodeado de una atención contradictoria que nunca estalló en pateo definitivo ni nunca en definitiva glorificación», se repetía en 1962 [29]. Torrente Ballester apuntó que el descontento que sus obras producían no nacía en algunos sectores del rechazo de cada una, sino del «contenido de su pensamiento», esto es, del de su autor [30]. Pero las mismas razones ajenas a lo artísti-

---

escritor que recoge José Monleón, *Treinta años de teatro de la derecha,* Barcelona, Tusquets, 1971, pág. 18, para tener una idea más amplia de su modo de pensar.

[27] Es curioso que, en flagrante contradicción, se añada luego: «Es veraz, sin embargo», Emilio Clocchiatti, «España y su teatro contemporáneo», *Cuadernos Hispanoamericanos,* núm. 179, noviembre de 1964, pág. 296. Este artículo, con alguna variante, se había publicado ya en *Ínsula,* núm. 206, enero de 1964, «Suplemento».

[28] Carmen Arias, «Buero Vallejo, uno de los autores más discutidos del teatro contemporáneo», *El Progreso,* Lugo, 9 de septiembre de 1954, pág. 3.

[29] Dámaso Santos, *Generaciones juntas,* Madrid, Bullón, 1962, pág. 55.

[30] Gonzalo Torrente Ballester, «Introducción al teatro de Buero Vallejo», *Primer Acto,* núm. 38, diciembre de 1962, pág. 11.

co, sólo que de sentido contrario, se utilizaron para defenderle, como apunta Robert Nicholas: «Torrente did not but could have added that the same is true of Buero's supporters»[31]. En suma, Buero fue propuesto equivocadamente como paladín de una concepción del teatro «social» que no era la suya[32]. Se dio así la curiosa circunstancia de que tanto los detractores de su teatro como sus defensores, en cuyas filas reinaba por igual el apasionamiento, tomaban su obra como pretexto, situación en la que los mayores perjuicios los sufrió el recto y sereno entendimiento de su producción dramática.

Más allá de tales contradicciones, Buero Vallejo ha desarrollado desde 1949 una porfiada lucha por lograr la aceptación de un teatro más ambicioso del que el público estaba acostumbrado a presenciar, un teatro que superase el mero pasatiempo intrascendente para convertirse en instrumento de cultura, capaz de plantear con honradez y sin cegueras voluntarias los problemas que todo hombre debe tener presentes y las preguntas que quizá no tengan respuesta, pero con las que es necesario encararse. Con ritmo lento, a base de estrenar una sola obra por temporada, aunque en los últimos años las haya espaciado aún más[33], ha ido elaborando una obra que es considerada como la de mayor altura del teatro español de posguerra. No le han faltado en estos años reconocimientos públicos, como los diversos premios otorgados con posterioridad al Lope de Vega (el Nacional de Teatro en 1957, 1958 y 1959; el María Rolland también en tres ocasiones; el de la Fundación March de teatro en 1959; el Larra en 1962; el de «el espectador y la crítica»; el Maite de teatro en 1974; el Pablo iglesias en 1986; el Cervantes, tam-

---

[31] Robert Leon Nicholas, *The Evolution of Technique in the theater of Antonio Buero Vallejo,* tesis doctoral, Universidad de Oregón, 1967, pág. 167.

[32] José Monleón se ha referido no hace mucho a cómo en años anteriores «lo que *había que hacer* para destruir determinadas concepciones puramente formales del teatro era levantar a Antonio Buero» («Melendres, tras el estreno de su obra en el Nacional», *Primer Acto,* núm. 133, junio de 1971, pág. 43; la cursiva es mía).

[33] Sólo en una temporada, la de 1951-1952, estrenó dos obras, mientras que no presentó ninguna en las de 1955-56, 59-60, 61-62, 64-65, 65-66, 66-67, 68-69, 70-71, 72-73 y 74-75.

bién en 1986; el Nacional de las Letras en 1996; varias medallas de Comunidades autónomas y el Officier des Palmes Academiques Françaises en 1980). Todas sus obras han sido traducidas a los más importantes idiomas del mundo (inglés, francés, italiano, alemán, ruso, portugués, chino, japonés, neerlandés, noruego, húngaro, búlgaro...). Igualmente, su elección en enero de 1971 como miembro de la Academia Española, en la que pronunció su discurso de ingreso el 21 de mayo de 1972, suponía el refrendo a la categoría intelectual y estética de su producción. Pero, a la vez, la cotidiana brega por lograr un teatro más digno ha producido decepciones y enfrentamientos que explican momentáneos desalientos; la lucha constante con una censura que coarta la libertad creadora y que desconcierta por su arbitrariedad; las polémicas con otros creadores, como la violenta y muy conocida con Alfonso Sastre acerca del posibilismo o la muy reciente con Fernando Arrabal [34]; el mismo hecho de que su entrada en la Academia fuese vista por ciertos grupos como culminación de un proceso de asimilación o «domesticación» por el sistema; todo ello produjo un cambio de algunos presupuestos iniciales. Así, por ejemplo, a partir de *Hoy es fiesta* dejó de redactar los interesantes comentarios que acompañaban las ediciones de sus obras, en los que prolongaba el diálogo con el espectador, comentarios que nunca se han vuelto a imprimir desde 1959; a partir de *Madrugada* suprimió las autocríticas de prensa ante cada obra nueva. En suma, existió un proceso que acaba por dejar a la obra sola frente al espectador, a lo que quizá le llevó la razonable idea de que, si ella no se explica por sí misma, ha fracasado como drama, pero que también puede nacer de un cierto desengaño ante la falta de comprensión. No extrañará que, entre dolido y satisfecho haya dicho Buero en una ocasión: «El teatro es una de las más duras carreras del mundo, pero a veces merece la pena» [35].

Antonio Buero Vallejo, el más importante dramaturgo español después de la Guerra Civil, falleció, a los ochenta y tres años, en los primeros meses del año 2000.

---

[34] Vid. *Estreno*, núm. 3, 1975, págs. 5-6 y 13-17.
[35] «Carta-prólogo» a Alejandro Cuéllar Bassols, *Un pueblo de papel. Comedia inverosímil*, Olot, 1956, pág. 7.

El teatro de Buero Vallejo

Las veinte obras conocidas del autor, vistas hoy en su conjunto, muestran una profunda coherencia, producida tanto por la seguridad y madurez de los principios estéticos como por la presencia de unos temas centrales que, sin haber dejado de ensancharse progresivamente, estaban ya latentes en los primeros dramas.

Probablemente, ha sido Buero Vallejo el autor español que más ha ahondado en la búsqueda de las características y posibilidades actuales de la tragedia, género en el que incluye casi toda su producción [36]. Para él, una obra sólo puede calificarse de trágica si aborda en alguna medida los problemas fundamentales del hombre: su destino, el sentido de la vida y de la muerte, el significado del dolor. La tragedia, que se convierte así en una interrogación sobre el enigma del hombre, contiene un aspecto de exploración metafísica, siempre latente en sus dramas y muy visible en algunos, como *El tragaluz*. Lo trágico no lleva implícito el concepto de catástrofe, y menos aún el de pesimismo; si no ofrece soluciones claras, es porque el autor no quiere darlas, sino obligar al espectador a replantearse constantemente las ideas que considera más arraigadas. Buero cree que sólo una autocrítica permanente, propuesta por él desde el escenario, puede hacer fecundas nuestras convicciones, que, tras ese replanteamiento, pueden revelar su precariedad, lo que nos llevará a basarlas en fundamentos más verdaderos, aunque parezcan menos firmes. De esto se deduce, y es un punto central en su teoría dramática, que la obra nunca

---

[36] En tanto no se publique mi estudio sobre este tema, pueden consultarse los artículos, muy desiguales, de Rosendo Roig, Isabel Magaña, José Caso González, Martha Halsey y Kessel Schwartz, así como las páginas pertinentes de los libros de Cortina, Ruple, Bejel, Halsey y, sobre todo, Doménech, citados todos en la bibliografía.

se agota en sí misma, sino que, ya desde su origen en la mente del autor, presupone la presencia del espectador, con el que inicia una relación dialéctica cuya conclusión no se dará ya en la esfera del teatro, sino en la vida real. Esto, que es la base de la acción social del teatro, tal como Buero la entiende, merece ser explicado.

Cada obra viene a ser una interrogación propuesta al público. Éste debe lograr la *participación* en el mundo problemático de los personajes a través de la *compasión* ante su destino y el *horror* que sus males pueden causarnos (la antigua observación aristotélica sobre la catarsis trágica). El resultado no será, sin embargo, la mera constatación de la desgracia en la vida, sino la *esperanza,* propuesta como sentido último de toda tragedia, y que puede presentarse por doble camino; cuando los personajes llegan a la conciliación de las fuerzas desatadas a lo largo de la trama, estamos ante una esperanza explícita y una tragedia abierta. Si, por el contrario, los protagonistas terminan derrotados, esa será una tragedia cerrada, lo que es mucho más frecuente. La esperanza, no obstante, estará implícita, pues el hecho de que el autor nos haya presentado unas criaturas desdichadas es una incitación a superar los condicionamientos que han producido su fracaso, a evitar los errores en que han incurrido y, en última instancia, a *esperar* lo que los seres de ficción ya no pueden esperar. Con toda evidencia, la finalidad de la obra es hacer reflexionar al espectador sobre los problemas planteados a los personajes y, más allá, sobre sus propios problemas como hombre.

El autor pretende siempre desasosegar al espectador, intranquilizarle, a fin de que no considere terminada su relación con la obra que ha visto en el momento en que baja el telón, lo cual, por otro lado, explica parte de las perplejidades y resistencias que su teatro despertó, como ya he dicho, en un medio poco propicio a admitir problemas. Cada tragedia no acaba, pues, en sí misma, sino que las interrogaciones planteadas perduran en el público, cuya reacción se busca por medio de la catarsis. Así, la generación de los padres en *Historia de una escalera* ha fracasado irremediablemente cuando la obra termina, pero queda la *esperanza* de que los hijos no reincidan en sus errores. En el desenlace de *La Fundación* ignoramos si el destino de los presos supervivientes será el piquete de ejecución o la celda de castigo, con la posibilidad —la *esperanza*— de la huida. La persistencia del procedimiento, que ejemplifico en la primera y la última de sus obras, podría constatarse en casi todas. Incluso aquellas que parecen terminar en desastre absoluto, como pudiera ser *El concierto de San Ovidio,* cuyo protagonista muere al final, nos ofrecen el ejemplo de cómo, situados en una perspectiva histórica, ningún sacrificio humano es inútil, y la inmolación de David será germen de la obra de Valentín Haüy, del mismo modo que los ideales del Ignacio de *En la ardiente oscuridad* prenderán de forma inexorable en Carlos, el hombre que le ha dado muerte.

Nada más lejos, por tanto, del teatro de Buero que la idea del hombre como una pasión inútil; antes bien, de él se deduce la posibilidad —o la esperanza, de nuevo— de que, por muy graves que sean los errores cometidos y los castigos que de ellos se deduzcan, siempre exista la capacidad de rectificar. Obrar o no con rectitud es uno de los grandes problemas de este teatro, que por ello ha sido considerado como fundamentalmente ético. Tal calificativo ha sido tomado a veces como prueba de su insuficiencia, por reducirse al plano de lo individual con olvido de más urgentes tareas sociales; podría sugerirse, con Tierno Galván, que no existe «un quehacer superior al de buscar y practicar una ética real» [37], pero más adelante volveremos sobre ello.

Estamos, pues, ante un drama fundamentalmente ético, pero deducir de esto una posible indiferencia por lo estético supondría grave error. La estructura dramática preocupa mucho al autor, que declaraba recientemente: «No hay teatro convincente sin una forma convincente» [38]. Buena prueba de esta creencia es su constante evolución

[37] Enrique Tierno Galván, *La rebelión juvenil y el problema en la Universidad,* Madrid, Seminarios y Ediciones, 2.ª ed., 1973, página 106.
[38] Rosendo Roig, «Escuchando a Buero Vallejo», *Hechos y Dichos,* Zaragoza, núm. 425, enero de 1972, pág. 39.

creadora, que manifiesta además planteamientos más avanzados conforme pasan los años. Es evidente que, al principio, Buero construye un teatro inserto en los moldes de lo que se llama el drama realista, denominación un tanto equívoca, pero que puede ser caracterizada por la utilización del ilusionismo dramático, la verosimilitud, el escenario concebido como reproducción de un lugar real, alguna de las unidades dramáticas, y a veces las tres, como en *Madrugada* o *Aventura en lo gris,* y el desarrollo de la trama en forma ordenada y sin interrupciones temporales en cada acto. Buero no es dramaturgo de ruptura, sino que se integra en los esquemas del drama moderno, que tienen su origen a mediados del xviii (Lessing, Diderot, Leandro Moratín en España) y que evolucionan sin cesar hasta nuestros días a través de jalones tan significativos como Ibsen, O'Neill o Sartre. Ello no quiere decir que, en lo que cabría llamar su primer período, que concluiría con *Las cartas boca abajo,* Buero sea ajeno a la investigación formal ni que construya un teatro literario. Respecto a esto último, es plenamente consciente de las posibilidades que los signos no verbales encierran en escena y los utiliza desde su primera obra [39]. En realidad, su situación es la de un autor que comienza moviéndose con comodidad dentro de las formas tradicionales, experimenta dentro de ellas, las cuestiona cuando quiere y las abandona, integrándolas en otros sistemas, cuando no dan más de sí. Por otra parte, su idea del realismo no se limitaba al concepto vulgar de mera copia de la realidad; supo siempre que se movía en un orbe artístico, dotado de leyes propias, y no confundió la escena y la vida, aunque una sea reflejo de la otra [40].

[39] Sólo ahora comienza a ser estudiado sistemáticamente tan importante aspecto del teatro de Buero; vid., por ejemplo, Luciano García Lorenzo, «Elementos paraverbales en el teatro de Antonio Buero Vallejo», en *Semiología del teatro,* Barcelona, Planeta, 1975, págs. 103-125.

[40] Sería necesario profundizar en este tema, lo que, evidentemente, no se puede hacer en este prólogo. Recordaré sólo las palabras iniciales del libro de Paul M. Levitt, *A Structural Approach to the Analysis of Drama,* La Haya, Mouton, 1971,

Por ello entendió que el realismo es una convención. La constante utilización de símbolos llevaría a hablar del suyo como de un realismo simbólico; además, su atención no se fija sólo en lo sensible, sino en *toda* la realidad, por lo que dará entrada al examen de la psique humana, incluso cuando ésta se trastorna y llega a las deformaciones mentales, como en *Irene o el tesoro, El tragaluz* o *La Fundación.*

En su segundo período, que se inicia con *Un soñador para un pueblo,* no abandona todos los procedimientos del primero, pero incorpora otros; así, por ejemplo, el espacio escénico se convierte en un lugar abstracto, fusión, muchas veces, de varios distintos, esto es, se transforma en un escenario simultáneo; se empleará con frecuencia el distanciamiento histórico *(Un soñador..., Las Meninas, El concierto de San Ovidio, El sueño de la razón),* lo que ya estaba latente, sin embargo, en *La tejedora de sueños;* se producirá la ruptura del decurso temporal de una escena a otra, con posibles saltos al pasado, como en *La doble historia del doctor Valmy,* o incluso al futuro, en *El tragaluz;* en fin, aparecerán a veces narradores que tienen la función de puentes entre la historia central y el público, como ocurre en las dos obras últimamente citadas.

Dentro de esta innegable evolución hay, no obstante, ciertos supuestos básicos que permanecen inalterados, aunque se enriquezcan y profundicen. El más importante es el deseo de conseguir la *participación* del espectador, lo que se deduce del propósito, ya expuesto, de que la obra no termine en sí misma y que la catarsis trágica se proyecte sobre el público. Tal participación no la entiende el autor en el plano físico, tal como hacen algunos modernos seguidores de las teorías de Artaud, lo que, en su opinión, se reduce muchas veces a producir una agitación corporal pasajera y estéril [41], sino en el plano

---

página 9: «In life things happen aimlessly, carelessly, even stupidly. Not so in art, where the unseen hand of the artist... directs the organization and course of the work.»

[41] Una exposición de su pensamiento, más matizado de lo que

psíquico. No se trata tan sólo de que cada espectador participe en el mundo de problemas de la obra y colabore en él activamente, lo que se busca por medio de la ambigüedad, instrumento que incita a reflexionar sobre lo que parece oscuro o complejo, sino que, en ocasiones, el autor ha ideado momentos en que el público se ve obligado a identificarse estrechamente con las circunstancias de los personajes; así ocurre con *En la ardiente oscuridad* y *El concierto de San Ovidio* cuando la falta absoluta de luz en la escena transmite fugazmente la vivencia profunda del mundo de los ciegos que protagonizan ambas obras.

Esta participación reflexiva también podría ser calificada de distanciación emocionada, si atendemos al propósito de lograr una síntesis entre las teorías que parecían más opuestas, síntesis que alguna vez Buero ha propuesto como la fusión de Brecht con Artaud y que tiene la intención de conseguir un teatro que produzca la participación, pero no la enajenación del espectador, y le induzca a la reflexión, como quería el dramaturgo alemán. En esta línea, un paso más lo constituyen las últimas obras, que podrían formar una tercera etapa en su creación, aunque no hagan sino desarrollar aspectos apuntados en otras anteriores. En *El tragaluz*, el público de la sala teatral es, en cierto modo, convertido también en personaje, al conferírsele una identidad diferente a la propia: los investigadores se dirigen a él como si estuviese formado por hombres de un siglo futuro que presencian un «experimento» [42]. En *El sueño de la razón, Llegada de los dioses* y *La Fundación*, el espectador es obligado, lo quiera o no, a identificarse con los protagonistas, al compartir con ellos sus taras. De esta forma, cuando en la primera obra pisa la escena

por fuerza resulta al resumirlo en unas líneas, puede verse en su conferencia «Problemas del teatro actual», *Boletín de la Sociedad General de Autores de España*, abril-junio de 1970, páginas 31-36. Vid. también el prólogo a su libro *Tres maestros ante el público*, Madrid, Alianza Editorial, 1973.

[42] Algo similar ocurre en *La doble historia del doctor Valmy;* véase la edición de esta obra en Barcelona, Aymá, 1978, con prólogo del autor de estas líneas.

el sordo Goya, no se oye sino lo que oye él, es decir, nada más que su voz y sus alucinaciones. En la segunda, el ciego Julio no ve más que sus fantasmas imaginarios, y eso es todo lo que el espectador puede ver. En la última, en fin, la perspectiva de la brillante Fundación que en el escenario se ofrece no es más que lo imaginado en su enajenación por el personaje Tomás. Así, cada uno de los asistentes a la representación de estos dramas sólo puede presenciarlos desde dentro de la mente de un personaje concreto, cuyas obsesiones salen también a la luz; se ha impuesto, por tanto, una participación psíquica, aunque, de otro lado, ello venga a suponer también la implantación en el teatro del punto de vista de primera persona [43].

Otro de los elementos constantes en todas las etapas de esta dramática es el presentar la obra como un debate, un enfrentamiento o una «partida», como se dice en una de ellas, entre dos diferentes modos de entender la vida, encarnados en dos personajes, de cuya oposición surge la evidencia de los defectos o insuficiencia de cada uno, lo que suele ser reconocido en el desenlace como una verdadera anagnórisis. Dicho enfrentamiento, a través del cual se aborda también esa necesaria revisión constante de todas las verdades humanas que ya hemos visto, no se produce entre una postura totalmente falsa y otra en posesión completa de la razón, sino que cada una de las partes tiene sus razones que, dinámicamente opuestas, producen un doble efecto. De un lado, y ello acentúa el carácter trágico, todos resultan al mismo tiempo inocentes y culpables, aunque no en igual grado, por lo que la culpa se reparte y se evita una división entre buenos y malos; de esto se deduce que el castigo, si lo hay, viene

---

[43] Si he dicho antes que estos procedimientos estaban latentes en obras anteriores se debe a que, en el fondo, el desenlace de *Irene o el tesoro* presenta, ya fugazmente ese doble plano que vemos, por ejemplo, en *La Fundación*. La imagen de Irene con el niño en brazos visualiza su pensamiento o su ilusión, mientras que la noticia de que ha muerto al caer del balcón representa el otro plano.

a ser el cumplimiento de una justicia poética. Por otra parte, se propone como solución una síntesis entre posturas en apariencia irreconciliables, por lo que se puede considerar al de Buero como un teatro dialéctico. Esto es lo que plantea ya la primera obra que escribió, *En la ardiente oscuridad,* y se reitera en casi todas.

Por todo lo visto hasta aquí, el teatro de Buero Vallejo presenta una evolución dentro de la permanencia de ciertas constantes. Como la última de éstas, y quizá la más profunda, está su concepción del arte dramático no sólo como instrumento de comunicación, sino también de investigación de la realidad, que, lejos de ser concebida como algo dado, es mostrada en sus aspectos más enigmáticos, como un campo aún desconocido en gran medida.

De esta forma, abordamos la consideración de los temas centrales de este teatro, que sólo para lograr una mayor claridad expositiva se han separado de los problemas formales; unos y otros componen un todo único, como luego se verá. En la obra de Buero hay una preocupación constante: el hombre. En torno a él gira toda la problemática; se nos presentará sus anhelos metafísicos, sus trasfondos subconscientes, su relación con los otros, su comportamiento en sociedad... Uno de los propósitos más evidentes es sugerir que la realidad humana es algo extraordinariamente complejo e imposible de explicar con sencillez. La concepción antropológica que de este teatro se deduce es que el hombre es un ser en permanente tensión, porque está limitado por unas barreras que, aunque lo definen, ansía trascender. El humanismo de Buero se basa en un concepto de perfectibilidad histórica y, por ello, además de abordar los conflictos en que se debate hoy, podrá reflejar también los de tiempos pasados, para mostrar lo que ya se ha superado y lo que aún perdura, y apuntará igualmente la posibilidad de un hombre futuro liberado de muchas de sus taras Como muchas no han sido todavía vencidas, sus protagonistas serán con frecuencia seres disminuidos: ciegos, sordos, mudos, locos... En este teatro domina la lucidez para describir la actual condición humana y las miserias del mundo en que vivimos subirán repetidamente a escena. Si se dibuja como posible un estado mejor, podrá llegarse a lindar con la utopía, fuerza que abre camino a ese porvenir, pero nunca con la ingenuidad. El tipo del soñador está ya presente en su primera obra y pasará incluso al título de otras, pero es necesario entenderlo a partir de una frase de *La Fundación:* hay que «soñar con los ojos abiertos».

La visión de un mañana en que el hombre haya superado muchas de sus insuficiencias se condensa en el que creo uno de los mitos centrales de esta producción, el de Tiresias [44], el vidente que va más allá de lo que hoy existe y prevé o intuye ese futuro mejor. La sociedad, sin embargo, puede rechazar ese anuncio, tachar de iluso, soñador o loco al que se aparte de la norma, e imponerle el castigo de la marginación, la soledad o aun la muerte, pero la perspectiva histórica de algunos dramas, y con mucha claridad en uno de ellos, *El concierto...,* muestra que la utopía puede llegar a realizarse. Esto apoya lo dicho antes sobre el carácter esperanzado de este teatro que, por el mero hecho de haber sido escrito, nos remite a una tensión creadora quizá dubitativa, pero nunca pesimista.

Si, según uno de los símbolos más importantes usados por Buero, el hombre es un ciego de nacimiento que, no obstante, *quiere* ver *(En la ardiente oscuridad),* es de *esperar* que algún día vea. La mayoría, es decir, la sociedad, puede tomar esto como una afirmación no razonable, pero también es constante aquí la constatación de una gran crisis de la razón, que deja de ser vista como única guía de la vida humana. Esto no produce la caída en el irracionalismo, porque, y volvemos a hallar el sustrato básico del pensamiento del autor, es necesaria siempre una síntesis dialéctica entre los ex-

---

[44] Para Juan Rof Carballo, el sentido último de este mito se resume en una frase: «sólo merced a nuestras cegueras podemos alcanzar una visión total y profunda sobre la realidad». *(Medicina y actividad creadora,* Madrid, Revista de Occidente, 1964, páginas 350-351; vid. también su *Violencia y ternura,* Madrid,

tremos opuestos, que conducirá a un nuevo humanismo que integre razón e intuición, sueño y vigilia, acción y contemplación.

En sus obras, Buero Vallejo no habla sólo de las posibles metas, sino que también sugiere el camino para llegar a ellas y los instrumentos que deben utilizarse. El protagonista de sus dramas suele ser un hombre agónico, en tensión, del que se diría que vive sobre ascuas, lo cual no disminuye su fuerza dramática, sino, al contrario, la potencia, pues resultan así seres complejos, dotados de una gran riqueza y matización psicológica y de una indudable fuerza humana. Este héroe problemático revela uno de los elementos del perfeccionamiento futuro: la reflexión, tanto sobre lo que le rodea, como, por el camino de la introspección, sobre sí mismo, lo que conduce a desvelar en parte el subconsciente; así se introducen no pocos elementos psicoanalíticos en este teatro. Esta reflexión debe conducir al descubrimiento de la verdad y la autenticidad y a la derrota de las apariencias y los falsos valores.

Al estar estos últimos impuestos por la sociedad, nace un problema. El hombre no vive solo, aunque puede estar aislado. La relación con «el otro» es planteada en todas las obras y puede reducirse a dos posturas básicas: o el egoísmo o la apertura a los demás. Se trata de un problema ético, pues el hombre debe elegir cómo actuar, lo que significa que esa elección es posible, esto es, que la libertad existe. Podrán presentarse situaciones condicionadas por dificultades de todo tipo, pero al hombre siempre le queda la posibilidad de aceptar o de rechazar. Su elección puede ser errada, y entonces surgirán la culpa y el castigo; estamos, en última instancia, en el terreno propio de lo trágico, con su relación entre destino y libertad. La actuación humana señala el segundo de los instrumentos que abren el futuro: la acción; a la reflexión debe sumarse luego la voluntad:

Prensa Española, 2.ª ed., 1974, págs. 279-282. No he podido ver su *Urdimbre afectiva y enfermedad*, 1961).

«Duda cuanto quieras, pero no dejes de actuar», se dirá en *La Fundación*.

Pero las repercusiones de la elección del hombre pueden afectar a otros. Si se ha elegido mal, por torpeza o por egoísmo, las consecuencias alcanzan a los demás, y lo que era un problema ético se convierte en una cuestión social y política, porque las relaciones de unos hombres con otros cristalizan en la organización de unas estructuras determinadas. Al examen de tales relaciones consagra el autor sus obras, que unas veces se limitarán a una presentación del plano familiar *(Madrugada, Las cartas boca abajo)*, pero que en otras ocasiones abordarán explícitamente el enfrentamiento del individuo con la colectividad o con el poder, caso de las obras históricas. En toda ocasión, Buero refleja los efectos de la acción de unos hombres sobre otros y los horrores a que pueden llegar: la violencia, la tortura, la guerra, el despotismo, la muerte, el miedo, la frustración...

La conclusión que de ese examen cabe deducir es la condena de cualquier organización social que se base en los principios de la explotación del hombre, la insolidaridad y la injusticia, como muestran con gran claridad *El concierto...* [45] y *El tragaluz*. Un mundo regido por el dinero, en que el ser humano no es más que un instrumento de uso y la vida nada importa, debe ser urgentemente sustituido por otro, vislumbrado en el desenlace de algunos de los dramas, en el que se impongan la superación de todo egoísmo y la comprensión o conciliación entre los hombres. La tarea para conseguir que este último pueda hacerse realidad está, toda, en manos del hombre; aquí no hay una providencia que ordene las cosas; es al hombre al que corresponde el definitivo juicio y castigo de sus semejantes, como se ve en *El tragaluz;* de ahí su enorme responsabilidad. En el fondo, de lo que se trata siempre es de superar la alienación humana, fomentada por una estructura social concreta, que crea un Centro como el de *En la ardiente oscuridad* o una Fundación como la de la obra de este título, y que pro-

---

[45] Esta obra aclara que la lucha de clases es un corolario inevitable de tal sociedad.

duce seres similares a la pareja despreocupada y feliz de una de las historias del doctor Valmy, obra en la que el paso de la protagonista, Mary Barnes, de la ignorancia a la lucidez, resume quizá el sentido último de todo este teatro.

La ausencia de Dios a que acabo de aludir [46] no significa, sin embargo, inexistencia de un Absoluto, antes bien, éste, se descubre, en un plano inmanente, por la presencia del misterio en el mundo y por la posibilidad de las dos caras de la realidad *(Irene o el tesoro),* en una concepción que ofrece ciertas coincidencias con el pensamiento oriental. Está latente siempre la esperanza de que todo tenga un sentido, resumido en el ansia de armonía que de las obras se deduce y que quizá resida en la síntesis de contrarios reunidos en una Unidad profunda, que englobe lo social y lo individual, lo metafísico y lo ético, lo racional y lo onírico, más allá del principio de contradicción.

En suma, esta producción se levanta como un esforzado intento por dar un sentido al dolor del hombre en el mundo. La vida y la muerte no resultan inútiles y ello es reafirmado por otro de los mitos centrales, que no será el de Sísifo, sino el de Prometeo [47]. Ahora bien, el posible sacrificio que éste implica no supone su justificación; no se deben inmolar en beneficio de las generaciones futuras los hombres presentes. Y, si la violencia llega a ser inevitable, nunca debe ir acompañada de la crueldad *(La Fundación).* La reiterada atención al «caso singular», la preocupación del viejo loco de *El tragaluz* por salvar a *cada uno* de los hombres y su tremenda y azorante pregunta: «¿Quién es éste?», repetida una y

---

[46] En este punto voy más lejos que Ricardo Doménech y no hablo, a la manera de Goldmann, de un «Dieu caché», oculto y silencioso, sino simplemente de su ausencia. Vid. R. Doménech, *El teatro de Buero Vallejo,* Madrid, Gredos, 1973.

[47] También en esto me aparto de la opinión de Doménech, con quien, por otra parte, coincido en muchos puntos, e incluso en el acercamiento general al teatro de Buero. En mi estudio, aún sin publicar y que fue elaborado a la par que el suyo, expondré detenidamente lo que aquí no está más que sugerido. Para Doménech, el mito de Edipo es central en Buero, pero, como ha dicho Rof Carballo, «el de Edipo es un mito prometeico» *(Violencia y ternura,* ed. cit., pág. 280).

otra vez, confirman que la relación individuo-comunidad no puede resolverse de manera dogmática. En el fondo, se propone como meta revolucionaria no sólo la transformación de las circunstancias externas, sino fundamentalmente la del interior del hombre. Sin este cambio, cualquier otro será ilusorio y precario. Y, de esta forma, llegamos a una conclusión ya vislumbrada antes: la ética es la dimensión oculta y profunda de la política. No se puede despreciar a ningún ser humano, cuya vida es un tesoro inconmensurable. De otro modo, nos enfrentaremos con la patética interrogación que se hace Valentín Haüy al final de *El concierto*..., cuando recuerda al ajusticiado David: «¿Quién asume esa muerte? ¿Quién la rescata?»

La cuidadosa atención a la individualidad psicológica de cada personaje se revela también ahora, no como un lastre del naturalismo, sino como la manifestación de la «importancia infinita» *(El tragaluz)* de cada hombre. Lo que parecía un resabio formal del teatro anterior aparece como uno de los elementos semánticos básicos. Forma y contenido, por tanto, están íntimamente unidos y el teatro de Buero Vallejo se nos presenta como un todo fuertemente trabado, formado por obras densas, muy meditadas y elaboradas, que tratan de asumir en su trama la compleja relación dialéctica entre los diversos planos, social, moral, metafísico, que constituyen la vida del hombre en la segunda mitad del siglo XX.

La tejedora de sueños

Estrenada a principios de 1952, esta obra, la tercera de duración normal que Buero llevaba a escena, había sido comenzada en 1949 [48]. Abandonada entonces por algunas coincidencias con *El retorno de Ulises,* de Torrente Ballester, su composición definitiva fue abordada al año siguiente, en cuyo verano la terminó con bastantes diferencias respecto al primer esbozo. El estreno produjo cierta perplejidad en la crítica, que reaccionó de forma dispar, lo que suele ser norma ante cada drama del autor; hubo quien la acogió de manera entusiástica, como Haro Tecglen, en *Informaciones,* para el que se trataba de «una obra impresionante, superior al tiempo literario en que nos encontramos, y que deberá estrenarse en París, en Roma o en Londres para alcanzar toda la resonancia que merece» [49]. Juan Peñalver, en *El Ciervo,* la consideraba incluso superior a las obras anteriores del autor, lo que era y es difícilmente sostenible. Otros, en cambio, le reprocharon duramente el no haberse atenido a la Penélope de Homero, como los de *Ya* o *ABC,* o vieron sólo la exposición de un problema de adulterio, como Fernández Figueroa y Giménez Caballero, para quien se trataba de un castizo drama calderoniano. Alfonso Sastre, en fin, rechazó la obra como un error, un «fallo» que «no le tomamos en cuenta». Años después, el poeta catalán Sal-

---

[48] En noviembre de ese año declaraba: «El tema de Penélope me apasiona. Preparo con este tema una obra titulada 'La tejedora de sueños'. Tengo fragmentos...» (Miguel Martín, «Entrevistas en el acto. Con Antonio Buero Vallejo», *La Hora,* 6 de noviembre de 1949). En principio iba a ser obra en un acto («'La tejedora de sueños', de Buero Vallejo, se estrena en el Teatro Español», *Informaciones,* 11 de enero de 1952).

[49] También fue muy positiva la crítica de López de la Torre en *Juventud.* Las referencias completas de estos artículos se hallarán en la bibliografía.

vador Espriu la señalaría, con las dos precedentes, como las que más le gustaban de Buero y le convertían en «un escritor extraordinario» [50]. Vista hoy, ya casi un cuarto de siglo después de su estreno, no la incluiríamos entre las más representativas, aunque ejemplifique con propiedad lo que he llamado su primera etapa y encierre el germen de otros dramas posteriores.

La tejedora de sueños se basa en los mitos de Ulises y Penélope. La postura creadora del autor no es nueva, pues coincide con la adoptada al escribir *Las palabras en la arena,* basada en un breve episodio del Evangelio, y será la misma que le lleva a componer luego otras obras sobre personajes literarios, como Riquete en *Casi un cuento de hadas* o don Quijote en *Mito,* o sobre figuras reales, en los dramas sobre Esquilache, Velázquez y Goya. En todos los casos propone un nuevo enfrentamiento con personajes conocidos por la historia o la literatura, con una actitud que podría calificarse de desmitificadora. Este término debe ser aclarado, y el mismo autor insiste en ello: «Desmitificar es saludabe y necesario, pero no es, creo, la fórmula definitiva... Desmitificar es relativamente fácil; la dificultad —y el hallazgo— del arte consiste en volver a mitificar» [51]. Se trata, por tanto, de transformar el mito, no de destruirlo, lo que, además, resulta imposible: «La destrucción de un mito sólo es posible por la indiferencia. Cuando un autor de nuestro tiempo da su versión de un mito..., lo sirve en realidad, por muy personal que la versión sea» [52]. El

---

[50] Román Gubern, «Entrevista con Salvador Espriu», *Primer Acto,* núm. 60, enero de 1965, pág. 17.

[51] Antonio Buero Vallejo, «Del Quijotismo al 'mito' de los platillos volantes», *Primer Acto,* núms. 100-101, noviembre-diciembre de 1968, pág. 74. Cfr.: «El artista desmitifica; desmonta los mitos que han envejecido, que se han vuelto inanes o mentirosos. Pero para rehacerlos o sustituirlos por otros más válidos; para volver a mitificar» *Idem,* «De rodillas, en pie, en el aire», *Revista de Occidente,* XV, núms. 44-45, 1966, pág. 142).

[52] *Idem,* «Comentario» a *La tejedora de sueños,* Madrid, Alfil, Col. Teatro, 1952, pág. 78. Este comentario desapareció en ediciones posteriores. Todas las referencias a él son, pues, de esta edición y serán citadas en el texto como «Comentario», con indicación de la página.

propósito de Buero es ahondar en el mito y mostrar facetas menos divulgadas o inadvertidas que pueden cambiar su significado o, dicho de otro modo, lo que busca es revelar su sentido «subterráneo» (Comentario, pág. 77).

Parece obvio señalar que si un escritor actual se enfrenta a un mito clásico es por haber descubierto en él esas caras ocultas [53], por lo que siempre interesará más aquello que en el nuevo tratamiento se aparta de lo ya conocido. Nada sería tan inútil como la mera repetición, pese a lo cual se reprochó al autor de *La tejedora...* no «respetar ni la fábula ni su significación» [54]. Consideremos, antes de continuar, el modo en que Buero ha tratado la materia mítica. Su actitud, similar a la de las otras obras arriba citadas, consiste en respetar el tema que toma como base, entendiendo tal respeto como un acicate para trascender la versión tópica del mito; él busca mostrar «la irreductible oposición entre la verdad interior de los protagonistas y la verdad histórica» (Comentario, pág. 78). Sin duda, esta oposición entre verdad oficial y verdad «interior», muy clara en la escena final de la obra, fue una de las causas de las polémicas que originó *La tejedora...*, y todo su teatro histórico en general.

Se sugería, en efecto, que la historia oficial no dice toda la verdad, por lo que no debe ser aceptada sin crítica, proposición algo audaz en el tiempo en que su obra se estrena. El deseo de criticar las ideas establecidas, aun-

---

[53] Cualquier «nuevo tratamiento aspira a justificarse con aportaciones propias», en cuya base «está la captación del sentido profundo de un mito y la insatisfacción producida por su planteamiento, desarrollo, o desenlace en sus realizaciones concretas anteriores» (Luis Gil, *Transmisión mítica,* Barcelona, Planeta, 1975, páginas 15-16). En el mismo sentido, Raymond Williams sostiene que resulta pueril atacar una obra por apartarse del mito en que se inspira: «no debemos, al hallar variaciones, medirlas por una ortodoxia», ya que no existe «un significado 'ortodoxo' único del 'mito'» (*El teatro de Ibsen a Brecht,* traducción de José M. Álvarez, Barcelona, Península, 1975, pág. 258).

[54] Luis Calvo en *A B C,* 12 de enero de 1952. Se refiere también a la que llama «interpretación demasiado ligera de los últimos cantos de la Odisea». Acerca de los errores de hecho en que se basan estos juicios queda dicho algo en mis notas al texto de la obra.

que limitado entonces al campo de los griegos, cobraba
sutiles resonancias que lo trascendían si observamos, con
Pérez Minik, que el drama era el «proceso de un héroe,
del héroe militar que regresa vencedor a sus lares» [55].
Cuando ese enfrentamiento dinámico entre verdad inter-
na y verdad oficial se planteó ya en la historia de su
propio país y las figuras de Esquilache o Velázquez su-
bieron a escena, quedó al descubierto el envés de unos
mitos históricos; al rechazar toda visión idílica, por de-
formadora, el propósito del autor quedó más claro y el
desasosiego que la obra sobre Ulises había provocado se
convirtió, en algunos casos, en franca animadversión.

Nuestra obra proporciona un ejemplo de lo que Antonio Prieto llama la «fusión mítica», por la que se produce un doble desplazamiento temporal, el del autor,
que se traslada al momento del mito, y el inverso, que
supone la actualización de una historia pretérita. De los
tres cauces que Prieto señala, Buero utiliza el primero,
la fusión con «un argumento mítico» [56], el cual puede ser
alterado; el citado crítico llega a admitir que las modificaciones resultan más explicables en el teatro [57] Sin embargo, éstas no son tan grandes que lleguen a producir
lo que Luis Gil considera «actitud de enfrentamiento» en

---

[55] Domingo Pérez Minik, *Teatro europeo contemporáneo*, Madrid, Guadarrama, 1961, pág. 392. Vid. también R. Doménech,
El teatro de Buero Vallejo, cit., pág. 249.

[56] Antonio Prieto, *Ensayo semiológico de sistemas literarios*,
Barcelona, Planeta, 1972, pág. 142. Podría discutirse si en *La tejedora* la fusión mítica es completa. Tal como la expone aquí
Prieto, se diría que la «plena comunión» de que habla, página 156, sólo cabe encontrarla en la lírica, lo que le lleva a
considerar a Brecht y a Joyce incursos en un proceso de degradación mítica. Vid. todo el capítulo cuarto de su libro, páginas 135-187.

[57] Antonio Prieto, *Morfología de la novela*, Barcelona, Planeta, 1975, pág. 176. Aquí aclara que un mitema *«refleja* no
sólo la individualidad [de quien lo recrea], sino el espacio y
tiempo en el que esa individualidad se da». Vid. el apartado II,
22 de este libro, págs. 168-177. Creo que el autor hace más
flexible la postura de su libro anterior, al admitir que la fusión
mítica no puede ser igual en la lírica que en los otros géneros;
cfr. pág. 49. Véase, del mismo autor, *Estudios de literatura
europea*, Madrid, Narcea, 1975, págs. 73-109.

la reelaboración de un mito, caracterizada por la desfiguración de su sentido. Por el contrario, *La tejedora...*, como se verá en las páginas siguientes, es un ejemplo de lo que llama «integración», basada en la «superación de los modelos anteriores, bien por haberse revalorizado alguno de los elementos del mito, bien por la mayor coherencia poética conferida al conjunto de todos ellos» [58], entendida como búsqueda de ese sentido «subterráneo» ya citado.

El drama se basa en la *Odisea;* su autor se ha referido a cómo, ya desde muy joven, los temas homéricos le apasionaban. La obra «no habría sido escrita sin el interés que desde niño me produjeron 'La Odisea' y sus personajes» (Comentario, pág. 75). En su autocrítica declaraba ya haberse «atrevido a manejar los materiales de la *Odisea* con entera libertad, precisamente porque la admiro y no podía constreñir mi admiración en los límites de un respeto mal entendido» [59]. Del poema griego tomó casi toda la trama argumental y multitud de detalles, que he señalado en las notas al texto, pero transformó a la fiel Penélope, espejo de esposas abandonadas, en una mujer que duda y no ama ya a su marido [60]. Tal interpretación no es gratuita, sino que arranca de ciertas contradicciones de la *Odisea,* señaladas por el autor en el «Comentario» a su obra, donde anota su impresión de que la epopeya homérica tiene un conflicto subyacente, sólo visible por

[58] Luis Gil, *Transmisión mítica,* cit., págs. 16-17. Por supuesto, una de las modificaciones inexcusables a que el dramaturgo se ve obligado es la de prescindir de cualquier intento de reproducción de los esquemas mentales griegos; es sabido, por ejemplo, que su concepto del amor es diferente al vigente en Occidente; como dice C. S. Lewis, «Odiseo ama a Penélope como ama su casa y sus posesiones» (*La alegoría del amor,* traducción de Delia Sampietro, Buenos Aires, Eudeba, 1969, pág. 4). El teatro no puede hacer arqueología cultural en detrimento de la comunicabilidad con el público.

[59] Antonio Buero Vallejo, «Autocrítica», *A B C,* núm. 14307, 11 de enero de 1952, pág. 24.

[60] Según José S. Lasso de la Vega, *De Sófocles a Brecht,* Barcelona, Planeta, 1971, pág. 289, la idea de que, cuando Ulises «se presenta ante Penélope, el antiguo amor está ya muerto en su corazón» la había desarrollado ya Nikos Kasantsakis en su *Odisea.*

algunas alusiones, que sintetiza así: «Una historia a la manera de la de Agamenón, Clitemnestra, Egisto y Orestes es propuesta de manera constante como posible y temible» (Comentario, pág. 81)[61]. Buero no es, naturalmente, un helenista, aunque haya consultado estudios de eruditos, como Bérard o Murray, y no nos interesa aquí cuál sea el verdadero sentido del poema griego, sino la interpretación que él le dio. Ésta se basa en la hipótesis de que los hechos, de haber sido verdaderos, no se diferenciarían mucho en su «realidad histórica» de como él los presenta, mientras que la epopeya resultaría su sublimación mítica, «una especie de crónica oficial frente a la que la verdad del tradicional y más turbio relato se refugiaría en los comentarios de los asistentes a las recitaciones» (Comentario, pág. 80).

Al examinar el tratamiento que *La tejedora...* ofrece del mito, vemos a Ulises como un hombre frío, calculador y egoísta. Nada parece más lejos de un héroe clásico. Y, sin embargo, en la *Odisea* le vemos actuar de forma extraña; aconsejado precisamente por Agamenón, que le ha contado su triste muerte[62], se presenta en Ítaca disfrazado. Cuando Atena le advierte la existencia de los pretendientes, teme la traición de su mujer: «Sin duda iba a perecer en el palacio, con el mismo hado funesto de Agamenón» (XIII, 383-384). Y, después de todo, será Penélope la última persona a quien se descubra. Los mismos elogios que se le dedican producen a veces perplejidad: «Astuto y falaz habría de ser quien te aventajara en cualquier clase de engaños... ¡Temerario, artero, in-

[61] Esta idea no es, por otra parte, original de Buero. Un helenista como Lasso de la Vega confirma que ese «relato subterráneo» está «más o menos vislumbrado ya por la tradición antigua» (*Helenismo y literatura contemporánea*, Madrid, Prensa Española, 1967, pág. 57).
[62] En *Odisea*, XI, 441-443, le dice el héroe asesinado por su esposa: «jamás seas benévolo con tu mujer ni le descubras todo lo que piensas; antes bien, partícipale unas cosas y ocúltale otras». Vid. mi nota 45 al texto de *La tejedora*. Cito siempre la obra de Homero por la misma edición que manejó Buero, la traducción de Luis Segalá Estalella, *Ilíada. Odisea. Himnos*, Barcelona, Col. Raíz y Rama, 1943; la Odisea ocupa las páginas 395-685.

cansable en el dolo! ¿Ni aun en tu patria habías de renunciar a los fraudes y a las palabras engañosas que siempre fueron de tu gusto?» (XIII, 291-295). Incluso la ambigüedad del término *polytropos*, que se le aplica como epíteto constante, remite a ese carácter que le es propio[63]. Ahora bien, la perspectiva finalmente ennoblecedora de la *Odisea* desaparece en otros textos clásicos, pues el mito de Ulises no acaba en esa epopeya; su figura llegó incluso a ser prototipo de hombre falso, mendaz y tramposo. Así ocurre en un género, la tragedia, que Buero conoce muy bien y del que extrajo la imagen de su Ulises. Piénsese en el pobre papel que desempeña en el inicio de *Ayax* o en *Filoctetes*, cuyo protagonista llega a considerarle «incapaz de un pensamiento bueno ni noble»[64].

No nos extrañará, por ello, que en el comentario a su obra Buero diga que su «fría y desengañada cautela, entreverada de rencor, no es más que cobardía e inseguridad» (pág. 83). Por eso altera, en la escena de la matanza de los pretendientes, algunos detalles de la *Odisea* y sitúa a Ulises en un plano más elevado, ante rivales desarmados e impotentes, a los que él mismo reconoce haber hecho «morir como una rata», mientras que en Homero hay numerosas peripecias y alternativas (XXII) y el héroe arriesga su vida en la lucha. Desde esta misma consideración negativa del protagonista, Buero alude también en

---

[63] Vid. sobre *polytropos* Ludwig Schrader, «Odysseus im Siglo de Oro. Zur mythologischen Allegorie im Theater Calderóns und seiner Zeitgenossen», en *Spanische Literatur im Goldenen Zeitalter,* Homenaje a Fritz Schalk, Frankfurt a. M., Vittorio Klostermann, 1973, págs. 401-406. Veo ahora que esta «faz negativa» de Ulises es observada también por Manuel Alvar, «Presencia del mito: *La tejedora de sueños,* en *El teatro y su crítica,* Málaga, Diputación, 1975, págs. 282-284.

[64] Cito por la traducción de I. Errandonea en Sófocles, *Tragedias,* Barcelona, Alma Mater, III, 1968, pág. 156. El mismo Errandonea dice en otra edición de la misma obra que «la figura de Ulises ha acentuado tanto su sagacidad a expensas de su valor, que es el tipo de la cobardía y de la astucia juntamente, como si... hubiera buscado en el dolo, en la doblez, en la bajeza a veces, los recursos necesarios para salir siempre con la suya adelante» (Sófocles, *Teatro completo,* Madrid, Escelicer, 1962, II, página 115).

el comentario a un episodio muy poco noble de la historia de Ulises, que no se encuentra, sin embargo, en la *Ilíada* ni en la *Odisea*: la traición a Palamedes. Éste, según algunos mitógrafos, le había obligado a ir a la guerra de Troya y fue lapidado por traidor debido a una mentira de Ulises [65]. Lo que Buero no indica es que esto último fue la causa de la infidelidad de Clitemnestra, pues Nauplio, padre de Palamedes, quiso vengar su injusta muerte y «contribuyó a que las mujeres de los helenos engañaran a sus maridos: Clitemnestra con Egisto; Egialea con Cometes..., y Meda, mujer de Idomeneo, con Leuco» [66]. Intentó hacer lo mismo con Penélope, aunque infructuosamente, si bien algunos opinan que ése fue el motivo del suicidio de Anticlea, la madre de Ulises, e incluso de un intento similar de Penélope [67].

Si he aludido a este episodio es por la evidencia que presenta de que el caso humano de Penélope era similar al de las demás esposas de los guerreros de Troya, idea básica para entender al personaje de Buero: «El problema de Penélope ha sido abordado por mí con la convicción de que no podía ser distinto, en su fondo, del de las restantes mujeres aqueas cuyos esposos fueron a guerrear a Troya» (Comentario, pág. 78). Por eso, y señalando a la más conocida por su reacción ante la soledad, dirá que «todas debieron de ser Clitemnestras en potencia o abortadas» [68]. La Penélope de la *Odisea* presenta ya, sin embargo, rasgos que, como en el caso de Ulises, permiten una interpretación distinta de la tópica. Ejemplo de fidelidad, es objeto de repetidos reproches por parte de su

[65] Vid. Apolodoro, *Biblioteca,* Epítome, III, págs. 7-9.
[66] *Ibídem.* Cito por la traducción de Sara Isabel de Mundo, Buenos Aires, Universidad, 1950, págs. 140-141. Nauplio llevaba la falsa noticia de que los héroes griegos traían nuevas mujeres para hacerlas reinas.
[67] Vid. Pierre Grimal, *Diccionario de la mitología griega y romana,* Barcelona, Labor, 1966, pág. 371, s. v. Nauplio, y página 420, s. v. Penélope. Sobre la llegada de los rumores de Nauplio a Itaca, vid. el artículo sobre Nauplio de Ernst Wüst en Pauly-Wissowa, XVI, 2, col. 2007, donde se dan las fuentes.
[68] Recoge precisamente estas palabras, al hablar de la obra de Buero, José Antonio Pérez Rioja, *Diccionario de Símbolos y Mitos,* Madrid, Tecnos, 2.ª ed., 1971, pág. 344.

hijo por su relación con los pretendientes: «Mi madre ni rechaza las odiosas nupcias [con alguno de ellos], ni sabe poner fin a tales cosas» (I, 249-250, y XVI, 126-127); en una ocasión, Telémaco habla incluso de ello con Ulises: «mi madre trae en su pecho el ánimo indeciso entre quedarse a mi lado y cuidar de la casa, por respeto al lecho conyugal..., o irse con quien sea el mejor de los aqueos que la pretenden en el palacio y le haga más donaciones» (XVI, 73-77) [69]. La misma Atenea advierte la posibilidad de un nuevo matrimonio de la reina (I, 275-276) y revela que ésta envía mensajes prometedores a cada uno de los pretendientes (XIII, 379-381). Ella misma expone sus dudas ante el propio Ulises, sin haberle reconocido bajo su disfraz (XIX, 524-529).

Razón tiene Robert Graves cuando señala: «En ninguna parte sugiere directamente la *Odisea* que Penélope fuera infiel a su marido durante su larga ausencia, aunque en el libro XVIII, 281-283 fascina a los pretendientes con su coquetería, obtiene de ellos regalos... Pero Odiseo no confía en ella lo bastante para revelar quién es hasta que ha matado a sus rivales; y su madre Anticlea demuestra que hay algo que ocultar cuando no le dice una palabra acerca de los pretendientes» [70]. De otra parte, al igual que el de Ulises, el mito de Penélope no se agota en la *Odisea*, y son muchas las versiones posteriores coincidentes en la infidelidad de la reina. Buero aludía ya (Comentario, pág. 84) a un drama satírico de Esquilo, perdido, en que su fama no debía de quedar muy bien parada. El imaginativo Licofrón refiere en su *Alejandra* cómo Ulises «contemplará toda la mansión completamente arruinada desde sus cimientos por disolutos mujeriegos; pues su mujer, cual ramera, prostituyéndose recatadamente vaciará el palacio prodigando en banquetes la riqueza del infeliz» [71]. Apolodoro apunta varias versiones,

---

[69] Palabras recordadas ya por Andrés Revesz cuando se estrenó *La tejedora* («Penélope, impaciente», cit. en la bibliografía); Revesz admitía la versión de Buero como «verosímil».

[70] Robert Graves, *Los mitos griegos,* Buenos Aires, Losada, 1967, II, pág. 429.

[71] Licofrón, *Alejandra,* 771 y siguientes; cito por la traducción de Lorenzo Mascialino, Barcelona, Alma Mater, 1956, pág. 35.

una de las cuales es especialmente significativa: «Penélope, seducida por Antinoo, fue enviada por Odiseo a su padre Icario y en Mantinea, Arcadia, tuvo de Hermes a Pan. Pero según otros fue muerta por Odiseo *a causa de Anfínomo, pues cuentan que él la sedujo*» [72]. Observemos que la muerte de Penélope a manos de su marido está a punto de ocurrir en las escenas finales de *La tejedora...*, precisamente por su amor a Anfino. Pausanias recoge que «los de Mantinea cuentan que Odiseo acusó a Penélope de haber atraído ella misma a los pretendientes y la repudió» [73]. En fin, Servio, en su comentario a Virgilio, dice de Ulises que, «cuando regresó a Ítaca después de sus viajes, se encontró a Pan en su palacio, el cual era hijo, según se decía, de Penélope y todos los pretendientes, como el mismo nombre de Pan parecía indicar; aunque otros decían que era hijo de Mercurio, que había yacido con Penélope transformado en macho cabrío» [74].

Prescindiendo de las aberraciones extremas, todos estos testimonios coinciden en presentar a una Penélope que, como Clitemnestra, no ha soportado la soledad. Una y otra mujer, en situación similar, tuvieron idénticos sentimientos, y Buero aproximó los de la segunda, «la que atrevióse a disolver su interior tensión» (Comentario, página 78), a los de su protagonista, pues esa tensión latía, íntima y ahogada, en todas esas mujeres abandonadas durante tanto tiempo. El dramaturgo, intuitivamente, pues no debía de conocer muchos de los testimonios citados, traspasó a su Penélope las emociones que Clitemnestra revelaba en el *Agamenón* de Esquilo: «De mí lo aprendí, que no de otras, la angustiosa vida que voy a pintaros; tan larga, cuanto lo fueron los años que pasó éste en Ilión. Ante todo, ¡qué horrenda desdicha para una mujer

---

[72] Apolodoro, *Biblioteca*, Epítome, VII, págs. 38-39; trad. cit., página 151. La cursiva es mía.

[73] Pausanias, *Descripción de Grecia*, VIII, XII, 6, traducción de Antonio Tovar, Valladolid, Universidad, 1946, pág. 514. Ya citaba Buero estas palabras en su Comentario, pág. 85.

[74] Servio, *In Vergilii Carmina Comentarii*, a *Eneida*, II, 44, ed. G. Thilo-H. Hagen, Hildesheim, Georg Olms, 1961, I, pág. 223. La traducción es mía.

morar en la casa desierta, sola y separada de su marido!
¡Y luego, de continuo, estar oyendo rumores siempre odiosos!» [75]. Por ello, como única disculpa a su proceder,
dirá la misma en *Coéforos,* momentos antes de caer abatida por la mano de Orestes: «También es triste cosa,
hijo, verse una mujer alejada de su marido» [76]. No es
extraño que, cada vez que un autor tome la figura de
Penélope, surja de inmediato la sombra de la esposa de
Agamenón; por aludir a un testimonio hispánico, eso es
lo que ocurre en *La Circe* de Lope [77]. A través de los
siglos, una figura llama a la otra, y palabras muy similares a las que acabo de citar en boca de la segunda son
las que Ovidio, en su expresivo latín, pone en boca de
la esposa de Ulises, cuando lamenta su partida a Troya,
pues de no haber tenido ésta lugar, «Non ego deserto
iacuissem frigida lecto» [78].

Queda claro, pues, que Buero Vallejo no fue infiel a
los mitos de Penélope y Ulises, sino que, al ir más allá
de lo que la *Odisea* dice, coincidió con una larga tradición que presentaba en forma más conflictiva las relaciones de este matrimonio. Del poema homérico extrajo,
no obstante, otros elementos para su drama, que podemos
ver a continuación. *La tejedora de sueños,* que respeta
la unidad de lugar, se desarrolla en el interior del palacio
de Ítaca, regido por la reina desde hace veinte años. La
acción se basa en su añagaza para dilatar la respuesta
que debe a los jóvenes pretendientes, con ninguno de los
cuales se casará hasta no terminar el sudario del anciano
Laertes. El tema está en la *Odisea,* pero en ella es contado

---

[75] Esquilo, *Tragedias,* traducción de Fernando Segundo Brieva
Salvatierra, Madrid, Biblioteca Clásica, ¿1880?, págs. 157-158. Creo
probable que las últimas palabras aludan a los rumores ya citados
de Nauplio.

[76] *Ibíd.,* pág. 223.

[77] «No porque no es Penélope tan casta/como la fama de sus
obras muestra/.../ que para ejemplo de recelos basta/traidor
Egisto, ingrata Clitemnestra» (*La Circe,* I, págs. 443 y ss., en
Lope de Vega, *Obras poéticas,* ed. J. M. Blecua, I, Barcelona,
Planeta, 1969, pág. 950. Vid. también III, 985 y ss., páginas 1025-1026).

[78] Ovidio, *Heroidas,* I, 7.

como algo ya descubierto en el pasado (II, 93-110, y XXIV, 128-146). Buero, en cambio, lo aprovecha para desarrollarlo en presente, lo que permite una mayor virtualidad dramática, por lo que, cuando *La tejedora* comienza, Penélope, cuyo nombre significa precisamente 'tejedora', engaña aún a todos, haciéndoles creer que trabaja sin pausa, y su destejer nocturno será descubierto en el transcurso de la acción. En torno a este hecho gira todo el acto segundo, en el que los jóvenes que asedian a la reina la desenmascaran por culpa de las esclavas, lo que se basa en la *Odisea* (XIX, 154), aunque Buero lo concentre en la traición de la más destacada de todas, Dione, que revela el secreto a Anfino y permite luego que los demás lo descubran también.

Otro aspecto de la trama se refiere a la vuelta de Ulises a la patria, disfrazado para saber qué ocurre en palacio; cuando ha comprendido la situación, mata a los pretendientes y restablece su autoridad. En todo ello, por supuesto, *La tejedora* sigue los últimos cantos de la *Odisea* y aprovecha muchas sugerencias de ella. Respecto a Telémaco, Buero lo presenta en conflicto con su madre, que ya al principio teme ser odiada por él; aunque la epopeya griega no hable de tal sentimiento, sí existen indicios de una tensión entre ambos, alguno de los cuales ya ha sido citado. El joven rebate secamente a su madre varias veces (I, 346-359; XXI, 344-353), ante lo que el narrador anota: «Volvióse Penelopea, muy asombrada, a su habitación» (I, 360; XXI, 354). Ante el mismo Ulises llega a llamarla «descastada madre», y añade: «tu corazón ha sido siempre más duro que una piedra» (XXIII, 97 y 103).

Por lo que se refiere a Anfino, el Anfínomo griego, ya vimos que su elección como depositario de las preferencias de Penélope puede basarse en Apolodoro, pero en la *Odisea,* apunta Buero, hay ya el «propósito de diferenciar a este príncipe de Duliquio de los demás pretendientes» (Comentarios, pág. 83). Él es el único que merece palabras halagadoras de Ulises (XVIII, 125-148), en las que casi le invita a marchar de Ítaca para evitar su muerte. Tal sugerencia es tomada por Buero como indicio del temor del rey a «no poder vencer ese amor que sospecha en su mujer por un bello y bondadoso joven, y su deseo de infundir en el ánimo de la esposa la idea de que Anfínomo no la ama» (Comentario, pág. 84). En cualquier caso, la *Odisea* dice terminantemente que este último «estaba a la cabeza de los pretendientes y era el más grato a Penelopea porque sus palabras manifestaban buenos sentimientos» (XVI, 397-398).

La pugna entre Telémaco y Anfino no está, en cambio, en la epopeya, pero queda claro en ella que no es éste el pretendiente predilecto del joven, sino Eurímaco (XV, 520-522). Y quizá no es casual que sea Telémaco precisamente quien da muerte a Anfínomo en la batalla final (XXII, 89-94). Llegados así al término del examen del tratamiento que Buero da a los mitos odiseicos, no será ocioso advertir que, más allá de ellos, *La tejedora de sueños* debe ser, y es, un drama interesante para el espectador que los desconozca por completo. Tal aficionado al teatro tiene algo de imposible, pues la historia de Ulises pertenece al bagaje cultural del hombre medio, pero lo que se sugiere con ello es que la obra «funciona» con independencia de la tradición en que se enmarca, aunque, lógicamente, desconocerla elimina los varios niveles de significado que se producen. La misma sorpresa que origina el que Penélope se aparte de lo que simboliza —la fidelidad en la adversidad— se perdería en tal caso. Buero, en suma, trabaja sobre los mitos, pero no se supedita a ellos.

La tejedora tiene una acción principal muy reducida: el afecto de Penélope por Anfino, mientras espera, sin esperanza ya, el regreso de Ulises, quien, sin embargo, vuelve y restablece el orden en su palacio. Al lado de ésta, desarrollada por los tres personajes principales, hay una acción secundaria, cuya función es menos clara, centrada en el amor de Telémaco por Dione y el de ésta por Anfino. La esclava Dione es el único personaje que no figuraba en el relato homérico, lo que realza su importancia. Tiene una justificación funcional evidente, al ser la directora y portavoz del coro de siervas y el instrumento de los pretendientes para descubrir el engaño de la reina con el sudario. La permanente resistencia de Penélope a castigarla nos revela también el espíritu de ésta, pues la razón que da —evitar que Telémaco la compadezca— es rebatida por Ulises, para quien es Anfino el que la reina teme ver apiadarse de la esclava, lo que la reina quiere evitar a toda costa. Ahora bien, ello no llega a justificar la introducción de Dione en la obra y, por el contrario, cabe preguntar si la disputa que en sordina mantiene con su ama por el amor de Anfino, en vez de enaltecer la figura de ésta, no la rebaja a un nivel de rivalidad pasional un tanto trivial, en escenas como la penúltima del acto primero. El carácter de la esclava no es, por otro lado, tan atrayente desde el punto de vista dramático como para justificar su destacada actuación; ambiciosa y materialista, sus intrigas con Anfino en el acto segundo revelan un desbordado apetito de poder y riquezas que en ningún momento parece que vaya a ser satisfecho.

¿Cuál puede ser, entonces la justificación de este personaje? Manuel Alvar, en un fino análisis [79], apunta que en el plano de la estructura, Dione es la figura más importante de la obra, pues revela la originalidad de su planteamiento. Al no proceder de la *Odisea,* es la clave ofrecida al espectador para que entienda el diferente significado de los demás personajes: «ella sola, casi sola, organiza el mensaje, le da su cabal sentido y nos transmite cuanta información necesitamos». Y, sin embargo, desde el «plano de la estética», por usar las palabras del mismo crítico, seguimos sin percibir la necesidad de su actuación y aun de toda la acción secundaria que en ella se basa; el mismo Alvar parece sugerir algo similar cuando anota que su función viene a ser la del malvado —el malo— de los cuentos.

Un análisis temático-estructural de la obra permite ver que el primer acto se reserva para la lenta presentación de las circunstancias y los personajes. Gira en torno

[79] Art. cit. antes, nota 63, págs. 291-294. La frase citada luego, en pág. 293. Del mismo Alvar puede verse «Presencia del mito: `La tejedora de sueños'», *Bulletin Hispanique,* LXXVIII, 1976, páginas 34-73.

al tejer —y destejer— de la reina, a la que vemos ya
en la escena inicial en su templete, rodeada del coro de
esclavas. La melopea que éstas entonan habla de una
felicidad y un bienestar acordes con el que transmite
Homero, pero en seguida se revelan totalmente ficticios;
las mismas siervas que habían cantado la «dicha», la
«paz», las «gracias, riquezas y alegrías», hablan acto seguido, en agudo contraste, de la «miseria» y el «hambre»
que enseñorean el palacio. Las escenas siguientes —diálogos de Penélope con Euriclea y con Ulises disfrazado—
presentan diversas facetas del espíritu de la reina, algunas aún incomprensibles, como su risa ante las depredaciones de los pretendientes. La escena cuarta muestra a
éstos ebrios y presenta sus sucesivos enfrentamientos con
Ulises y Anfino y el de Telémaco con éste último; así
se indican con claridad las relaciones entre unos y otros
y la diferencia que existe entre Anfino y los demás. La
entrada de Penélope provoca la salida de todos los personajes, a la vez que revela el modo especialmente afectuoso con que ella parece tratar a Anfino. La escena final
es un diálogo entre Euriclea y la reina, en el que ésta,
ilusionada por las palabras del joven, se exalta, reclama
para sí el nombre de viuda, que ya la había definido al
principio del acto, y declara no esperar ya la vuelta del
esposo: «¡Tarda, tarda mucho; tardará ya siempre!» Sin
embargo, su larga espera desesperanzada está llena de in-
certidumbres y por eso, en humanísima contradicción,
pregunta poco después: «¿Volverá, nodriza?» Su espíritu,
vacilante entre el presentido interés por Anfino y el cada
vez más vago recuerdo de su esposo, «fuerte y flexible a
la vez», titubea indeciso. Sólo están claras la amargura
de su vida presente y la ruina de la pretérita, esa «vida
que no he vivido»; de ahí que estalle en maldiciones
contra Helena, la causante de todos los males:
   Si en el acto primero se equilibran en duración las
escenas dialogadas con las colectivas, en el segundo hay
un ligero predominio de aquéllas. Todo él se mueve en
torno al descubrimiento de la trampa de Penélope con
el sudario. Tras la primera escena, en la que Ulises se
oculta, por lo que va a ser testigo ignorado de cuanto

ocurre luego, lo que es fundamental, pues le permite conocer los sentimientos de su esposa hacia Anfino, se desarrollan el enfrentamiento de Dione con Telémaco, que la persigue y se ve rechazado, y el de Dione con Anfino, quien, a su vez, la rechazará a ella. Ambas escenas pertenecen a la acción secundaria y lo único que aportan a la principal es el descubrimiento por Anfino del nocturno destejer de Penélope. Ellos dos dialogan en la escena cuarta, en la que se descubren los motivos ocultos de la reina, que parece haber resuelto su vacilación anterior; «sin pensar ya en Ulises», se alegra de la ruina del país, porque así renunciarán todos y quedará tan sólo el único que la aprecia: Anfino.

La entrada del coro de esclavas da paso al clímax del acto, el descubrimiento por todos de la trampa de Penélope. En una larga escena se llega a la conclusión de que no es posible demorar más su elección: el nuevo rey será quien consiga vencer en una «prueba» con el arco de Ulises. Las dos últimas y breves escenas ofrecen un paralelismo, aunque antitético; Anfino declina tomar ventaja sobre sus rivales, probando a tensar el arco, como Penélope le propone, mientras que Ulises, acompañado de su hijo, entra a tentar sus fuerzas, temeroso de haberlas perdido. Esta es la primera ocasión en que el espectador que desconozca la *Odisea* sabe, sin lugar a dudas, que el mendigo disfrazado es, en realidad, Ulises.

El acto tercero comprende la prueba del arco y la venganza del rey. El desarrollo de la primera no se ve, pues se supone en el patio existente bajo la balaustrada que cierra el foro, y es seguida por el público a base de los comentarios que van haciendo los personajes, según el procedimiento denominado en preceptiva ticoscopia [80] Tras el fracaso de los cinco pretendientes, Ulises les da muerte tras haber descubierto su personalidad. La obra termina con un largo diálogo de los dos esposos, revelador del vacío que existe entre ellos; son dos extraños que nada tienen en común, sino odio y rencor. Con he-

---

[80] Wolfgang Kayser, *Interpretación y análisis de la obra literaria,* Madrid, Gredos, 3.ª ed., 1961, pág. 258.

ladas palabras, ella le reprocha su mezquindad, su cobardía y su falta de amor, y se refugia en el recuerdo del joven muerto. Él, abrumado por el desprecio infinito que descubre en su esposa, piensa volver a viajar largamente, pero aún le falta lo que considera más importante: guardar las apariencias, crear el mito, «¡Salvar el prestigio!», como dice con descarnada sinceridad. Y el coro entona entonces un canto que exalta la fidelidad perenne de Penélope, que «nunca ha amado a otro hombre que su esposo». Con ironía trágica, la obra se cierra como se había abierto; ahora, como al principio, el canto expone la versión «oficial» de los hechos, la del mito, pero, si las palabras son muy parecidas, su significado es diferente. El público no sabía la falsedad del coro inicial; ahora, tras haber contemplado la obra, comprende la distancia que media entre la apariencia y la realidad, tema de raíz pirandelliana —y cervantina— que en Buero es constante. Él mismo ha dicho que, al contrario de lo que ocurre en la tragedia griega, en que el coro comenta la acción de forma imparcial, su «coro, por estar dentro y no fuera de la acción, deja esa función al público... Y cuando canta a su reina canta mentiras, como hacen casi todos los coros reales de la sociedad humana» [81].

La tejedora de sueños termina así de forma totalmente cerrada: Anfino, muerto; Penélope, sin ilusión alguna en la vida; Ulises, fracasado en su intento de recobrar a su esposa. Una esperanza queda abierta, a pesar de todo, al final; para comprenderla, es preciso examinar más de cerca a los personajes.

Penélope es la figura dibujada con rasgos más matizados y se eleva sobre las demás por la complejidad de su espíritu. Su castigo es muy duro y la hace digna de compasión, pero sería erróneo suponerla inocente y creer injusta su situación final. Desesperada por la larga ausencia de su esposo, quizá definitiva, se fija en un joven sencillo y bondadoso que la ama y le devuelve el recuerdo de una juventud irremediablemente perdida. Helena fue

---

[81] José Antonio Bayona, «La crítica, criticada. Buero Vallejo y su Penélope. La tragedia, la mitología, el psicoanálisis y la función del coro», *Pueblo*, 22 de enero de 1952.

la causa de sus desgracias y contra ella dirige muy duros dicterios, pero, sin saberlo, la envidia; el coro cantaba al principio: «hasta la misma Helena te envidia tu belleza»; como siempre, lo que dice es falso y la situación es exactamente la contraria. Por eso pregunta por ella, con mal disimulado interés, al mendigo que le trae noticias de Ulises.

Para resarcirse de su abandono, ha imaginado que los pretendientes que se la disputan la igualan a Helena. La que va a condenar con palabras tremendas toda guerra incurre en la humana contradicción de soñar con ser el premio de otra batalla; a los treinta jefes que años atrás Helena hizo reunir ante Troya se corresponden los otros treinta que rivalizaron por ella: «¡Por mí, por Penélope! ¡No por Helena, no! Sino por Penélope. Era mi pequeño desquite... Mi pequeña guerra de Troya.» Estos eran sus «sueños», nacidos del deseo de sentirse viva, de seguir siendo aún una persona humana, sentimiento que sólo los otros pueden dar. Como comenta Borel, ello supone que sólo «se puede ser algo para y por otro» e implica «nuestra dependencia respecto al prójimo: para ser algo, para vivir, tenemos necesidad de otros» [62].

Estos «sueños» ilusionados de Penélope se quiebran; los pretendientes abandonan cuando el país comienza a empobrecerse; no aspiran a ella como mujer, sino por ser portadora de una corona; de ahí nace su decidida renuncia a considerarse reina y su reivindicación de simple y pobre mujer: «Reina, reina... Llámame por mi nombre. En el fondo, soy una mujer sencilla.» Quedan tan sólo cinco pretendientes, no mejores, sino menos ambiciosos que los que ya se fueron; por eso ha de reconocer su derrota: «Durante cuatro años me he dicho: Helena me ha ganado la partida. Mi guerra de Troya es repugnante... No vienen por mí.» Todo parece perdido, hasta que comprende que uno sí la ama y la ve como desea ser vista, «eternamente joven». De ahí que vuelque todo su afecto hacia quien le da una razón de ser, el Anfino

---

[62] J.-P. Borel, *El teatro de lo imposible,* Madrid, Guadarrama, 1966, págs. 245 y 247.

débil y generoso que la iguala a Helena, pero a quien no puede escoger porque los otros lo matarían. Por eso teje y desteje en el sudario que comenzó para dar tiempo a la vuelta de Ulises, pero que continúa tan sólo para que la creciente pobreza del reino desanime definitivamente a los demás.

De esta forma, cuando el regreso de Ulises, frío y calculador, destruya sus ilusiones sin darle nada a cambio; cuando mate a Anfino sin ser capaz de ocupar su lugar en el corazón de Penélope, todo habrá acabado para ella. Sus sueños terminaron y sólo le queda «soñar que se muere»; sus últimas palabras inciden sobre ello: «¡Dichosos los muertos!» El «sueño» tiene, sin embargo, un significado más complejo que el perceptible a primera vista. A lo largo de la obra y ya desde su título encierra, por lo menos, dos sentidos diferentes: el sueño-ilusión, por el que alguien se imagina falsamente las cosas de diverso modo a como realmente son o han sido, y el sueño-utopía, que consiste en la esperanza de algo que hoy no vemos, pero puede existir en el futuro. Consecuentemente, «soñador» puede ser sinónimo de iluso o de visionario,

De ambos «sueños» participa Penélope; por un lado, tiene el sueño-ilusión de ser como Helena, alimentado por su «amor propio herido». Luego, los nobles sentimientos de Anfino la transforman y comienza para ella un nuevo sueño, en el que el amor propio será sustituido por el amor puro, un nuevo sueño en el que vislumbra la esperanza de un mundo regido, no por la razón destructora, sino por la bondad. Entonces, encerrada en su templete, comienza a dibujar sobre la tela un mañana mejor, pero surge irremediable el dolor, pues los hilos cruzados por el día deben ser separados de noche; a ella no le será permitido «vivir los sueños al soñar la vida», como dice el verso de Unamuno que Buero tomó para lema de *Irene o el tesoro;* el mundo no permite —aún— que los sueños se hagan realidad y, por ello, a los momentos de risa alegre, nacidos de la posibilidad de que sean verdaderos un día, suceden, cuando trabaja, los lamentos y gemidos que produce la constatación de su imposibilidad actual. Así surge su queja al final del

acto primero: «Porque toda mi vida ha sido destejer...
Bordar, soñar... y despertar por las noches, despertar
de los bordados y de los sueños... ¡destejiendo!»

El templete se convierte en símbolo de su alma; los
bordados del sudario de Laertes son sus deseos ocultos,
como ella misma dice: «hechos al calor de mi angustia
de tejedora, son como yo misma. Son... ¡mis sueños! Mis
sueños, que luego debo deshacer todas las noches, por
conseguirlos definitivamente algún día». Ese día no llegará nunca para Penélope; ya como castigo por haberse
dejado llevar del sueño ilusorio y mentiroso, ya porque,
como luego se verá, no es del todo diferente a Ulises, la
llegada de éste acaba con todo: «Terminaron tus sueños,
mujer.» La despertará del sueño-ilusión cuando le diga
que Helena es ya una mujer vieja y fea y que su envidia
ha sido inútil. Y, sobre todo, destruirá el otro sueño al
dar muerte a Anfino. Sólo le será posible, en adelante,
dirigir ese sueño frustrado hacia el futuro, más allá de
la propia vida y de la propia muerte, un muy lejano día,
«un día», como repite al final de la obra.

El astuto Ulises, por su parte, vencedor de sus adversarios en Troya y de las mil dificultades de su largo
periplo posterior, no sabrá ganar la más decisiva batalla
que le espera al volver a Itaca. Llega disfrazado, quizá
porque temía no agradar a su esposa, o que ésta no le
agradase a él, o porque desconfiaba de su fidelidad. Las
tres razones se exponen en el drama y actúan en su espíritu a la vez. Ulises no vuelve como el magnánimo dador
del perdón, sino como vengador «implacable». Representa
la razón del mundo: «Yo no sueño», dirá en la última
escena, marcando un agudo contraste con otra frase de
Penélope en el acto segundo: «Las mujeres no sabemos
razonar, pero soñamos.» Ulises es la violencia, la fuerza,
y por la fuerza querrá descubrir los secretos de su esposa,
franqueando la entrada del templete, con lo que se iguala
en mezquindad a los pretendientes, a los que se había
visto intentar lo mismo en el acto inicial.

Dará muerte a todos sus rivales, pero al hacerlo se
mata a sí mismo, pues destruye la única posibilidad de
vivir con Penélope, la de encarnar al Ulises con quien

ella *soñó* los primeros años después de su partida, como le confiesa al final. Él, por tanto, hubiera podido aún convertirse en esa figura masculina de los sueños de la reina, tejida con amor sobre el sudario: «Yo habría vuelto a encontrar en ti, de golpe, al hombre de mis sueños.» Pero no actúa así; como apunta Alvar, él quiere volver al pasado, al momento en que partió de Ítaca, «quiere vivir en el punto que dejó las cosas, pero esto ya es imposible»[83]. Prefirió atender a los valores del respeto social, del prestigio, de la convención, y lo arruinó todo; «Todo está perdido.» Su derrota es evidente y su esposa lo recalca con odio: «Y eres tú, tú solamente, quien ha perdido la partida. ¡Yo la he ganado!»

Ulises, en el momento de matar a los pretendientes, se define a sí mismo como «la muerte»; por eso, Anfino, su víctima, podrá decir, antes de caer abatido por la flecha: «Me matas porque tú estás muerto ya; acuérdate de lo que te digo (...). Morir en vida es peor.» Ciego por el ansia de venganza, desoirá estas palabras, pero muy pronto comprende la verdad que encerraban; lo último que dice en la obra es: «Y ahora, a vivir... muriendo.» A él no le queda siquiera, como a Penélope, la posibilidad de soñar un futuro mejor. En las acusaciones que dirige Ulises a ella hay, sin embargo, algo de cierto; le echa en cara su clemencia con Dione y ella rechaza que se deba «a una oculta rivalidad por Anfino; a una astucia mía. Pero yo no sé de esas cosas.» Esto no es verdad; esa rivalidad existía y ella sí sabe de «esas cosas», de la astucia en concreto; «astuta» la llama la nodriza y la compara en ello precisamente a Ulises. De la astucia habla la misma Penélope («Pensando en la necesaria prudencia, en la astucia conveniente...»).

Cuando recuerda la ya lejana «prueba» que su padre organizó para designar entre sus veinte pretendientes el que había de ser su marido, el espectador siente simpatía por su nostalgia, pero tal sentimiento desaparece ante su revelación de que ella, la astuta Penélope, no jugó limpio, sino que advirtió de antemano a su favorito

[83] M. Alvar, art. cit., pág. 289.

sobre la forma de tensar el arco: «Yo misma se lo dije a Ulises para que me ganase con él.» Mucho tiempo después, intenta repetir su trampa, instruyendo a su nuevo favorito, Anfino, en los secretos del arma. No, Penélope no es un ser puro; también ella posee esa «astucia» y esa excesiva «prudencia» que caracterizan a Ulises. Las dos escenas finales del segundo acto igualan y asemejan en su paralelismo a los dos esposos. Quizá por ello ambos pagarán su culpa y tendrán su castigo, aunque la magnitud del de ella pueda parecer inmerecida. Cuando Ulises exclame: «Así quieren los dioses labrar nuestra desgracia», ella contestará, dando a la vez buena muestra de esa «ausencia de Dios» a que me he referido anteriormente: «No culpes a los dioses. Somos nosotros quienes la labramos.» Verdad incontestable respecto de Ulises, pero no menos verdad para Penélope. Ambos son las Furias de sí mismos, pues éstas no son otra cosa que los errores y torpezas de los hombres.

La tejedora de sueños no se convierte, sin embargo, en un mero y vigoroso drama psicológico, porque al lado de los irreconciliables esposos hay otra figura masculina, Anfino. Es este un personaje de filiación típicamente bueriana, emparentado con el Ignacio de la obra anterior o el Silverio de *Hoy es fiesta.* Bondadoso, movido por el amor y no por la razón, que encarna Ulises, representa una clase de hombre radicalmente opuesta a la que domina el mundo, por lo que éste le desprecia, tachándole de «tonto» o «iluso». Ahora bien, si Anfino es un ideal, no es *el* ideal; no llega a alcanzar esa síntesis humana que le faltaba también al ciego soñador de *En la ardiente oscuridad.* Si éste carecía de su parte de Carlos, el antagonista, a Anfino le falta su parte de Ulises. Es, en efecto, «débil y apocado», según reconoce; ha de pasar por la «vergüenza» de oír cómo Penélope le declara su amor y lo que ha hecho para que sea posible. Puede ello deberse a su orfandad, sobre la que se insiste, y que creo ha de ponerse en relación con el deseo de Julio, el protagonista de la otra obra incluida en este volumen: «Que nunca más haya niños huérfanos.» Si Penélope es, en frase ya citada, una «Clitemnestra abortada», si Ulises temió tener el mismo fin que Agamenón y que Telémaco se convirtiese en otro Orestes, Anfino, en cambio, nunca podría ser Egisto; señala el camino que el hombre debe seguir, pero no alcanza la meta. No puede vivir en el mundo, porque éste tiene otros valores y a él le falta la mínima fuerza necesaria para imponer los suyos; por eso sólo le queda esperar la muerte, el sueño de la muerte: «La muerte es nuestro gran sueño liberador.»

Su sangre vertida, sin embargo, encandece y depura el espíritu algo turbio, pero tan humano de Penélope, que entonces se transfigura y sufre la catarsis. El sudario debe ser quemado, porque ya no hay sueños en la vida y, pese a todo, aun entonces queda algo: la esperanza, quizá desesperada, y por ello trágica, en un mañana mejor, algún día: «Esperar... Esperar el día en que los hombres sean como tú (...). Que tengan corazón para nosotras y bondad para todos; que no guerreen ni nos abandonen. Sí, un día llegará en que eso sea cierto.» Esa esperanza, que abre a perspectivas lejanas el cerrado y sombrío final de la obra, transforma totalmente a Penélope. Este su último y definitivo «sueño», que está en relación con el mito de Tiresias, el vidente, habla de un mundo en el que no habrá «más Helenas... ni Ulises», un mundo regido por un total *ordo amoris*: «Pero para eso hace falta una palabra universal de amor que sólo las mujeres soñamos... a veces.» Estas frases proféticas, que el autor hace venir del fondo de los siglos, se llenan de sentido trágico porque, milenios después del momento en que el autor las hace pronunciar, sigue siendo necesario repetirlas; aún hay que seguir esperando esa «palabra universal de amor». Por eso se ha escrito *La tejedora de sueños.*

Hoy, el mundo sigue señoreado por los Ulises, lo que era de esperar si se observa que, en la obra, también se opone a Anfino la generación más joven, es decir, Telémaco. Éste no es más que un alevín de Ulises, cuya fuerza y violencia admira. Por eso, ambos despreciarán con las mismas palabras los bordados —los sueños— de Penélope: «Tonterías de mujeres.» Como dice Borel [84], el mundo

[84] J.-P. Borel, *op. cit.*, pág. 247.

es aún de los que, como ellos, prefieren la apariencia a la verdad e imponen a toda costa un orden, aunque sea el terrible orden de la muerte, nacido de la violencia y de la guerra, encarnadas por Ulises.

La guerra es tema persistente en Buero Vallejo, vista como una de las muestras más brutales del enfrentamiento del hombre con el hombre, mantenida desde el tiempo de los griegos hasta la actualidad. Algunas alusiones de la obra podrían ser entendidas como elípticas referencias a una guerra concreta y cercana y *La tejedora* vendría a ser una parábola mítica que alude a temas imposibles de tratar con mayor claridad: *El tragaluz* no se estrenó hasta 1967. Quizá por esto decía Pablo Corbalán, mucho tiempo después de su estreno, que nuestra obra «era una directa alegoría de la más reciente historia española» [85]. Es cierto que la actuación de Ulises y su decisión de preferir la venganza al perdón, el aniquilamiento del vencido antes que la benevolencia resultan condenadas, no sólo por inhumanas, sino también por estériles, pues al final no le dan la última victoria. Pero sería erróneo ver la obra como una alegoría; Buero puede aludir de pasada a una situación concreta, mas su propósito desborda ese marco y se eleva como una condena de la guerra en sí, de esa locura del hombre a la que la *razón* encuentra muchas veces justificaciones y que provoca los amargos lamentos de Penélope.

En suma, *La tejedora de sueños* presenta la cara oculta de un mito clásico. Buero creyó ver en la historia de Ulises unas posibilidades latentes, susceptibles de conducir a conclusiones muy diversas de las transmitidas hasta entonces. Penélope es símbolo paradigmático de fidelidad, pero su perfil inmóvil se conmueve tan pronto como a su recuerdo se une el de Clitemnestra. Por ese camino, el autor convirtió la historia modélica en un mito que habla de amor y de guerra, de sueños y de cobardía. Mostró en sus tres protagonistas cómo tras la espera puede estar la desesperación, bajo el valor, la ruindad, al

---

[85] P. Corbalán, «Buero Vallejo, en el laberinto de España», *Informaciones,* 4 de febrero de 1971, suplemento núm. 135, pág. 1. Ya he citado las palabras de Pérez Minik que coinciden con esto.

lado del amor, la ineficacia. A la vez, quiso presentar en público la gestación de la mentira oficial, revelando el modo como los poderosos forjan a su medida la versión de los hechos que ellos desean y que será transmitida a la posteridad. La obra no es una tragedia de túnicas concebida como evasión para el espectador; los sueños de Penélope son —debieran ser— los nuestros, del mismo modo que la violencia de Ulises es también la de hoy. En última instancia aún no hemos salido de Ítaca.

Llegada de los dioses

Estrenada a comienzos de la temporada 1971-1972, esta obra, madurada durante año y medio, fue escrita rápidamente, en dos o tres meses, y estaba terminada en julio de 1971[86]. La recepción por parte de la crítica fue muy diversa; mientras López Sancho, en *A B C,* habló de la «evolución que en la dramaturgia de Antonio Buero Vallejo se opera», dentro de la que la nueva obra mostraba un avance, Fernández-Santos, en *Primer Acto,* dijo exactamente todo lo contrario: «es, respecto de estas... dos últimas obras, un considerable bajón, un fuerte descenso», y añadía que con este «artificioso drama», el autor daba «la razón a sus muchos detractores». Para unos, era «una de las más ambiciosas, completas y logradas producciones de la dramaturgia española contemporánea» ((Pablo Corbalán, *Informaciones*), otros no vieron en ella sino «un lugar común expuesto con demasiadas complicaciones» (Carlos Luis Álvarez, *Arriba*)[87], una obra

---

[86] Vid. Emilio Rey, «La última ceguera de Buero Vallejo», *Ya,* número 10301, 25 de julio de 1971, sin paginar.

[87] Es curioso que Álvarez, en la gacetilla publicada al día siguiente del estreno (*Arriba,* 18 de septiembre de 1971, pág. 14) destacara que la obra era «una tragedia», mientras que en la crítica extensa del día siguiente escribía que «no logra convertir en tragedia los elementos folletinescos del texto». Las referencias completas de ésta y las demás críticas citadas se encuentran en la bibliografía.

que rozaba «en exceso el melodrama o el folletín» (Arcadio Baquero, *La Actualidad Española*), cuyos «virtuosismos formales y alardes escenográficos» eran «en su mayor parte gratuitos» (Florencio Segura, *Reseña*), y, además, de «un esquematismo atroz,... verborrea de ataques y réplicas» (Miguel Bilbatúa, *Destino*). No faltó, incluso, algún destemplado ataque [88]. En antítesis, Rof Carballo opinó que se trataba de «una de las mejores obras» del autor (*A B C, 5* de diciembre de 1971) y para Ramón de Garciasol tenía «un vuelo universal quizá superior al resto de sus obras» (*La Estafeta Literaria*). El público mantuvo el drama en cartel durante más de seis meses, duración sólo superada, entre los de Buero, por *El tragaluz.*

En realidad, *Llegada de los dioses* viene a ser, en algunos aspectos, una vuelta atrás, lo que no es forzosamente igual a un retroceso. De un lado, repite los procedimientos escénicos de *El sueño de la razón,* la obra precedente, con una variante de importancia: el paso del siglo XIX a la época actual; encontramos, así, lo que he llamado el punto de vista de primera persona, por el que se sumerge al público en las profundidades de la mente de un personaje, Julio, que tiene una tara. Salen a luz sus fantasías y alucinaciones, que provocan en él inquietud e incluso pánico. Cuando está en escena, no vemos lo que pasa, sino lo que él cree que pasa o teme que pueda ocurrir. Respecto a la obra anterior, cambia el defecto físico, la sordera, aquí convertida en ceguera, pero se repite el intento de imponer una visión subjetiva, por medio de la que aflora al exterior el mundo interno de un personaje.

Por otra parte, esta obra supone también una vuelta a los modos compositivos de la primera etapa, la que se cerraba con *Las cartas boca abajo*: escenografía realista, como ya advirtió Nicholas [89], y unidad de lugar. En vez

---

[88] Antonio D. Olano, por ejemplo, venía a decir en *C-7. Cine en 7 días* que Buero era un autor consagrado, que por ello no arriesgaba nada y escribía cohibido. Y en crítica a otra obra, inserta en la misma página de la revista, añadía, con no mucha elegancia, que «la aparente frivolidad, y no la seriedad del asno, es lo que, realmente, nos hace meditar».

[89] R. L. Nicholas, *The Tragic Stages of Antonio Buero Vallejo,*

de los escenarios simultáneos de todas las obras posteriores a 1958, se recurre otra vez al salón de estar de una
casa, muy similar, aunque más moderno, al de *La señal
que se espera,* cuyo mundo social es también el mismo:
la alta burguesía [90]. De igual forma, se vuelve al fluir
temporal continuo dentro de cada acto, sin las rupturas
ni saltos cronológicos de los cinco estrenos anteriores. Es
cierto que el ilusionismo realista se rompe a cada paso
por la introducción de elementos alucinatorios, como las
visiones del ciego, las grietas o las paredes transparentes,
pero no lo es menos que ello ocurría ya en obras como
Irene o el tesoro, en la que el duende o la Voz tenían
idéntico origen: son proyecciones de la imaginación o el
subconsciente de un personaje. *Llegada de los dioses* viene
a ser, por todo esto, una obra que suma a la forma constructiva de la primera época algunos hallazgos de la
segunda, sin lograr quizá la mejor síntesis de ambas, lo
que justificaría la fría acogida de parte de la crítica, que
también puede explicarse por la rigidez o envaramiento
del lenguaje en ciertos momentos, sorprendentes en un
autor que había mostrado en otras obras un notable do-
minio del diálogo teatral.

Esta última apreciación, detallada en las notas al texto,
se refiere al peso, a veces abrumador, del debate dialéctico entre los tres personajes centrales, sobre todo cuando
abordan uno de los temas más importantes de esta «fábula», el de la revolución, que adquiere por ello un tono
entre discursivo y declamatorio, no muy verosímil desde
el plano dramático. Hay que advertir también que el
autor utiliza el lenguaje para transmitir el ambiente de
falsedad en que viven todos los personajes, excepto Julio
y Verónica. La artificiosidad con que hablan se condensa
en la repetición abrumadora del término «muchacho»
que se dedican unos a otros, indicio de que se mueven

Estudios de Hispanófila, Universidad de North Carolina, 1972,
página 106.

[90] La similitud de ambiente con *La señal* o *Madrugada* la advierte muy bien Mariano de Paco de Moya. «*Llegada de los
dioses*: la tragedia de la inautenticidad», *La Estafeta Literaria,*
número 493, 1 de junio de 1972, pág. 15.

en un universo de palabras, cuyo mejor exponente es Margot; ella misma declara que su «oficio» es inventarlas, y el párrafo que conocemos de su artículo constituye buena muestra de su prosa relamida, construida sobre sofismas y vaciedades: «Pintura amable, pero eterna. ¿O amable por eterna? ¿O acaso eterna por amable?» Encerrados en su mundo ficticio, tratan de ocultar la realidad con la manipulación del lenguaje, tema más bien insinuado que planteado en la obra. Con sus continuos «muchacho» creen poder mantener todavía las ilusiones de una juventud ya definitivamente perdida. Será Julio quien desenmascare la farsa: «Hasta os llamáis muchachos y sois viejos...»

Esta trivialidad en los diálogos, concentrada en una de las primeras escenas, en la que oímos expresiones como: «¿Ya andáis de tonteo?», «Estás deslumbradora», «¡Tú sí que estás hecho un sol!», «Eres un cielo», «Me enloquece», «Eres un amor» o «Eres un encanto», tiene, pues, una función dramática: revelar la hipocresía y la mentira en que se basan las relaciones en el mundo de los padres. Julio, que declara no poseer su «delicadeza» al hablar, insiste en su denuncia: «Pero, eso sí, hay que callar. O aplicar vuestro asombroso lenguaje. La caricia obscena es un beso amistoso; la traición al amigo, piedad por una mujer insatisfecha (...). Y la hija es ahijada. ¡Todo, antes de que vuestro bello pantano se remueva!» Sin embargo, ¿no existe el riesgo de que un lenguaje tan poco natural extienda peligrosamente su efecto y, además, de hacer insoportable el mundo de estos burgueses, convierta en artificial esas escenas?

La acción es muy escasa y, cuando se levanta el telón, ya ha comenzado a fluir: Julio lleva veinte días ciego y hace ocho que está en la casa de su padre en las islas, adonde le ha acompañado Verónica, unida afectivamente al joven, con la secreta esperanza de que el enfrentamiento entre padre e hijo devuelva a éste la vista. A lo largo del primer acto *vemos* la ceguera de Julio, paradoja que en este caso no lo es, pues se presentan en escena sus imaginaciones y fantasmas. Dos posibles causas de su estado son aducidas ahora, la de su padre, informado por un psiquiatra, para quien la ceguera no es orgánica y quizá se deba al choque producido por el fracaso de su exposición pictórica en París, y la que da el propio Julio: se trata de una reacción al horror que le ocasiona saber que su padre había practicado la tortura en la guerra.

El acto segundo transcurre siete días después; en él se conoce una tercera hipótesis sobre la ceguera, la de Verónica, y se expone el pasado de ésta; continúan las fantasías oníricas de Julio, a la vez que se intensifican los momentos en que consigue ver normalmente, uno de los cuales ya había tenido lugar en el primer acto; son anuncios de su curación, que se produce hacia el final, muy poco antes de la muerte de Nuria, que se cuenta, y de la de Felipe, que ocurre en escena, tras de lo cual el joven pierde de nuevo la visión. En esta obra «pasan», según se ve, muy pocas cosas y todo se centra en el desvelamiento de las causas de una ceguera y su posible curación [91]. En realidad, su planteamiento parece inspirado en el *Edipo rey* de Sófocles, pues se trata de descubrir un enigma y, en ambos casos, el protagonista ciega por saber, por querer saber [92].

Julio es otro de los personajes agónicos, complejos y

---

[91] «Apenas si hay acción... Todo se reduce a ir desvelando —al estilo ibseniano— un pasado que cada personaje lleva oculto en sí» (Florencio Segura, «Llegada de los dioses», *Reseña,* número 49, noviembre de 1971, pág. 539).

[92] R. Doménech, *op. cit.,* págs. 262-267, se refiere a la obra como una «reelaboración» del mito de Edipo. También podría señalarse cierta similitud con *Espectros,* de Ibsen, cuya idea central es, como aquí, que el pasado vuelve para afectar a los hombres del presente: Osvaldo, joven pintor que, al igual que Julio, llega a la frustración y no puede pintar, dice una frase que resume el sentido del drama y que, como veremos luego, es también básica para entender *Llegada de los dioses:* «Los hijos pagan los pecados de los padres» (Ibsen, *Teatro completo,* Madrid, Aguilar, 1973, pág. 1341). Cabe señalar otro paralelo: Osvaldo está enamorado de una hija ilegítima de su padre, que todos creen nacida de otro matrimonio, como ocurre aquí con Nuria, enamorada a su vez de Julio. Por lo menos en dos ocasiones Buero se ha referido a *Espectros* como una tragedia modelo; vid. su «Ibsen y Erlich», *Informaciones,* 4 de abril de 1953, y su ensayo «La tragedia», en *El teatro. Enciclopedia del arte escénico,* Barcelona, Noguer, 1958, pág. 68.

torturados del teatro de Buero Vallejo. Toda la obra gira en torno a él, y su presencia origina hasta cuatro planos diferentes [93]. El primero se desarrolla cuando él no está en escena y en los breves momentos en que recobra la vista y está caracterizado por una visión e iluminación normales. El segundo ofrece una oscuridad absoluta, que suele ser de corta duración, en los momentos en que él entra en escena y al final de la obra; en esos instantes, sólo palabras percibe el espectador. En el tercer plano, el oscurecimiento total desaparece, al iluminarse las «pinturas en movimiento» que indican la visión subjetiva del ciego, en la que quienes le rodean adoptan actitudes o posturas ridículas. El cuarto plano, cercano al precedente, está dominado por «otros fantasmas que a veces se me imponen», como él mismo reconoce, los cuales le producen temor, pues parecen dominarle y le llevan a un terreno próximo a la locura; son emanaciones de su mente, como sugiere Verónica, es decir, salen del subconsciente.

El deslindar los dos últimos planos no es, sin embargo, fácil. Está claro que al último pertenecen la imagen del torturado o la visión de Nuria en el ataúd, pero acaso también la extraña operación en la que su hermana vierte su sangre en el vaso que luego le ofrece a beber, escena de no muy clara interpretación, pero sin duda relacionada con los deseos de ella de que Julio la vea como mujer, no como niña, y le preste atención en el terreno erótico. También domina la ambigüedad en los momentos del acto segundo en que Julio imagina a Verónica atraída o entregada a su padre; son, desde luego, expresión de su temor, aunque quizá, como luego se verá, también de su deseo subconsciente. ¿Provienen estas imágenes de su voluntariedad —plano tercero— o de algo más hondo —plano cuarto—? El que, cuando la luz normal vuelve, ni Verónica ni Felipe se encuentren en las posturas imaginadas por Julio sugiere que la hipótesis correcta es la primera, pues las emanaciones del último plano no son falsas, pero, en todo caso, si pertenecen al tercero, está

[93] Amplío el punto de vista de R. L. Nicholas, *The Tragic Stages...*, cit., pág. 109, que sólo considera tres.

claro que no provocan en el ciego la risa de las meras fantasías voluntarias.

La presencia del tema de la ceguera, recurrente en el teatro de Buero, obliga a plantear cuál es aquí su significado. Borel había escrito casi una década antes de estrenarse esta obra que, «debajo de la ceguera, habría una especie de elección personal, y al mismo tiempo de responsabilidad. Ser ciego es, a la par, un problema ético. Mas, hasta ahora, Buero Vallejo no desarrolla el tema» [94]. Ese desarrollo se alcanza en *Llegada de los dioses* en forma muy compleja. De primera impresión, parece que Julio *ha elegido* cegar para expiar el pasado de su padre, como compensación de los horrores que éste cometió y que costaron la vida a alguna de sus víctimas. Pero, en su oscuridad, él ve más lejos que los demás: «Veo mejor desde que he cegado.» Por ello es una de las encarnaciones más claras del mito de Tiresias: es un vidente en doble sentido; de un lado, efectivamente prevé el futuro, al adivinar la muerte de Nuria y, al final del primer acto, la de su padre, cuando imagina que el torturado le ahoga con sus manos. Por otra parte, es vidente en cuanto que él *ve* y su padre y los que le rodean, no. El ciego no es Julio, sino los que cierran los ojos ante la verdadera situación del mundo, los que están dominados por la «ceguera azul» que les permite creer en «la alegría de nuestra prosperidad y el azul remanso de paz donde tenemos el privilegio de vivir». Ellos han decidido ignorar la realidad y su ceguera es por ello una elección voluntaria y culpable, un problema ético, como decía Borel.

No obstante, hay un personaje que ve más que Julio, Verónica. Ella tiene también la lúcida visión del joven y no está, en cambio, cegada por el engañoso azul; por eso, puede echarle en cara sus insuficiencias. Al menos en una dirección, Julio no *ve*: hacia dentro: «No volverás a ver si no ves primero en tu interior.» Por no hacerlo, o más bien por no querer hacerlo, por no querer *verse,* el ciego no cura; por haber tardado mucho en decidirse, quizá no verá ya más, en un castigo tremendo, pero no injusto,

[94] Prólogo a su edición de *El concierto de San Ovidio,* Barcelona, Aymá, 1963, pág. 11.

que al final se le impone o, posiblemente, se impone. Julio, como tantos otros protagonistas de Buero, y recuérdese lo dicho antes sobre Penélope y Anfino, también yerra y acaba por reconocerlo así. Se equivocaba, por ejemplo, al reírse del mundo de su padre, aspecto considerado después, o cuando estaba poseído de un total fatalismo, por creer que ya no hay remedio ni solución, que la bomba caerá inexorablemente: «Hace años que está cayendo. *Y no hay quien la detenga.*» «Vivimos esperando el fuego, la explosión *que ya nadie evitará.*» Quizá su risa nacía precisamente de este convencimiento y no era sino una forma de aturdirse. En fin, erraba cuando mantenía que su ceguera procedía sólo de la explicación que él daba, y se negaba a admitir cualquier tipo de culpa en sí mismo.

Si se sistematizan los diversos sentidos que la ceguera encierra, podemos hallar los siguientes: 1) Para Julio es expiación por las torturas de su padre; se trata de una transferencia del mal causado por éste a una de sus víctimas. 2) Representa la imposición de un castigo a Felipe, que paga dolorosa y tardíamente la maldad, sufriendo al ver que su hijo viene a resultar su víctima. 3) Es también la manifestación del rechazo por parte de Julio del mundo de su padre y todo lo que significa, tanto el pasado de guerras y violencias como el presente materialista y destructor. 4) Más sutilmente, revela la negativa del joven a ver a su padre como realmente es; racionalmente le desprecia, pero en el fondo, sin querer admitirlo, le ama: pierde la vista porque su subconsciente desea extender sobre las cosas lo que Laín Entralgo llama «un velo de tiniebla psíquica» [95] que oculte todo, pero le mantenga vinculado a él; de ahí procede su negativa a marchar de las islas. La ceguera constituye, pues, un medio de unión al mundo de Felipe, que se ve obligado a cuidarle. 5) Tal como explicaba el psiquiatra, la falta de vista es la reacción de su conciencia débil ante la frustración, ante su fracaso como pintor. Huérfano de madre, Julio ha crecido bajo la sombra poderosa de su padre, que

---

[95] Pedro Laín Entralgo, «Ceguera y rebelión», *Gaceta Ilustrada,* núm. 783, 10 de octubre de 1971, pág. 16.

ha descompensado su psique profunda, hasta el punto de que, aún hoy, es un niño desvalido que corre a acogerse en el seno maternal de Verónica. Su conciencia está escindida entre la admiración, el temor y el odio hacia Felipe; admiración por la perfección técnica, sin genio, que tiene como pintor; temor a no poder igualarle, que le ha frustrado desde niño, cuando lloraba de impotencia ante lo que creía inalcanzable, y que se ha mantenido después, como Verónica descubre: «tu desánimo ante cualquier dificultad técnica... Cuando tropezabas, solías decir: esto lo hace muy bien mi padre. Bromeabas, pero en tus ojos había tristeza». Quizá Julio no era pintor y tentó ese camino sólo para emular a su padre, lo que ella también insinúa; la ceguera sería entonces una coartada para no reconocer su error; por eso gritará con ira: «Y si no soy pintor, ¿qué soy?» O quizá, más sencillamente, Julio sí es pintor, pero ha hecho como tantos de esos jóvenes que ridiculiza Margot: «Actores improvisados, músicos sin estudios...»; es decir, ha despreciado el difícil aprendizaje de una disciplina y se encuentra en un callejón sin salida.

Parece, pues, que el subconsciente temor a no superar al padre ha hecho que la imagen de éste se proyecte dominadora sobre él, anulándole, produciendo algo similar a lo que un psicoanalista llamaría un complejo de castración artística. En cierto modo, Julio es aún un niño que no ha logrado reajustar sus relaciones con el padre, y lo prueba el hecho de que su enfrentamiento con Felipe aún no haya concluido o, lo que es lo mismo, que aún dependa de él. Sólo al final de la obra admitirá esta dependencia y, significativamente reconocerá entonces su cariño, reprimido por un odio violento en el nivel del *ego,* dicho en términos freudianos: «Yo te amaba... A ti, criminal, hipócrita, despreciable, te amaba...» Como todos los niños, había hecho de su padre un dios, dotado de un poder ilimitado; le había convertido en el Padre Idealizado de que habla Rosolato [96]. Al final cuando la

[96] Guy Rosolato, *Ensayos sobre lo simbólico,* Barcelona, Anagrama, 1974, pág. 42.

«muerte del padre» llegue a ser estricta realidad, Julio habrá alcanzado un estadio superior.

Antes de ese momento, Julio se refugia en la risa y se encastilla en su propia explicación de la ceguera, sin querer aceptar la que Verónica le propone. Como auto-defensa, buscará incluso turbias justificaciones en su compañera, suponiéndola de acuerdo con su padre; por eso, las escenas en que imagina una atracción entre estos dos pueden ser la exteriorización de su deseo oculto de que, ya que él es débil, aunque no lo reconozca, también lo sea Verónica; en suma, la explicación de ella sería así falsa, al estar dictada por su interés hacia Felipe; si todos se corrompen, él resulta menos culpable.

Otra muestra de la negativa de Julio a enfrentarse con la realidad se da en la escena en que expresa su deseo de volver al seno materno. Lo que quiere es huir de las dificultades de la vida y refugiarse en un estado de bienestar: «Dormir dentro del vientre materno, en su agua tibia y oscura...» Inmediatamente surge la asociación con el mar, ya presentado antes en relación simbólica con la niñez («El sonido del mar es la más vieja nana del mundo»), e incluso identificado con la imagen de la madre y la idea del sueño: «El mar es una madre que nos canta... Deberíamos obedecerla... y dormir.» Todo confluye en esa escena con Verónica, su «madrecita», como la llama cariñosamente. La situación es una clara muestra de la inseguridad radical de Julio y de su necesidad de hallar un refugio, especificado por el deseo de retorno al lugar prototípico de seguridad, el claustro materno [97]. Por eso se echa en brazos de Verónica, diciendo: «¡Sólo en ti puedo refugiarme!», y ella acepta el papel de mujer-

_____

[97] La escena muestra también, en una confluencia de motivos de los que hacen tan ricas en significados las obras de Buero, que Julio busca la _imago_ materna de la que carece por ser huérfano. Es posible que el autor conociera las teorías de Rof Carballo sobre la importancia, no sólo psicológica, sino incluso física, que tiene, en la urdimbre de una persona, la falta de la madre en la niñez; véanse sus libros anteriormente citados. Sobre la relación entre el deseo de retorno al estado intrauterino y el sueño, vid. Otto Rank, _El trauma del nacimiento,_ Buenos Aires, Paidos, 1972, págs. 78-79.

madre: le llama «¡Niño mío!», acoge su cabeza en el regazo y le acuna: «Yo soy tu cuna. Tu madre. Y te daré vida...»

Esta última frase me parece de suma importancia. Julio busca, al identificarse con el mar, la huida, incluso en la forma más drástica: morir; su actitud es idéntica a la que descubre Feal Deibe en Lorca: «Equivale a un rechazo del mundo exterior y, como tal, a un suicidio»[98]. Eliade escribe a este propósito: «Las aguas simbolizan la suma universal de las virtualidades. Son *fons et origo*, depósito de todas las posibilidades de existencia; *preceden* a toda forma y sostienen toda creación (...). La inmersión en el agua significa la regresión a lo preformal, la reintegración al mundo indiferenciado de la preexistencia»[99]. Pero el agua implica también regeneración, volver a nacer: «el agua se convierte en símbolo de la vida», dice el mismo autor[100], y, como tal, se equipara a la mujer. Por ello no es casual que sea una mujer, Verónica, quien asuma, frente al deseo negativo de Julio, el aspecto positivo de su anhelo; recuérdense sus palabras: «Y te daré vida, aunque sea dolorosa. Vida y no muerte.»

El comportamiento de Julio tiene, por tanto, aspectos que muestran una insuficiencia, una «ceguera» que, sin embargo, sabrá superar; al final, se atreve a reconocer sus limitaciones, al admitir que era un «burguesito» fascinado por su padre, como le decía Verónica. Ha comprendido hasta qué punto estaba atado al sistema de vida que decía despreciar; ello lo muestra en el momento en que, frente a su negativa anterior a marchar de las islas, acepta la propuesta repetida de Verónica: «Nos iremos.»

---

[98] Carlos Feal Deibe, *Eros y Lorca*, Barcelona, Edhasa, 1973, página 27.
[99] Mircea Eliade, *Imágenes y símbolos*, Madrid, Taurus, 2.ª ed., 1974, pág. 165.
[100] *Ídem, Tratado de historia de las religiones*, Madrid, Ediciones Cristiandad, 1974, I, pág. 223. Julio desea oscuramente renacer más puro y por ello piensa en el mar, equiparado intuitivamente a la madre que podría darle nueva vida: «La mer est pour tous les hommes l'un des plus grands, des plus constants symboles maternels» (Marie Bonaparte, cit. en Gaston Bachelard, *L'eau et les rêves*, París, José Corti, 1942, pág. 156).

Pese a las apariencias, Julio participa también de la agonía por alcanzar la claridad, la luz, la verdad, que es uno de los motivos básicos del teatro de Buero. Se ha concluido el proceso de desvelamiento de la realidad y el protagonista ha alcanzado un estado de mejor comprensión de las cosas. Significativamente, esto no le da mayor seguridad; la firmeza anterior, cuando creía conocer los motivos de su ceguera, se ha desvanecido: «Nunca sabré por qué he cegado.» Se insinúa con ello como imprescindible una dialéctica que suponga el continuo replanteamiento de los problemas. Sólo que, en trágica paradoja, cuando por fin ve la verdad mejor que nunca, ha quedado ciego: el caso de Edipo se ha repetido hasta el fin.

Esta última ceguera de Julio ha de entenderse como un castigo por su debilidad en el momento en que había recobrado brevemente la visión. En esos instantes se mostraba dispuesto a aceptarlo todo con tal de no volver a cegar: «Nunca más cegar. Nunca más. No se puede perder esta maravilla.» Manifiesta incluso el propósito de olvidar las monstruosidades del mundo; aunque ve la luz física, ha caído en la «ceguera azul» de su padre. La admonición de Verónica, convertida en su conciencia, es tajante: «Se puede ver sin olvidar.» Julio no quiere cegar de nuevo, pero *ya* está ciego. Y, además, el olvido no es posible; el accidente de Nuria le recuerda que no se puede borrar el pasado, que sigue vivo en el presente. Por todo ello, Julio ciega, pues los errores siempre se pagan; pero satisfecha esa deuda, alcanza una perspectiva mejor, desde la que, aun sin vista, no estará ciego, pues verá sus fantasmas, aumentados ahora por los de su padre y su hermana. No ignorará ya la brutalidad de los actos humanos y de sus sistemas de vida, y esta videncia social es un sexto y último sentido de la ceguera en esta obra.

Llegada de los dioses, plantea, en efecto, un debate social. Julio y Verónica elaboran con sus palabras una muy clara acusación contra la sociedad capitalista de los padres y, dentro de ella, contra la clase que obtiene el beneficio de la situación, la burguesía, que construye sus ideologías defensivas para protegerse: el progreso, la prosperidad, el bienestar para todos... La escena inicial del acto segundo supone un enfrentamiento radical entre Felipe y la joven, en el que ésta desmonta las falsas razones del otro. No es casual que la conversación de Felipe y Artemio, la primera vez que aparecen en escena, gire precisamente en torno a inmobiliarias, urbanizaciones, ventas, matrimonios ventajosísimos, que son un negocio más, y todo ello sobre la base de obtener unas plusvalías increíbles: el hermano de Julio ya les «ha ganado millones».

La obra muestra cómo, bajo la apariencia de seres afectuosos, de honorables padres de familia, se esconden las «fieras» capaces de las mayores atrocidades: la tortura, la guerra... Este presente de éxitos económicos ha tenido un pasado y, aunque nunca se diga explícitamente, surge la sospecha de que hay una relación entre uno y otro. Felipe no es sólo el próspero hombre de negocios de hoy, sino también el actor de una guerra que prefiere olvidar: «Concluida aquella guerra —escribe Monleón—, el hombre se sitúa en la normalidad de la vida familiar y actúa como si nada hubiera sucedido» [101]. Pero la guerra nunca ha terminado, le echa en cara Julio a su padre, porque perduran quienes la hicieron, porque mantienen sus actitudes y porque siguen dispuestos a aceptarla, mientras sean «guerras localizadas», como si así no les concerniera, «Tú eres guerra», dirá Julio a Felipe, combatiente en la guerra mundial, en la que ha torturado a los miembros de la resistencia de un indeterminado país centroeuropeo [102], tras de lo cual se ha ido a vivir a una nación

[101] J. M., «*Llegada de los dioses,* de Antonio Buero Vallejo», *Primer Acto,* núm. 137, octubre 1971, pág. 57.

[102] La tortura preocupaba al autor desde hacía tiempo; ya en 1960 se preguntaba Ramón Nieto si trataría «ese tema que a Buero le atrae por encima de todos y que no se atreve a abordar: 'la tortura física'» (R. N., «Antonio Buero Vallejo», *Mundo Hispánico,* núm. 144, marzo de 1960, pág. 34). En 1961, el propio dramaturgo declaraba que «me gustaría desarrollar dramáticamente en el futuro, de forma verdaderamente completa... un drama sobre la tortura física». A la pregunta de si la había padecido, respondía: «No, exactamente. Más bien la he compadecido: es un tema deplorablemente actual en el mundo entero» (Del Arco, «Mano a mano. Antonio Buero Vallejo», *La Vanguardia Espa-*

para él extranjera, que tampoco se concreta, pero que claramente se identifica con España; las islas parecen las Baleares y el «También aquí hubo guerra...», que dice Verónica cerca del desenlace, se refiere a la guerra civil, como confirmó Buero en una entrevista [103].

El drama, a juicio de Pérez de Olaguer, ofrece una clara conclusión: «los responsables de la guerra no podrán construir un mundo de paz» [104]. «Tu paz es ficticia», decía Julio a su padre, porque las torturas no han cesado y los conflictos bélicos continúan: «Las fieras siguen sueltas, y tú no eres más que una fiera que descansa. Pero la guerra no te ha abandonado.» Felipe ha querido borrar el pasado, como si fuese una anécdota desagradable, pero sin importancia. Al final comprenderá, como su hijo, que no se puede olvidar: «La guerra nos acecha. Siempre vuelve a estallar bajo nuestros pies»: esta frase de Julio es otra premonición cumplida con exactitud en el momento en que Nuria muera despedazada por una granada oculta desde la guerra. El grito angustiado que entonces oímos a Felipe («¡Yo la he matado!») nos da el sentido del accidente. Si la ceguera de Julio era un castigo para su padre, la muerte de la hija supondrá un segundo castigo, seguido inmediatamente del definitivo, su propia muerte de un ataque al corazón. Agonizante ya, tendrá que admitir la razón que asistía a Julio: «Nos acecha en el aire y bajo el suelo... Sí. La guerra sigue viva.»

Nuria, criatura inocente, pero ya deformada por la sociedad, era un resultado de la alienación dominante. Su muerte es el último acto de guerra de Felipe, que éste dirige contra sí mismo. Es el pasado que vuelve, «implacable», como había dicho Julio del espectro del torturado,

ñola, Barcelona, 6 de diciembre de 1961, recogida en su *101 interviús, por las buenas,* Barcelona, Científico-Médica, 1963, página 201, por donde cito). En la primera mitad de 1964 escribió sobre este tema *La doble historia del doctor Valmy,* no autorizada entonces por la censura.

[103] Francisco José de los Santos, «No soy políticamente indiferente... (Antonio Buero Vallejo)», *Flashmen,* núm. 4, mayo de 1972, pág. 10.

[104] Gonzalo Pérez de Olaguer, «*Llegada de los dioses*, de Buero Vallejo», *Yorick,* núms. 55-56, diciembre de 1972, pág. 125.

quien, en su fantasmagoría, es el autor de la muerte de su padre, en un símbolo visual muy significativo. El sacrificio de la niña inocente aumenta el tono trágico de la obra. No es un producto de la casualidad, sino la ejemplificación teatral de unas palabras que el propio Buero escribió en su ensayo «La tragedia» en 1958: los errores de los hombres terminan siempre por ser pagados y lo que parece acción de la fatalidad o del destino ciego es producto, en realidad, de la voluntad humana; el castigo «puede alcanzar al que erró o a otros, que pagarán por el que erró. Esto podrá ser espantoso, pero no es arbitrario. Hoy como entonces [en la Grecia clásica] es fatal, mas no arbitrario, que los hijos paguen las culpas de los padres (...); como también lo es el pagar por las culpas propias de un modo u otro, tarde o temprano. Es fatal, en suma, que la violación del orden moral acarree dolor» [105].

Un tema que recorre la obra hasta hacerse obsesivo es el riesgo de una hecatombe total. De un lado, el peligro nuclear, la posibilidad de que una guerra atómica destruya completamente la vida en la Tierra, de lo que ya hablaba Camus en su discurso de recepción del premio Nobel, con palabras que, al dibujar la tarea de su generación, que es la de Buero, expresaban ideas muy parecidas a las de éste: «Ante un mundo amenazado de desintegración, en el que nuestros grandes inquisidores bordean el peligro de establecer para siempre los reinos de la muerte, [nuestra generación] sabe que debería... restaurar entre las naciones una paz que no sea la de la servidumbre» [106]. Por otra parte, el peligro aumenta por el riesgo de un desastre ecológico de proporciones plane-

---

[105] A. Buero Vallejo, «La tragedia», cit., pág. 70. Sobre la esperanza y el sacrificio del inocente, vid. su intervención, más reciente, en el coloquio «Sobre *Medea* y la actualización de los clásicos», *Primer Acto*, núm. 129, febrero de 1971, págs. 24-27.

[106] Cito por la traducción publicada en *Primer Acto*, núm. 116, enero de 1970, pág. 36. El terror atómico preocupa a Buero hasta el punto de tener siempre presente la posibilidad de una catástrofe; vid. G. Pastor, «Autores famosos. Buero Vallejo, el gran olvidado de la televisión», *España Semanal*, Tánger, 19 de marzo de 1967, pág. 3.

tarias o de la extenuación de la Tierra por superpoblación. Tales amenazas, creadas por un sistema determinado, se dirigen ya contra los mismos que las han provocado; es una locura ante la que la postura mayoritaria consiste en creer que «se exagera» mucho o que todo se resolverá, porque hay «mucho dinero dedicado al estudio de esos problemas».

Frente a tal actitud, Buero, convertido en conciencia de su tiempo, dibuja en su drama como única salida una transformación del hombre, conseguida por la revolución que propugna Verónica, libre de la sangre, la tortura y la guerra [107]. Esta revolución no es exactamente la misma que Julio defiende en un principio, y con ello abordamos el último debate planteado en la obra, sostenido por los dos jóvenes. En él se tratan también problemas estéticos que, como ocurre casi siempre en Buero, se convierten en seguida en problemas éticos. *Llegada de los dioses* no supone, como algunos quisieron ver en su momento, un ataque a la juventud, entre otras cosas, porque Verónica también es joven. Ella es más lúcida y por eso critica en su compañero la tendencia, tan extendida, al desdén displicente hacia todo lo hostil, que convierte al adversario en un muñeco. El mundo de los padres no es, como Julio quiere verlo, una grotesca caricatura, una farsa guiñolesca de muñecos despreciables, dignos sólo de provocar la risa. Él quiere plasmarlos así, si algún día recobra la vista. Pero ésa sería una pintura supraesperpéntica con todos los defectos ideológicos, éticos e incluso tácticos que Buero señaló alguna vez en el «esperpento puro»;

---

[107] Es significativa la coincidencia en estos puntos entre Buero y otro autor de su generación, Miguel Delibes, que convirtió su discurso en la Academia en un alegato sobre los riesgos del «progreso», la degradación ecológica, el terror atómico, la alienación y el envilecimiento de la vida. En su texto proponía también como salida la necesidad de «un hombre nuevo... sobre un entramado social nuevo» (Miguel Delibes, *El sentido del progreso desde mi obra*, Madrid, 1975, pág. 51), mostraba su confianza en la juventud y aspiraba a una superación de «la violencia y la incomunicación; de la autocracia y la desconfianza; de la injusticia y la prostitución de la Naturaleza; del sentimiento competitivo y del refinamiento de la tortura; de la explotación del hombre por el hombre y la exaltación del dinero» (pág. 59).

éste «es la forma suprema del desdén. Y cuando decidimos ver a nuestros semejantes como a esperpentos, ya no cuesta mucho ejercer sobre ellos violencia (...). El problema (...) consiste en comprender, incluso desde la perspectiva revolucionaria, los límites de la violencia y del desdén» [108].

La postura de Verónica viene a ser la dramatización de lo que, según vemos, es idea arraigada en el autor. Si recrimina la actitud de Julio es porque implica un doble error. De un lado, esa visión supone un falso y peligroso endiosamiento; quienes actúan como él y miran a los burgueses como gusanos, se consideran «bellos, altos y conscientes... Dioses que, a falta de un Juez divino, juzgan entre risas a esos insectos y les preparan su infierno». El segundo error reside en tomar a los adversarios por seres indefensos susceptibles de ser destruidos de un pisotón: «¿Bichejos? Terribles alimañas... a nuestra talla humana. Y muy peligrosas, porque no saben lo que son (...). Ese error les costará caro, pero a la larga. Hoy los vuelve más fuertes, porque son los señores de la Tierra. Reírse de ellos es una facilidad, un escape.» La dialéctica de Verónica es cortante: esa risa no es sino un producto del miedo y quizá, aunque esto ya no lo diga ella, de la desesperación, de ese nihilismo sin salida en que Julio parece caer por momentos. Que las ideas de la joven son las del autor lo prueba su reaparición en un texto tan significativo como su discurso de ingreso en la Academia, con el que se dan incluso coincidencias lingüísticas:

> «piensan algunos que (...) hay que ver en la sociedad un tinglado desbaratable con un buen soplo y a los títeres por ella deformados como a despreciables insectos, para que el espectador acorde con los planteamientos críticos de la obra se considere un Cid imbatible. Esta reacción de superioridad frente a los personajes ridiculizados serviría para despertar una moral de combate (...). El problema,

[108] A. Buero Vallejo, «De rodillas, en pie, en el aire», cit., página 141.

empero, es más complicado, porque una estimación erróneamente empequeñecedora del adversario socio-político originará errores en el modo de combatirlo. La sobreestimación acrítica de nuestra personalidad frente a las ajenas, reales o de ficción, quizá suscite fugaces ardores beligerantes, mas no aquella firme eficacia que sólo el conocimiento y vigilancia de los defectos propios consolida» [109].

La solución, pues, debe partir de una constante autocrítica, del replanteamiento incesante de todas las cuestiones. Para Julio, la salida no está en sus imaginaciones voluntarias y divertidas, sino en los otros fantasmas que le inquietan y se le imponen; ellos son su fuerza y su misterio. La tarea de ambos jóvenes es intentar la desaparición de los errores y monstruosidades del mundo actual; el empeño que se ofrece a la juventud es hacer realidad esa revolución definitivamente humana, con la conciencia de que el riesgo de la destrucción existe. Si ésta llega antes, dirá Verónica: «¡Moriremos caminando!» La esperanza final existe, aunque sea dubitativa, pues dibuja el porvenir de la liberación del hombre como algo posible. Ese futuro será lejano, quizá, porque la utopía no implica ingenuidad. Felipe, al morir, había dicho: «Sí érais dioses»; Julio le rectifica muy pronto: «Sólo sé al fin que no soy un dios (...). Si llegan un día, otros serán los dioses», es decir, esa generación de hombres definitivamente liberados.

Por este último aspecto estudiado, Buero coincide, en más de un sentido, con los propósitos teatrales que en septiembre de 1971, es decir, en el momento en que su obra se estrenaba, exponía Peter Weiss, al decir que en las suyas, «aunque el enemigo aparezca (porque lo es) muy poderoso, al final se llega al convencimiento de la victoria futura. Para mí todas estas obras son optimistas... Claro que este optimismo no es una victoria que

[109] *Ídem, García Lorca ante el esperpento,* Madrid, 1972, páginas 51-52. Véase también A. Fernández-Santos, «Sobre *Llegada de los dioses,* una entrevista con Antonio Buero Vallejo», *Primer Acto,* núm. 138, noviembre de 1971, pág. 30.

pueda ganarse fácilmente; cierto que no se ven las soluciones como inmediatas y que nos esperan todavía luchas muy duras. La victoria quizás esté lejana y seguramente costará aún muchos dolores»[110].

De esta forma, *Llegada de los dioses* se convierte en una aportación española al debate universal acerca de la juventud y la revolución. La propuesta de Buero consiste en una advertencia, nada paternalista, sobre las posibles desviaciones y errores de ciertas posturas que parecen la más avanzadas por ser la más radicales. Con sus voces de alarma, con sus matizaciones, llega a ser la cristalización dramática de una frase que Arthur Miller había escrito hace ya algunos años: «Habría que enseñar a los jóvenes a ver su propia imagen»[111].

Criterios de edición

El texto de las dos obras incluidas en este volumen ha sido fijado sobre las primeras ediciones respectivas, citadas en la bibliografía. Aunque no ha sido mi intención hacer ediciones críticas propiamente dichas, he cotejado con detenimiento todas las existentes para incorporar las variantes introducidas porteriormente por el autor, las más importantes de las cuales van señaladas en las notas correspondientes. Para solventar las dudas que ofrecían algunos casos, que podían ser tomadas por meras erratas de imprenta, he acudido al propio Buero cuyas respuestas, que agradezco aquí, han sido incorporadas al texto sin señalarlas especialmente. Creo que, de esta forma, se ofrece una edición más segura que ninguna otra de los dos dramas.

Respecto a la anotación, además de las variantes tex-

---

[110] Alfonso Sastre, «Teatro y política en un diálogo con Peter Weiss», *Primer Acto*, núm. 152, enero de 1973, pág. 28.

[111] «De dos entrevistas con Arthur Miller», *Primer Acto*, número 61, 1965, pág. 8.

tuales, he incluido la explicación de algunos términos poco usuales; el lenguaje de *La tejedora...* tiene muchos menos modismos y coloquialismos que el de *Llegada de los dioses,* lo que era de esperar por desarrollarse ésta en nuestro tiempo. Pensando en el posible manejo de esta edición para fines docentes, he llevado a las notas la aclaración de algunos términos del español hablado, pero, en general, he omitido todo aquello que se resuelve con una consulta del Diccionario de la Academia, a cuya última edición, Madrid, 1970, y al Suplemento que incluye al final, me refiero siempre por medio de las siglas DRAE

Una última clase de notas se refieren a aspectos aludidos en el prólogo, al tratamiento de fuentes (la *Odisea* respecto de *La tejedora*) o a la importancia de escenas claves.

La selección bibliográfica que va a continuación enumera los principales estudios sobre Buero Vallejo, con especial indicación de los referidos a las dos obras aquí editadas. Quien esté interesado en la consulta de otros repertorios más amplios, puede ver, en tanto no se publique la que yo mismo he elaborado con criterio exhaustivo, de extensión superior a doscientos folios, la de John W. Kronik, «Antonio Buero Vallejo: A Bibliography (1949-1970)», *Hispania,* LIV, 1971, págs. 856-868, así como la que incluye Ricardo Doménech en su libro ya citado, págs. 311-355.

Nota a la tercera edición

La principal novedad de esta edición es la introducción de bastantes correcciones de estilo en *La tejedora de sueños;* han sido realizadas por el autor en 1976 y se recogen ahora por primera vez. He señalado por medio de asteriscos todas las variaciones y recogido en nota las lecturas anteriores. Aparte de esto, apenas se han corregido unas cuantas erratas; replantearse totalmente el trabajo pudiera haber sido conveniente; por fortuna, y fuera de muy leves actualizaciones en las notas, las exigencias editoriales obligaban a reimprimir el mismo texto.

Bibliografía selecta

A) *Obras de Buero Vallejo*

Se indica la fecha del estreno en España y la de publicación, si ésta es anterior.

Historia de una escalera: 14 de octubre de 1949. *Las palabras en la arena:* 19 de diciembre de 1949. *En la ardiente oscuridad:* 1 de diciembre de 1950. *La tejedora de sueños:* 11 de enero de 1952. *La señal que se espera:* 21 de mayo de 1952. *Casi un cuento de hadas:* 10 de enero de 1953. *Madrugada:* 9 de diciembre de 1953. *Aventura en lo gris:* Publicación: Revista *Teatro,* núm. 10, enero-marzo de 1954. Estreno: 1 de octubre de 1963. *Irene o el tesoro:* 14 de diciembre de 1954. *Hoy es fiesta:* 20 de septiembre de 1956. *Las cartas boca abajo:* 5 de noviembre de 1957. *Un soñador para un pueblo:* 18 de diciembre de 1958. *Las Meninas:* 9 de diciembre de 1960. *El concierto de San Ovidio:* 16 de noviembre de 1962. *La doble historia del doctor Valmy:* Publicación: Revista *Artes Hispánicas,* I, núm. 2, 1967. Estreno: 29 de enero de 1976. *El tragaluz:* 7 de octubre de 1967. *Mito:* Publicación: Col. *Teatro,* núm. 580, 1968. *El sueño de la razón:* 6 de febrero de 1970. *Llegada de los dioses:* 17 de septiembre de 1971. *La Fundación:* 15 de enero de 1974. *La detonación:* 20 de septiembre de 1977. *Jueces de la noche:* Publicación: Vox, 1979, Espasa Calpe, 1981. *El terror inmóvil:* Publicación: Univ. Murcia, 1979. *Caimán:* Publicación: Espasa Calpe, 1981, Espasa Calpe, 1984. *Diálogo secreto:* Publicación: Espasa Calpe, 1985.

Marginalia: Publicación: Promoción y Eds., 1985, Promoción, 1987. *Lázaro en el laberinto:* Publicación: Espasa Calpe, 1987. *Música cercana:* Publicación: Espasa Calpe, 1990. *Libro de estampas:* Publicación: Caja Mediterráneo, 1993. *Obra completa (2 vol.):* Publicación: Espasa Calpe, 1994. *Las trampas del azar:* Publicación: SGAE, 1995. *Misión al pueblo desierto:* 1999.

B)   *Versiones de Buero Vallejo estrenadas*

Hamlet, de Shakespeare: 15 de diciembre de 1961. *Madre Coraje,* de Brech: 6 de octubre de 1966.

C)   *Ediciones de las obras incluidas en este volumen*

1)   LA TEJEDORA DE SUEÑOS

— 1.ª ed.: Madrid, Alfil, Col. Teatro, núm. 16, 1952, 87 págs. incluye un «Comentario» del autor, págs. 75-87. hay reimpresiones posteriores, la última de 1970, 79 págs. sin el «Comentario».
— 2.ª ed.: *Teatro español 1951-1952,* Madrid, Aguilar, Col. Literaria, 1953, págs. 281-350. Hay reimpresiones posteriores, la 2.ª de 1962, págs. 281-350. Preceden al texto la autocrítica del autor y tres críticas de Prensa sobre el estreno.
— 3.ª ed.: *Teatro* de Antonio Buero Vallejo, Buenos aires, Losada, Col. Gran Teatro del Mundo, II, 1962, páginas 59-122. Se incluyen otras tres obras del autor.

Traducciones:

— *La tessitrice di sogni,* versión de Gilberto Beccari, Milán, *Paloscenico,* núm. 53, septiembre-octubre 1955, páginas 14-37.
— *The Weaver of Dreams,* versión de Wm. I. Oliver, en Robert O'Brien, ed., *The Genius of the Spanish Theater,*

Nueva York, Mentor, 1964. Tomo esta referencia del libro de J. Ruple, citado luego, pág. 185, pero no he podido comprobarla.

— *The Dream Weaver,* versión de William I. Oliver, en Robert W. Corrigan, ed., *Masterpieces of the Modern Spanish Theatre,* Nueva York, Macmillan, Collier Books, 1967, págs. 131-197. Debe de ser la misma traducción antes citada. Se incluyen obras de Benavente, Sastre, Martínez Sierra y Lorca. Esta versión se estrenó en el teatro de la Northwestern University de Chicago el 22 de mayo de 1968.

— *Itaca no oji,* versión de Minako Nonoyama, estrenada en Tokio en marzo de 1964. No se ha publicado.

2) LLEGADA DE LOS DIOSES

— 1.ª ed.: Revista *Primer Acto,* núm. 138, noviembre de 1971, págs. 39-73. Precede al texto una entrevista con el autor.

— 2.ª ed.: *Teatro español 1971-1972,* Madrid, Aguilar, Col. Literaria, 1973, págs. 85-169. Preceden al texto tres críticas de prensa sobre el estreno.

— 3.ª ed.: Estella, Navarra, Salvat-Alianza Editorial, Col. Biblioteca General Salvat, núm. 97, 1973, págs. 67-153. Se incluye también *Historia de una escalera.*

— 4.ª ed.: Taipei, Taiwan, Ching-Shen-Publishing Co., 1973. Se acompaña la traducción al chino de Richard Liu.

— 5.ª ed.: Carmen Rodríguez de Mora-Emelina Guzmán, eds., *Lecturas españolas,* II, *Siglos XVIII al XX,* Madrid, Plaza Mayor, 1974, págs. 512-570.

Bibliografía selecta de estudios sobre Buero Vallejo

A) *Libros sobre el autor*

BEJEL, EMILIO: *Buero Vallejo: lo moral, lo social y lo metafísico,* Montevideo, Instituto de Estudios Superiores, 1972.

CORTINA, JOSÉ RAMÓN: *El arte dramático de Antonio Buero Vallejo,* Madrid, Gredos, 1969.

DEVOTO, JUAN BAUTISTA: *Antonio Buero Vallejo. Un dramaturgo del moderno teatro español,* Ciudad Eva Perón, Argentina, Élite, 1954.

DOMÉNECH, RICARDO: *El teatro de Buero Vallejo,* Madrid, Gredos, 1973.

DOWD, CATHERINE ELIZABETH: *Realismo trascendente en cuatro tragedias sociales de Antonio Buero Vallejo,* Valencia, Estudios de Hispanófila, University of North Carolina, 1974.

GIULIANO, WILLIAM: *Buero Vallejo, Sastre y el teatro de su tiempo,* Nueva York, Las Americas, 1971.

HALSEY, MARTHA T.: *Antonio Buero Vallejo,* Nueva York, Twayne, 1973.

MATHIAS, JULIO: *Buero Vallejo,* Madrid, EPESA, 1975.

MÜLLER, RAINER: *Antonio Buero Vallejo. Studien zum Spanischen Nachkriegstheater,* Köln, 1970.

NICHOLAS, ROBERT L.: *The Tragic Stages of Antonio Buero Vallejo, Valencia,* Estudios de Hispanófila, University of North Carolina, 1972.

RUPLE, JOELYN: *Antonio Buero Vallejo (The first fifteen years),* Nueva York, Eliseo Torres and Sons, 1971.

VERDÚ DE GREGORIO, JOAQUÍN: *La luz y la oscuridad en el teatro de Buero Vallejo,* Barcelona, Ariel, 1977.

B) *Libros sobre el teatro español contemporáneo* [1]

ARAGONÉS, JUAN EMILIO: *Teatro español de posguerra,* Madrid, Publicaciones Españolas, 1971, págs. 19-25.

AUBRUN, CHARLES V.: «Le théâtre espagnol engagé: Buero Vallejo et Sastre», en *Le Théâtre Moderne,* II. *Depuis la deuxième guerre mundiale,* París, CNRS, 1967, págs. 117-123.

— *Histoire du théâtre espagnol,* París, PUF, col. Que sais-je? 2.ª ed., 1970, págs. 120-122.

BOREL, JEAN-PAUL: *Quelques aspects du songe dans la littérature espagnole,* Neuchâtel, A la Baconnière, 1965, págs. 51-64.

— *Théâtre de l'impossible. Essai sur une des dimensions fondamentales du théâtre espagnol du XXe siècle,* Neuchâtel, A la Baconnière, 1963, págs. 153-191. Traducido por G. Torrente Ballester, *El teatro de lo imposible,* Madrid, Guadarrama, 1966, págs. 225-278.

GARCÍA LORENZO, LUCIANO: *El teatro español hoy,* Barcelona, Planeta - Editora Nacional, 1975, páginas 120-131.

GARCÍA PAVÓN, F.: *El teatro social en España (1895-1962),* Madrid, Taurus, 1962, págs. 134-145.

GUERRERO ZAMORA, JUAN: *Historia del teatro contemporáneo,* Barcelona, Juan Flors, IV, 1967, págs. 79-92.

IGNATOV, S.: *Historia del Teatro Europeo (Desde la Edad Media hasta nuestros días),* Buenos Aires, Mar Océano, 1963, V, págs. 240-243.

MARQUERÍE, ALFREDO: *Veinte años de teatro en España,* Madrid, Editora Nacional, 1959, págs. 177-187.

MIGNON, PAUL-LOUIS: *Historia del teatro contemporáneo,* traducción de Jesús Torbado, Madrid, Guadarrama, 1973, págs. 270-271.

---

[1] Se indican las páginas que tratan de Buero Vallejo.

Molero Manglano, Luis: *Teatro español contemporáneo,* Madrid, Editora Nacional, 1974, págs. 80-97.

Parker, Jack Horace: *Breve historia del teatro español,* México, De Andrea, 1957, págs. 182-183.

Pérez Minik, Domingo: *Teatro europeo contemporáneo. Su libertad y compromisos,* Madrid, Guadarrama, 1961, págs. 381-395.

Rebello, Luiz Francisco: *Imagens do teatro contemporâneo,* Lisboa, Ática, 1961, págs. 111-119.

Rodríguez Alcalde, Leopoldo: *Teatro español contemporáneo,* Madrid, EPESA, 1973, págs. 182-187.

Ruiz Ramón, Francisco: *Historia del teatro español. II. Siglo XX,* Madrid, Alianza Editorial, 1971, págs. 377-416. 2.ª ed. muy ampliada, Madrid, Cátedra, 1975, páginas 337-384.

Salvat Ricard: *Teatre contemporani,* Barcelona, Eds. 62, 1966, II, págs. 227-231.

Sordo, Enrique: «El teatro español desde 1936 hasta 1966», en *Historia General de las literaturas hispánicas,* Barcelona, Vergara, VI, 1967, págs. 781-787.

Torrente Ballester, Gonzalo: *Teatro español contemporáneo,* Madrid, Guadarrama, 2.ª ed., 1968, páginas 134-137, 390-400 y 588-595.

Urbano, Victoria: *El teatro español y sus directrices contemporáneas,* Madrid, Editora Nacional, 1972, páginas 195-210.

Valbuena Prat, Ángel: *Historia del teatro español,* Barcelona, Noguer, 1956, págs. 657-663.

Villegas, Juan: *La interpretación de la obra dramática,* Santiago de Chile, Edit. Universitaria, 1971, páginas 40-41, 44, 50, 68, 86 y 89-90.

C) *Artículos* [1]

Abellán, José Luis: «El tema del misterio en Buero Vallejo (Un teatro de la realidad trascendente)», *Ínsula,* núm. 174, mayo, 1961, pág. 15. Incluido en su

_____
[1] Se omiten los que estudian una sola obra.

La cultura en España, Madrid, Edicusa, 1971, páginas 307-316.

ÁNGELES, JOSÉ: «Buero Vallejo o la tragedia de raíz moral», *Atenea,* Mayagüez, Puerto Rico, Año VI, 1969, págs. 141-151.

ARCE ROBLEDO, CARLOS DE: «Antonio Buero Vallejo», *Virtud y Letras,* núm. 60, Manizales, Colombia, 1956, páginas 419-430.

ATLEE, A. F. MICHAEL: «Antonio Buero Vallejo y Dios», *Hispanófila,* núm. 44, enero, 1972, págs. 53-57.

— «Actitudes religiosas de Cervantes reflejadas en unas obras de Buero Vallejo», *PSA,* LXXVI, núm. 228, marzo, 1975, págs. 197-210.

BEJEL, EMILIO F.: «Catarsis y distanciación en Buero Vallejo», *Hispanófila,* núm. 48, mayo, 1973, págs. 37-45.

BENÍTEZ CLAROS, RAFAEL: «Buero Vallejo y la condición humana», *Nuestro Tiempo,* XIX, núm. 107, mayo, 1963, págs. 581-593. Incluido en su *Visión de la literatura española,* Madrid, Rialp, 1963, páginas 275-292.

BLAJOT, JORGE: «Del mundo mental de Buero Vallejo», *Reseña,* núm. 2, abril, 1964, págs. 85-95.

BOREL, JEAN PAUL: «Buero Vallejo: Teatro y Política», *ROc,* VI, núm. 17, agosto, 1964, págs. 226-234.

— «Reflexiones sobre la sociología de la literatura y el teatro español actual», *Boletín de la Asociación Europea de Profesores de Español,* Año V, número 8, marzo, 1973, págs. 35-57.

CASO GONZÁLEZ, JOSÉ: «El sentido trágico del teatro de Buero Vallejo, en *Memoria del curso 1963-1964 del Real Instituto de Jovellanos,* Gijón, 1965, págs. 56-62.

CASTELLANO, JOSÉ: «Hacia una interpretación del teatro de Buero Vallejo», *Punta Europa,* núm. 75, julio, 1962, págs. 17-32 y núms. 76-77, agosto-septiembre, 1962, págs. 25-43.

CERUTTI, LUCIA MARIA: «Interpretazione del teatro di Antonio Buero Vallejo», *Aevum,* Milán, Año XL, 1966, págs. 315-364.

CORTINA, JOSÉ RAMÓN: «Una feliz contradicción de Buero Vallejo», *Romance Notes,* XI, 1969, págs. 261-265.

— «El polígono de sustentación simbólico de Buero Vallejo, *Romance Notes,* XI, 1969, págs. 12-16.

— «Preparación y presagio en los dramas de Buero Vallejo», *Duquesne Hispanic Review,* VIII, 1969, páginas 25-45.

— «Quintaesencia del buerismo», *Hispanófila,* núm. 36, 1969, págs. 31-39.

CHAMBORDON, GABRIELA: «El conocimiento poético en el teatro de Antonio Buero Vallejo», *Cuadernos Hispanoamericanos,* LXXXV, núms. 253-254, enero-febrero, 1971, págs. 52-98.

DOMÉNECH, RICARDO: «Reflexiones sobre el teatro de Buero Vallejo», *Primer Acto,* núm. 11, 1959, págs. 3-8.

DOWLING, JOHN: «Siete lustros en el teatro español contemporáneo: 1939-1974», *Estreno,* núm. 1, 1975, páginas 5-13.

ELIZALDE, IGNACIO: «Algunos aspectos del teatro actual en España», *Letras de Deusto,* I, núm. 1, 1971, páginas 187-194.

— «Buero Vallejo», *Cuadernos Hispanoamericanos,* LXXXVII, núm. 261, marzo, 1972, págs. 432-449.

EMBEITA, MARÍA: «Antonio Buero Vallejo: el teatro de la verdad», *Cuadernos Hispanoamericanos,* XCII, número 275, mayo, 1973, págs. 243-257.

FONSECA, VIRGINIA DE: «Criaturas del teatro de Buero Vallejo», *Revista de la Universidad de Costa Rica,* número 27, 1969, págs. 117-123.

GARCÍA ESCUDERO, JOSÉ MARÍA: «El teatro de Buero Vallejo», *Punta Europa,* núm. 41, mayo, 1959, páginas 50-69.

GARCÍA LORENZO, LUCIANO: «Elementos paraverbales en el teatro de Antonio Buero Vallejo», en *Semiología del teatro,* Barcelona, Planeta, 1975, págs. 103-125.

GIULIANO, WILLIAM: «The Role of Man and of Woman

in Buero Vallejo's Plays», *Hispanófila,* núm. 39, 1970, págs. 21-28.

GUEREÑA, JACINTO LUIS: «Teatro con Buero Vallejo», *PSA,* XXI, núm. 93, diciembre, 1963, págs. 301-310.

HALSEY, MARTHA T.: «'Light' and 'Darkness' as Dramatic Symbols in Two Tragedies of Buero Vallejo», *Hispania,* L, 1967, págs. 63-68.

— «Buero Vallejo and the Significance of Hope», *Hispania,* LI, 1968, págs. 57-66.

— «The Dreamer in the Tragic Theater of Buero Vallejo», *Revista de Estudios Hispánicos,* II, 1968, páginas 265-285.

— «Lack of Communication in Two Plays of Buero Vallejo», *Romance Notes,* X, 1969, págs. 233-237.

— «More on 'Light' in the Tragedies of Buero Vallejo», *Romance Notes,* XI, 1969, págs. 17-20.

HAVERBECK, ERWIN: «Aproximaciones al teatro de Buero Vallejo», *Stylo,* Temuco, Chile, núm. 10, 1970, páginas 25-87.

HUTMAN, NORMA LOUISE: «Todo es querer», *PSA,* XLIX, número 145, abril, 1968, págs. 37-54.

ILARRAZ, FÉLIX G.: «Antonio Buero Vallejo: ¿Pesimismo o esperanza?», *Revista de Estudios Hispánicos,* I, 1967, págs. 5-16.

ISASI ANGULO, A. CARLOS: «Hacia una nueva interpretación del teatro de Antonio Buero Vallejo», *Iberorromania,* núm. 2, Nueva época, 1975, págs. 115-135.

KRONIK, JOHN W.: «Cela, Buero y la Generación de 1936: raigambre de una visión histórica», *Symposium,* XXII, 1968, págs. 164-171.

LEFEBVRE, ALFREDO: «Algunas noticias de un dramaturgo español», *Atenea,* Concepción, Chile, CXXVII, número 375, 1957, págs. 52-57.

LOTT, ROBERT E.: «Functional Flexibility and Ambiguity in Buero Vallejo's Plays», *Symposium,* XX, 1966, págs. 150-162.

— «Scandinavian Reminiscences in Antonio Buero Vallejo's Theater», *Romance Notes,* VII, 1966, páginas 113-116.

MAGAÑA SCHEVILL, ISABEL: «Lo trágico en el teatro de Buero Vallejo», *Hispanófila,* núm. 7, 1959, páginas 51-58.

MANZANARES DE CIRRE, M.: «El realismo social de Buero Vallejo», *RHM,* XXVII, 1961, págs. 320-324.

MARTÍNEZ RUIZ, FLORENCIO: «El último teatro realista español», *PSA,* XLV, núm. 134, mayo, 1967, páginas 177-192.

MAZARIO, CARMEN: «El teatro de Buero Vallejo», *Eidos,* VI, núm. 11, 1959, págs. 216-232.

MONLEÓN, JOSÉ: «Un teatro abierto», en A. Buero Vallejo, *Teatro,* Madrid, Taurus, 1968, págs. 13-29.

MOREAU-ARRABAL, LUCE: «El teatro de Buero Vallejo», en A. Buero Vallejo, *Teatro selecto,* Madrid, Escelicer, 1969, págs. 5-16.

MUÑIZ, CARLOS: «Antonio Buero Vallejo, ese hombre comprometido», *Primer Acto,* núm. 38, diciembre, 1962, págs. 8-10.

— «El simbolismo religioso en el teatro de Buero Vallejo», *Proyección,* Granada, núm. 37, 1963, páginas 92-102.

NICHOLAS, ROBERT L.: «The History Plays: Buero Vallejo's Experiment in Dramatic Expression», *Revista de Estudios Hispánicos,* III, 1969, págs. 281-293.

NOBLE, BETH W.: «Sound in the Plays of Buero Vallejo», *Hispania,* XLI, 1958, págs. 56-59.

NONOYAMA, MINAKOS «La personalidad en los dramas de Buero Vallejo y de Unamuno», *Hispanófila,* núm. 49, septiembre, 1973, págs. 69-78.

O'CONNOR, PATRICIA W.: «Government Censorship in the Contemporary Spanish Theatre», *Educational Theatre Journal,* XVIII, 1966, págs. 443-449.

— «Censorship in the Contemporary Spanish Theater and Antonio Buero Vallejo», *Hispania,* LII, 1969, páginas 282-288.

OLERÍNY, VLADIMÍR: «Antonio Buero Vallejo a obrodné úsilia v súcasnej spanielskej dráme», *Slovenské Divadlo,* Bratislava, XIX, 1971, págs. 463-484.

PUENTE SAMANIEGO, PILAR DE LA: «El teatro histórico de Buero Vallejo», *El Urogallo,* núm. 2, 1970, páginas 90-95.

ROCA FRANQUESA, JOSÉ MARÍA: «Estructura y tendencias del teatro español de postguerra», en *Historia y estructura de la obra literaria,* Madrid, CSIC, 1971, páginas 253-279.

[RODRÍGUEZ]-CASTELLANO, JUAN: «Un nuevo comediógrafo español: A. Buero Vallejo», *Hispania,* XXXVII, 1954, págs. 17-25.

RODRÍGUEZ PUÉRTOLAS, JULIO: «Tres aspectos de una misma realidad en el teatro español contemporáneo: Buero, Sastre, Olmo», *Hispanófila,* núm. 31, 1967, páginas 43-58.

RODRÍGUEZ RICHART: «Entre renovación y tradición. Direcciones principales del teatro español actual», *BBMP,* XLI, 1965, págs. 383-418.

— «Das junge spanische Theater», *Die Neuren Sprachen,* 1966, págs. 318-323.

ROIG, ROSENDO: «Talante trágico del teatro de Buero Vallejo», *Razón y Fe,* CLVI, núm. 718, 1957, páginas 363-367.

SCHWARTZ, KESSEL: «Buero Vallejo and the Concept of Tragedy», *Hispania,* LI, 1968, págs. 817-824. Incluido en su *The Meaning of Existence in Contemporary Hispanic Literature,* Coral Gables, Florida, University of Miami Press, 1969, págs. 151-161.

— «*Posibilismo* and *Imposibilismo.* The Buero Vallejo-Sastre Polemic», *RHM,* XXXIV, 1968, I, páginas 436-445.

SHEEHAN, ROBERT L.: «Censorship and Buero Vallejo's Social Consciousness», *Aquila,* Chesnut Hill Studies in Modern Languages and Literatures, Chesnut Hill, Boston College-The Hague, Martinus Nijhoff, I, 1968, páginas 121-137.

— «Buero Vallejo as 'el médico de su obra'», *Estreno,* número 2, 1975, págs. 18-22.

SOLANO, FRANCISCO DE P.: «O teatro de Buero Vallejo», *Rumo,* Lisboa, III, núm. 25, 1959, págs. 343-355.

TORRENTE BALLESTER, GONZALO: «Nota de introducción al teatro de Buero Vallejo», *Primer Acto,* número 38, 1962, págs. 11-14.

URMENETA, FERMÍN DE: «Antonio Buero Vallejo o el teatro pictórico moderno», *RIES,* XXVIII, núm. 112, 1970, págs. 299-306.

VALBUENA-BRIONES, A.: «La sociedad española a través de dos dramaturgos contemporáneos», en su *Ideas y palabras,* Nueva York, Eliseo Torres, 1968, páginas 86-96.

VIAN, FRANCESCO: «Il teatro di Buero Vallejo», *Vita e Pensiero* Milán, año XXXV, marzo, 1952, páginas 165-169.

WOOLSEY, WALLACE: «Buero Vallejo: Versatile Spanish Dramatist», *South Central Bulletin,* XXVI, 1966, páginas 10-16.

D)   *Sobre* La tejedora de sueños

ALVAR, MANUEL: «Presencia del mito: *La tejedora de sueños*», en *El teatro y su crítica,* Málaga, Diputación, páginas 279-300.

BAYONA, JOSÉ ANTONIO: «Estreno de *La tejedora de sueños,* de Buero Vallejo, en el Español», *Pueblo,* 12 de enero de 1952.

BOURNE, MARJORIE A.: «Classic Themes in Contemporary Spanish Drama», *Dissertation Abstracts,* XXII, 1961, págs. 1621-1622.

CALVO, LUIS: «En el Teatro Español se estrenó anoche *La tejedora de sueños,* de Antonio Buero Vallejo», *A B C,* núm. 14308, 12 -enero-1952, págs. 23-24.

— «Penélope y la tragedia», *A B C*, núm. 14315, 20-enero-1952, pág. 7.

CANDAU, ALFONSO: «La voz y el gesto», *Arbor*, XXI, número 74, 1952, págs. 276-278.

CASTRO, CRISTÓBAL DE: «Español: Estreno de *La tejedora de sueños* [*sic*], de Buero Vallejo», *Madrid*, 12-enero-1952, pág. 6.

CORRAL, ENRIQUE DEL: «Televisión... Buero», *ABC*, número 19975, 4/5-abril-1970, pág. 80.

CUEVA, JORGE DE LA: «Español. *La tejedora de sueños*», *Ya*, 12-enero-1952.

DARANAS, MARIANO: «La tragedia en zapatillas. El tinglado de la nueva farsa», *Semana*, núm. 625, 12-febrero-1952.

DÍAZ-PLAJA, GUILLERMO: «Una tejedora de sueños», *La Vanguardia Española*, Barcelona, 15-febrero-1952. Incluido en su *La Voz Iluminada*, Barcelona, Instituto del Teatro, 1952, pág. 273-276.

DÍEZ DEL CORRAL, LUIS: *La función del mito clásico en la literatura contemporánea*, Madrid- Gredos, 1957, página 216.

DÍEZ CRESPO, MANUEL: «Los estrenos de este invierno», *Gran Mundo*, núm. 6, 1952. (No he podido verificar esta referencia.)

FERNÁNDEZ FIGUEROA, JUAN: «Carta del Director. *La tejedora de sueños*», *Índice*, núm. 48, 15-febrero-1952, página 1.

GARCÍA ESPINA, GABRIEL: «*La tejedora de sueños*, de Buero Vallejo», *El Alcázar*, 12-enero-1952.

R. DE G. [RAMÓN DE GARCIASOL]: «Los estrenos del mes. *La tejedora de sueños*, de Buero Vallejo», *Ínsula*, núm. 74, 15-febrero-1952, pág. 12.

GIMÉNEZ CABALLERO, ERNESTO: «Un tradicionalista», *Alerta*, Santander, 27-enero-1952, y *Arriba*, 1-febrero-1952.

HARO TECGLEN, EDUARDO: «Anoche, estreno en el Español. *La tejedora de sueños,* de Antonio Buero Vallejo», *Informaciones,* 12-enero-1952, pág. 5.

LASSO DE LA VEGA, JOSÉ S.: *Helenismo y literatura contemporánea,* Madrid, Prensa Española, 1967, páginas 56-59.

LÓPEZ DE LA TORRE, SALVADOR: «Teatro Español. Antonio Buero Vallejo. *La tejedora de sueños»,* *Juventud,* 17-enero-1952.

LOTT, ROBERT E.: «A Spanish Version of the Penelope Myth: Buero Vallejo's *La tejedora de sueños»,* *The Arch,* Atenas, XII, 1965, págs. 1-5. (No he logrado ver este trabajo.)

MORALES DE ACEVEDO, E.: «*La tejedora de sueños,* en el Español», *Marca,* 11-enero-1952.

REVESZ, ANDRÉS: «Penélope, impaciente», *ABC,* número 14321, 27-enero-1952, pág. 3.

RIAL, JOSÉ ANTONIO: «El teatro de Buero Vallejo. *La tejedora de sueños»,* *El Universal,* Caracas, 7-mayo-1955.

'SERGIO NERVA' [RODRÍGUEZ DE LEÓN, ANTONIO]: «Buero Vallejo-Homero y Carlos Llopis-André Roussin», *España,* Tánger, 27-enero-1952.

SAINZ DE ROBLES, FEDERICO CARLOS: «Prólogo» a *Teatro español 1951-1952,* Madrid, Aguilar, 1953, 2.ª ed., 1962, págs. 12-13.

SASTRE, ALFONSO: «Enero ha venido con mucho teatro», *Alcalá,* núm. 1, 25-enero-1952, pág. 18.

SUÁREZ SOLÍS, RAFAEL: «El teatro español quiere modernizarse», *Diario de la Marina,* La Habana, 16-febrero-1952.

TORRENTE: «Teatro Español: Estreno de *La tejedora de sueños»,* *Arriba,* 12-enero-1952.

TORRENTE BALLESTER, GONZALO: «Torrente Ballester enjuicia seis estrenos», *Correo Literario,* núm. 42, 15-febrero-1952.

E) *Sobre* Llegada de los dioses

AGUILERA, OCTAVIO: «Una gran obra», *Diario de Mallorca,* Palma de Mallorca, 24-agosto-1972.

ÁLVAREZ, CARLOS LUIS: «El teatro. Lara: *Llegada de los dioses,* de Antonio Buero Vallejo», *Arriba,* número 12109, 19-septiembre-1971, pág. 16.

ÁLVARO, FRANCISCO: *El espectador y la crítica. XIV (El teatro en España en 1971),* Madrid, Prensa Española, 1972, págs. 74-87.

Anónimo: «Debate sobre un gran autor», *Visión,* México, 18-diciembre-1971, págs. 62-63.

ARAGONÉS, JUAN EMILIO: «Buero Vallejo y su revulsión», *La Estafeta Literaria,* núm. 477, 1-octubre-1971, página 55.

— «Panorama teatral de 1971», *La Estafeta Literaria,* número 483, 1-enero-1972, pág. 10-11.

BALLESTEROS, MERCEDES: «Teatro atrevido», *ABC,* número 20463, 23-octubre-1971, pág. 17.

BAQUERO, ARCADIO: «Un año de teatro en Madrid», *Nuestro Tiempo,* XXXVI, núm. 210, 1971, páginas 79-92.

— «Teatro. La temporada se inició con abundancia de obras cómicas», *La Actualidad Española,* núm. 1031, 7-octubre-1971, págs. 53-54.

BILBATÚA, MIGUEL: «Llegada de los dioses», *Destino,* Barcelona, núm. 1789, 15-enero-1972, pág. 58.

CAPARRÓS, LUIS: «Buero y los jóvenes», *Hoja del Lunes,* La Coruña, núm. 1317, 11-septiembre-1972, pág. 2.

CLAVER, JOSÉ MARÍA: «Crónica de teatro. Grito de alarma en una bombonera», *Ya,* núm. 10349, 20-septiembre-1971, pág. 50.

COPÉRNICO: «Perplejidad crítica», *Pueblo,* núm. 9992, 14-octubre-1971, pág. 2.

CORBALÁN, PABLO: «Teatro. *Llegada de los dioses,* de A. Buero Vallejo», *Informaciones,* número 14553, 18-septiembre-1971, pág. 31.

DÍEZ-CRESPO, M.: «Crítica. *Llegada de los dioses,* en Lara», *El Alcázar,* 18-septiembre-1971, pág. 26.

FERNÁNDEZ-SANTOS, ÁNGEL: «Teatro. Ibsen, Buero y Valle-Inclán», *Ínsula,* núms. 300-301, 1971, pág. 27.

GACIÑO, JOSÉ A.: «*Llegada de los dioses.* Buero Vallejo entre la tragedia clásica y Freud», *El Ideal Gallego,* La Coruña, 9-septiembre-1972.

GALINDO, FEDERICO: «*Llegada de los dioses,* en Lara», *Dígame,* núm. 1655, 21-septiembre-1971, pág. 34.

GÁLLEGO, A.: «*Llegada de los dioses,* de Buero Vallejo», Coloquio en *ABC,* núm. 20499, 5-diciembre-1971, Suplemento, págs. 17-23. Intervienen también José Osuna, Adolfo Prego, Juan Rof Carballo, Lali Romay y Conchita Velasco.

GARCÍA PAVÓN, F.: «Teatro. *Llegada de los dioses*», *Nuevo Diario,* núm. 1256, 19-septiembre-1971, pág. 23.

GÓMEZ PICAZO, ELÍAS: «Teatro. Lara: Estreno de *Llegada de los dioses,* de Buero Vallejo», *Madrid,* número 10377, 18-septiembre-1971, pág. 13.

HERAS, SANTIAGO DE LAS: «Crónica de teatro. *Yerma,* sexo y poesía. Buero y la juventud», *La Voz de Galicia,* La Coruña, núm. 29080, 18-diciembre-1971, página 22.

LAÍN ENTRALGO, PEDRO: «La entraña de nuestro tiempo», *Gaceta Ilustrada,* Barcelona, núm. 782, 3-octubre-1971, pág. 4, y «Ceguera y Rebelión», *Ídem,* número 783, 10-octubre-1971, pág. 16.

LÓPEZ GORGÉ, JACINTO: «Coloquio. Antonio Buero Vallejo y su última obra», *La Estafeta Literaria,* número 481, 1-diciembre-1971, págs. 7-9. Participan Ramón de Garciasol, Francisco García Pavón, Eusebio García Luengo, Juan Emilio Aragonés y Carlos de la Vega.

LÓPEZ SANCHO, LORENZO: «*Llegada de los dioses,* de Buero Vallejo, en el Teatro Lara», *ABC,* núm. 20434, 20-septiembre-1971, págs. 77-78.

ALTAMIRA [LORENZO, MANUEL]: «La llegada de los dioses», *La Voz de Galicia,* La Coruña, 9-septbre.-1972.

MARQUERÍE, ALFREDO: «Teatro. Estreno de *Llegada de*

los dioses, en Lara», *Pueblo,* núm. 9970, 18-septiembre-1971, pág. 25.

— «Itinerario, del teatro», *Mundo Hispánico,* núm. 285, diciembre, 1971, págs. 50-51.

— «El camino del teatro. Síntesis de la temporada escénica 1971-1972», *Mundo Hispánico,* núm. 295, octubre, 1972, págs. 78-79.

MENÉNDEZ AYUSO, EMILIO: «El teatro español, hoy. Un público en busca de autor», *Triunfo,* núm. 541, 10-febrero-1973, págs. 32-35. Réplica de Luis Iglesias Feijoo, «Sobre el teatro de Buero», *Triunfo,* número 546, 17-marzo-1973, pág. 47.

MOLLA, JUAN: «De Valle a Buero», *El Ciervo,* Barcelona, núm. 214, diciembre, 1971, pág. 17.

MONLEÓN, JOSÉ: «Luces de Festival», *Triunfo,* número 476, 13-noviembre-1971, Extra, págs. 36-39.

J. M. [MONLEÓN, JOSÉ]: «Llegada de los dioses de Antonio Buero Vallejo», *Primer Acto,* núm. 137, octubre, 1971, págs. 57-59.

MORALES, MIGUEL A.: «Crónica teatral. La crítica social a escena», *Nuestro Tiempo,* XXXVII, núm. 212, febrero, 1972, págs. 63-67.

MORALES, SOFÍA: «Teatro. *Llegada de los dioses*», *Telva,* número 193, 1-octubre-1971, pág. 9.

O'CONNOR, PATRICIA W.: «Antonio Buero Vallejo's latest play», *Hispania,* LV, 1972, pág. 106.

OLANO, ANTONIO D.: «Teatro Lara. *Llegada de los dioses,* de Buero Vallejo», *C7. Cine en 7 Días,* núm. 546, 25-septiembre-1971, pág. 8.

OSUNA, JOSÉ: «*Llegada de los dioses.* Lara», *ABC,* número 20424, 8-septiembre-1971, sin paginar.

PACO DE MOYA, MARIANO DE: «*Llegada de los dioses:* la tragedia de la inautenticidad», *La Estafeta Literaria,* núm. 493, 1-junio-1972, págs. 13-15.

PÉREZ DE OLAGUER, GONZALO: «*Llegada de los dioses,* de Buero Vallejo», *Yorick,* Barcelona, núms. 55-56, diciembre, 1972, págs. 125-126.

Porto, Carlos: «Buero Vallejo: os deuses nao chegaram», *Diário de Lisboa,* Lisboa, 16-marzo-1972.

A. P. [Prego, Adolfo]: «Variedad de temas en la escena madrileña», *Blanco y Negro,* núm. 3108, 27-noviembre-1971, págs. 82-86.

Rof Carballo, Juan: «'El hombre desnudo'», *ABC,* número 20515, 24-diciembre-1971, pág. 3.

Roger, S.: «Entre la indiferencia, Buero, Ibsen y la contestación», *La Voz de Galicia,* La Coruña, número 29021, 17-octubre-1971, Suplemento, sin paginar.

Roig, Rosendo: «El hombre de hoy, amargo huésped de sí mismo», *Ya,* núm. 10376, 21-octubre-1971, páginas 7-8.

Sainz de Robles, Federico Carlos: «Prólogo» a *Teatro español 1971-1972,* Madrid, Aguilar, 1973, páginas XIII-XV.

Sánchez Ferlosio, Rafael: «Entre la 'liberación' y el sultanato (Defensa del pudor)», *Triunfo,* núm. 614, 6-julio-1974, págs. 32-37.

Sancho, Isabel: «Buero, *La llegada de los dioses»,* *Revista,* núm. 589, noviembre, 1971, págs. 4-5.

Sans, Santiago: «Repaso a las últimas semanas», *Destino,* Barcelona, núm. 1837, 16-diciembre-1972, páginas 70 y 73.

Segura, Florencio: «*Llegada de los dioses.* Antonio Buero Vallejo», *Reseña,* núm. 49, noviembre, 1971, páginas 539-540.

Umbral, Francisco: «Crónica de Madrid. El estreno de *Llegada de los dioses,* de Buero Vallejo», *La Voz de Galicia,* La Coruña, núm. 29004, 21-septiembre-1971, páginas 31 y 32.

— «Crónica de Madrid. Juan Diego: 'A veces da vergüenza salir al escenario a decir ciertas cosas'», *La Voz de Galicia,* La Coruña, núm. 29107, 21-enero-1972, página 8.

Velasco, Miguel Ángel: «La escena 1971-1972», *Ya,* 19-diciembre-1971.

La tejedora de sueños

DRAMA EN TRES ACTOS

A María Jesús Valdés

REPARTO

(Por orden de aparición)

DIONE, esclava.
ESCLAVA 1.ª
ESCLAVA 2.ª
ESCLAVA 3.ª
ESCLAVA 4.ª
EURICLEA, la nodriza.
PENÉLOPE, la reina.
TELÉMACO, su hijo.
EL EXTRANJERO.

ANTINOO.
EURÍMACO.
PISANDRO.   } los preten-
LEÓCRITO.   dientes.
ANFINO.

EUMEO, el porquerizo.

FILETIO, el pastor.

Voces de los partidarios.

En la Grecia Micénica, anterior a los días de Homero.

Derecha e izquierda, las del espectador.

Canción: MANUEL PARADA.

ACTO PRIMERO

Galería en el palacio de Ulises, rey de Ítaca —hoy, palacio de Penélope—. Es un alto mirador abierto al gran patio de festines, que se supone al fondo. En el primer término, y a todo lo largo de la escena, tres gradas. En medio del foro se encuentra el aposento del telar de la reina: una amplia garita o templete cuadrado con la puerta al frente, cuyos cimientos posteriores se suponen en el patio y cuyo frente descansa sobre el suelo de la galería. De sus lados arranca la balaustrada que cierra el foro y desde la que se mira al patio, balaustrada [1] que va a parar a los adintelados de piedra de cada lateral. Dos grandes cortinas que llegan al suelo, pendientes de dos barras que parten del templete y se insertan en los adintelados, ocultan ahora el patio a las miradas de los personajes. El adintelado de la izquierda carece de puerta y conduce al gineceo; el de la derecha tiene entornada su puerta de madera y bronce, que aísla los aposentos femeninos, cuya primera estribación es la galería, del resto del palacio. En los pilares de los adintelados, tearios [2]. En la pared del templete y a la derecha de la puerta están colgados, bien visibles, la aljaba y el enorme y grueso arco de Ulises [3]. El cielo abierto es ya oscuro,

---

[1] La primera edición omite esta palabra.
[2] *tearios:* soportes de teas. No figura en DRAE.
[3] El gran arco, visible en todo momento durante los dos primeros actos, adquiere categoría de símbolo, pues remite constantemente a su dueño o, más exactamente, a su ausencia. En el úl-

pero los últimos fuegos de la tarde se filtran todavía por las rendijas de las cortinas. Inundan asimismo el interior del templete por el ancho ventanal al patio que posee en su fondo. Un ventanal apenas visible, porque el gran telar dónde la reina teje el sudario de Laertes, aunque situado algo a la izquierda, impide casi completamente apreciar los detalles de la estancia, y sólo vemos, a través de la puerta entornada, un fragmento de la parte posterior del telar y, a su derecha, un alto candelero [4] de bronce, apagado.

(Tras la tela, sentada e invisible, la reina PENÉLOPE está tejiendo. Al lado de la puerta, en pie e inmóvil, de frente al proscenio y con la cara levantada, la vieja nodriza EURICLEA, que está ciega [5]. Sentadas aquí y allá, a lo largo del graderío, cinco esclavas devanan y arreglan entre sí madejas de diversos colores, sacadas de un par de cestas planas que hay en el suelo. La esclava que se encuentra a la derecha y en el escalón más alto es DIONE [6], que sostiene una madeja mientras lía el ovillo, más abajo y a la izquierda, la ESCLAVA 4.ª Durante el trabajo, recitan las cinco para su reina una ruda melopea poética sin melodía.)

CORO. *(Voces altas y sonoras:)*
  Penélope es la estrella que luce en el palacio.
  Los dioses la sonríen mientras, dulce, se afana,
  y premian con mercedes constantes sus desvelos.

---

timo acto será empuñado por Ulises como instrumento de destrucción.

[4] En la primera edición, 'candelabro'. Ya está corregido en la segunda edición.

[5] Euriclea no era ciega en la *Odisea;* esta innovación no carece de sentido, si se recuerda la importancia de la ceguera como símbolo en el teatro del autor. Aquí, ella es la única que oirá los pasos de las Furias vengadoras, precisamente cuando Ulises y su hijo van a entrar en escena. Vid., sobre este personaje, R. Doménech, *op. cit.,* págs. 249-251.

[6] Ya se señaló en la introducción que Dione es el único personaje que no aparece en la *Odisea,* pero su nombre quizá lo tomó el autor del mismo Homero, pues Dione, madre de Afrodita, aparece en la *Ilíada* (V, 373 y ss.).

Ella es la araña de oro que teje nuestra dicha.
La traspasa y sostiene la prudencia de Ulises
y los vasallos gozan de su paz vigilante.
Porque la casa brille, mueve su lanzadera.
Artífice es de gracias, riquezas y alegrías.
(Callan. Entonces se oye la suave risa de PENÉLOPE *en el templete: una risa penetrante, musical y misteriosa, plena de inmenso y contenido regocijo. Las esclavas atienden e inician rápidos y confidenciales comentarios, en tono irrespetuoso.)*

DIONE
¡Ya está riendo la viuda!
(Continúa atenta al templete, mientras las demás hablan.)

ESCLAVA 1.ª *(La primera de la izquierda.)*
No tardará en gemir...

ESCLAVA 2.ª
Si, al menos, gimiese por la leña desperdiciada...

ESCLAVA 3.ª
Y por los carneros degollados...

ESCLAVA 4.ª
Y por el palacio saqueado. Y por la miseria que nos ahoga [7].

EURICLEA
¡Silencio! La reina teje. *(Todas enmudecen y siguen su trabajo. La expresión de* DIONE *cambia, y, ante el contenido susto de las otras, coge un ovillo rojo que tiene a su lado y se levanta para ir, cautelosa, al templete.* EURICLEA *la siente llegar.)* ¿Quién viene? *(*DIO-

---

[7] A partir de aquí se alude con frecuencia al hambre y la pobreza que enseñorean el palacio y que no preocupan a la reina por las razones que expondrá en el diálogo con Anfino del acto siguiente. Aunque en la *Odisea* no se ofrece un panorama tan desolador, pues el reino aún es rico, se insiste una y otra vez en las depredaciones de los pretendientes (por ejemplo, en I, 91-92; I, 160-161; II, 237-238; IV, 319-320, etc.), hasta el punto de que Telémaco llega a decir que la acción de éstos «pronto destruirá mi casa y acabará con toda mi hacienda» (II, 48-49).

NE *está ya junto a la puerta, por donde trata inútilmente de atisbar. La nodriza la detiene.)* Dione, ¿verdad?

DIONE. *(Inocente, después de hacer un guiño a las demás y poner el ovillo en manos de* EURICLEA.*)*
Traigo lana azul, Euriclea.

EURICLEA
La reina no la ha pedido. *(Palpa.)* Y este ovillo no es azul... Es rojo.
(Las esclavas susurran, admiradas.)

DIONE
Es azul, nodriza...

EURICLEA
¡A tu sitio, embustera! Te conozco bien.
La empuja. Con un gesto de rabia, DIONE *le arrebata el ovillo y se sienta, entre un coro de risitas ahogadas.)*

DIONE. *(Furiosa, después de coger la madeja.)*
¿De qué reís vosotras?
(Todas rehúyen su mirada.)

ESCLAVA 4.ª *(Desviando el tema, prudente.)*
Digo yo que, si a la reina le importara la miseria del palacio, se habría vuelto a casar. Si gime es por la muerte de su esposo.

ESCLAVA 3.ª
¿Por qué ríe, entonces?

ESCLAVA 4.ª
También por Ulises. Ríe cuando le recuerda joven. ¿No crees, Dione?

DIONE
Creo que sois unas necias. *(Burlona.)* ¿Por qué gime Penélope? ¿Por qué ríe Penélope? *(Vuelve a oírse en el templete la dulce risa de* PENÉLOPE, *que todas escuchan. Remedándola.)* ¡Ji, ji, ji! ¡Por Ulises! ¡Bah!

ESCLAVA 1.ª
¡Chist! Puede oírte Euriclea.

DIONE. *(Levantando, provocativa, la voz.)*
¿Esa? No sólo está ciega, sino sorda.

ESCLAVA 3.ª *(Temerosa.)*
Pero ve y oye con las manos...
(Todas miran a EURICLEA, *que no se mueve, con vago temor. Pausa.)*

ESCLAVA 1.ª
Pues yo creo que la reina espera todavía el regreso * de Ulises.

DIONE
¡Estúpidas! Tan bien como vosotras, sabe ella que es viuda. Y que le llaman «la viuda» en todo el país. *(Confidencial.)* Escuchad. Yo sé bien por qué ríe la viuda. Y por qué gime. Y lo que borda en el sudario.

ESCLAVA 2.ª
Tú no sabes nada.

DIONE
¡Todo, todo lo sé!

ESCLAVA 2.ª *(Elevando la voz.)*
No te hagas la misteriosa. Sabes lo mismo que nosotras: ¡Nada!

DIONE. *(Muy alto.)*
¡Todo!

EURICLEA
¡Silencio! (DIONE *la mira como una fiera acorralada.)* ¿Por qué no seguís con vuestro canto? [8]. *(Imperiosa.)* ¿Qué esperáis?

ESCLAVA 1.ª
Sí, nodriza.
(Inicia la tercera estrofa y las demás la siguen. DIONE *permanece callada, con los ojos bajos, para mirar después al templete, con fijeza creciente.)*

CORO. *(Sin melodía.)*
Para tus manos hilan tus amantes esclavas,
reina de nuestras lanas y nuestros corazones.

---

[8] En la primera edición: '¿Por qué no seguís vuestro canto?'.
* la vuelta

La divina Artemisa tu honestidad bendice
y hasta la misma Helena te envidia tu belleza.
*(Breve pausa. Se oye muy suave, infinitamente apenado y
lánguido, el lamento de* PENÉLOPE *en el templete.)*

DIONE
¡Ya gimió!

ESCLAVA 3.ª *(Aburrida.)*
¡Y qué! Siempre lo hace.

DIONE
¡Pero no como tú! ¡Ni como tú!... Vosotras gemís
por las noches, cuando los pretendientes os toman para
distraer su espera. ¡Y ella gime sola!

ESCLAVA 2.ª *(Malévola.)*
No todos los pretendientes se distraen con las esclavas...
(Risitas contenidas de las otras.)

ESCLAVA 1.ª
No. Anfino es muy puro... Nadie logra conmoverle.
*(*DIONE *se levanta, iracunda.)*

ESCLAVA 2.ª *(Incisiva.)*
Ni es la reina la única mujer que gime sola.
(Las risas se convierten en carcajadas.)

DIONE. *(Abalanzándose sobre ella.)*
¡Raposa!
*(La golpea, tirándola al suelo. Las demás gritan y tratan
de separarlas. Las madejas ruedan por los peldaños.*
EURICLEA *se adelanta, tanteando el aire.)*

EURICLEA
¡Silencio! La reina teje y no debe ser distraída. *(Trata,
inútilmente, de separarlas.)* ¡Oh, dioses, cuánta cala-
midad! ¡Seréis castigadas! ¡Serás azotada, Dione! ¡Tú
eres la más culpable!
(Entonces se oye, airada y dura, la llamada de PENÉLOPE.)*

PENÉLOPE. *(Voz de.)*
¡Euriclea! *(La nodriza se detiene, temblorosa. Las
esclavas recogen presurosas sus ovillos.* DIONE *vuelve*

a su sitio, no demasiado aprisa. Pausa. PENÉLOPE *asoma a la puerta del templete y mira a todas con desdén. La reina ya no es joven, pero aún es bella; su macizo y armonioso cuerpo se yergue lleno de majestad, y en la contradictoria expresión habitual de su rostro riñen permanente batalla el sonriente orgullo y la tímida ansiedad. Ahora se muestra seria.)* Pareces haber olvidado, Euriclea, que, mientras yo tejo, no debes separarte de la puerta.

EURICLEA
Perdóname, ama. Las esclavas...

PENÉLOPE. *(Terminante.)*
No debes separarte de la puerta. *(Breve pausa.)* Las esclavas disputaban de sus naderías, como torpes animalejos que son. ¿No es cierto?
(Menos DIONE, *las esclavas se inclinan, sumisas.)*

ESCLAVAS
Sí, ama.

PENÉLOPE
Comprendo que os canse recitar. La rapsodia que compuso para mí el viejo cantor del palacio antes de morir, no es muy bella... Aquel pobre hombre nunca estuvo muy inspirado. Pero yo tejía tranquila, hasta que vuestras voces me han hecho levantar. *(Avanza unos pasos y mira a* DIONE, *diciendo:)* Que no vuelva a ocurrir.
(Todas miran a DIONE.)

DIONE. *(Ante la mirada de todas.)*
Discúlpanos, ama. Con el oscurecer nos cansamos, porque ya no se acierta a ver el trabajo. Entonces nos invade una ansiedad muy grande y, a veces, la disipamos con nuestras charlas.

EURICLEA
¡Para eso se os ordena recitar!

DIONE. *(Rápida, a* PENÉLOPE.)
Es que también oímos tus risas y lamentos, y...

PENÉLOPE.· *(Seca.)*
¿Qué dices?

DIONE. *(Prudente.)*
También tú te cansas, ama.

PENÉLOPE. *(Tras considerarla un momento.)*
Demasiada lengua para una esclava. No lo olvides.

DIONE
No, ama.

PENÉLOPE
¡Y no contestes! *(Pausa.)* Retiraos. *(Las esclavas recogen sus cosas y, después de inclinarse, salen en silencio por la izquierda.* PENÉLOPE *se acerca a la derecha del foro y atisba el patio por la rendija de la cortina. Comenta, con un sorprendente tono de alegría:)* Mis pretendientes terminaron su comida. Los criados devoran ahora las sobras... Hay hambre en la casa.

EURICLEA
Ama: déjame castigar a Dione.

PENÉLOPE. *(Sin volverse.)*
No. *(Riendo suavemente.)* El pastor Filetio me ha dicho que sólo nos queda un rebaño... Todo lo han consumido esos hombres.

EURICLEA
¿Por qué nunca me dejas castigar a Dione?

PENÉLOPE. *(Se vuelve, sonriente.)*
Mi hijo Telémaco se apiadaría y la querría más. Lo sabes muy bien, nodriza. *(Breve pausa.)* Cuando le autoricé su viaje por mar, en busca de su padre... [9], no lo hice sólo por librarle de las celadas de los pretendientes. Ni tampoco para que encontrase a mi esposo...

---

[9] El viaje de Telémaco ocupa los primeros cantos de la *Odisea*, pero en ella fue realizado sin conocimiento de Penélope: «desde que te fuiste en la nave a Pilos, ocultamente y contra mi deseo» (XVII, 42-43; cfr. II, 373, y IV, 700-710). La alteración se debe a haber introducido Buero el subtema del amor del joven por Dione.

No. Ulises sabría, cuando quisiera, encontrar solo el camino de esta casa. *(Breve pausa.)* Pero había que alejarle de Dione. Y ya ves: no sirvió de nada. Y ahora me odia, lo sé...

EURICLEA
¡Ama!

PENÉLOPE
Me odia porque sabe que no quiero a esa entrometida. Y si la castigase..., me odiaría más. *(Suspira.)* ¡Es muy difícil ser madre, Euriclea! *(Sombría.)* Y más difícil aún, ser reina.

EURICLEA
Tú sabrás, ama. Yo no soy más que una pobre mujer...

PENÉLOPE
Como yo. ¿Qué le vamos a hacer? Este palacio, que fue ayer de Ulises, se empobrece hoy porque está a cargo de una débil mujer... y una ciega.

EURICLEA. *(Melancólica.)*
Sí. Hace treinta años que soy ciega. Y hace veinte que...

PENÉLOPE
Que soy viuda, ¿no?

EURICLEA
¡Ama!

PENÉLOPE
¡Dilo! Sé que todos lo dicen.

EURICLEA. *(Suave.)*
Sólo iba a decir que Ulises marchó hace veinte años a la guerra de Troya [10]. *(Breve pausa.)* Soy ciega, ama. Y casi sorda. Pero oigo a los dioses invisibles que nos rodean... Escucho los pasos fatales de las Furias vengadoras, cuando rondan esa escalera... [11]. *(Por la derecha.)* Soy ciega, y por eso tú me pones a la puerta

[10] La duración de la ausencia de Ulises es la señalada por la *Odisea* (II, 175 y *passim*).

[11] Para una interpretación de las Furias como símbolo, vid. el libro de Joelyn Ruple citado en la bibliografía, pág. 90.

de tu telar, para que ni yo ni nadie veamos las figuras que tejes ahí dentro... Ciega y casi sorda, apenas vivo... más que para ti. *(Transición.)* ¡Y por eso te conozco bien! Sé que eres fuerte y astuta, como tu esposo Ulises. ¡Astuta, muy astuta frente a los pretendientes, y tú lo sabes! Y muy dura frente a otros caprichos de tu hijo. ¿Qué se te da a ti de que Telémaco guste de Dione? ¡Déjame castigarla!

PENÉLOPE
No castigarás a Dione.

EURICLEA
Pero, ¿por qué?

PENÉLOPE
Te lo he dicho. Por Telémaco.

EURICLEA
Tienes razón. Soy ciega. La oscuridad me aplasta y me impide comprenderte. Nada sé de ti. (PENÉLOPE *la mira fijamente.)* Sólo sé que ríes y gimes cuando tejes.
(La reina se le acerca despacio.)

PENÉLOPE
¿Y qué más?

EURICLEA
Algo más, ama... Sé que cuando alguna nueva desgracia nos abate... Cuando te anuncian que se acaban las reses, o que hay que aguar el vino escaso, o que esos bandidos te robaron tus joyas [12], entonces...

PENÉLOPE. *(A su lado.)*
¿Entonces?

EURICLEA
Entonces no gimes. Ríes.

---

[12] La indicación parece sugerida por la *Odisea,* en la que Atenea previene a Telémaco sobre los pretendientes: «no sea que, a pesar tuyo, se lleven de tu mansión alguna alhaja» (XV, 19; cfr. XV, 91).

PENÉLOPE. (*Retirándose brusca, para volver al foro.*)
No es cierto.

EURICLEA
¡Acabas de hacerlo! Te oí reír ahora, cuando miraste a los criados en el patio.

PENÉLOPE. (*Irónica.*)
Tus pobres oídos creen sentir muchas cosas. La risa de los dioses... y los pasos de las Furias en la escalera. (*Ante el silencio de* EURICLEA, *se vuelve.*) ¿Qué te ocurre?

EURICLEA. (*Temblando.*)
Como ahora, ama... Las Furias suben... y la Venganza sube con ellas. ¿No las oyes? ¡Suben!
(*Señala a la derecha y se enfrenta con la puerta. Después de escuchar un segundo,* PENÉLOPE *se acerca decidida a la puerta y mira.*)

PENÉLOPE. (*Sonriente.*)
Tranquilízate, nodriza. Sólo es Telémaco.
(TELÉMACO *entra cuando su madre aún no terminó de hablar. Es un adolescente atormentado por sus deseos de madurez, que el desvío de* DIONE *y la burla de los pretendientes agrían.*)

TELÉMACO
Y un extranjero, madre, que quiero presentarte.
(*El* EXTRANJERO *aparece inmediatamente tras él. Es un viejo mendigo de cabellos grises y mirada huidiza, recio, pero encogido por los reveses de la fortuna, que se apoya en un alto garrote de viaje. Ante la reina, se inclina en silencio.*)

PENÉLOPE. (*A* TELÉMACO, *extrañada y altiva.*)
¿Por qué?

TELÉMACO. (*Con acento de triunfo.*)
Porque trae noticias de mi padre. ¡Ulises estará pronto aquí! ¡Este hombre le ha visto!

PENÉLOPE. (*Tras considerar al* EXTRANJERO, *con voz helada.*)
No es el primero.

TELÉMACO. *(Casi hostil.)*
¡Ah, no es el primero! Tú nunca quieres creer. ¡Pero ahora tendrás que convencerte!

PENÉLOPE
No seas niño. ¿Es cierto que traes noticias, extranjero?

EXTRANJERO. *(Inclinándose.)*
Es cierto, reina.

PENÉLOPE
El palacio es pobre y, por buenas que fueran, no podría recompensarlas [13].

TELÉMACO
No busca eso. El porquerizo Eumeo y el pastor Filetio reparten con él su comida. No pide más.

PENÉLOPE
Calla tú. *(Al* EXTRANJERO.*)* ¿Cuándo viniste?

EXTRANJERO
Ayer desembarqué en tus playas, reina. Filetio me recogió al anochecer.

PENÉLOPE
¿De dónde vienes?

EXTRANJERO
Yo hice la guerra en Troya con los aqueos. Y ahora vengo de Esparta. Del palacio de Menelao y Helena.

PENÉLOPE
¡Cómo!

EXTRANJERO
Sí, reina. Allí vi a tu esposo.

---

[13] Homero alude varias veces al proceder de los forasteros que, para conseguir un regalo, llevan falsas noticias de Ulises a su esposa; dice Eumeo: «Todo aquel que, peregrinando, llega al pueblo de Ítaca, va a referirle patrañas a mi ama» (XIV, 126-127).

TELÉMACO
¿Oyes, madre? ¡Con sus propios ojos le ha visto!

PENÉLOPE. (*Reservada.*)
¿En Esparta?

EXTRANJERO
Allí estaba cuando yo llegué. Sano y salvo de sus aventuras, pero triste. Menelao y Ulises estaban tristes porque eran días de luto en el palacio.

PENÉLOPE. (*Con rara ansiedad.*)
¿Quién había muerto? ¿Helena?

EXTRANJERO
No. Pero ella no estaba triste. Su carácter no es dado a tristezas.

PENÉLOPE
¿Quién, entonces?

EXTRANJERO
Agamenón. Un mensajero trajo la noticia a Menelao de que su hermano Agamenón había sido asesinado al volver de Troya [14].

PENÉLOPE
¿Asesinado?

---

[14] En la *Odisea,* el trágico fin de Agamenón es evocado varias veces, desde que al principio lo hace Zeus (I, 35-43), hasta que Néstor lo narra con detalle (III, 254-312). El mismo Ulises dialoga con el espíritu del héroe, que cuenta el crimen con él cometido (XI, 406-434). Vid. una detallada relación de las alusiones a Agamenón en la *Odisea* en E. A. S. Butterworth, *Some Traces of the Pre-Olympiam World in Greek Literature and Myth,* Berlín, Walter, de Gruyter and Co., 1966, págs. 65-67. Como se ha dicho en la introducción, Buero ha aprovechado esta insistencia en el tema de Agamenón, así como la comparación más o menos explícita de Telémaco con Orestes que se da en la epopeya (por ejemplo, en I, 298-300, y III, 197-200), para construir su obra sobre la posible infidelidad de Penélope. Desde el punto de vista teatral, conviene aclarar que, aunque en la *Odisea* las muertes de Agamenón y Clitemnestra son ya conocidas cuando do el relato comienza, aquí Buero hace que la primera sea una novedad en este momento y relega el descubrimiento de la venganza de Orestes al acto tercero, lo que aumenta el dramatismo.

EXTRANJERO
Sí. Por su mujer, Clitemnestra…, y el amante. Ulises, desde entonces, paseó solo por la playa, todas las tardes. Me acerqué y le hablé varias veces.

TELÉMACO
¡Cuenta a mi madre lo que te dijo!

EXTRANJERO *(Vacilante.)*
Te lo dije, ignorando quién eras. No me fuerces a contarlo, reina.

PENÉLOPE
¿Tan grave es?

EXTRANJERO
No es adecuado a tus oídos…

PENÉLOPE
No seré yo la última en saberlo aquí. Cuenta.

EXTRANJERO
Pues… Ulises quería partir para aquí dos lunas más tarde. Y me dijo que…, después de saber lo ocurrido con Agamenón al volver a su hogar…, tenía que pensarlo [15]
(Un gran silencio.)

PENÉLOPE
Vete, Euriclea. Y tú también, Telémaco.

*(*EURICLEA *se retira por la izquierda, vacilante.)*

TELÉMACO. *(Vagamente avergonzado del entusiasmo con que ha seguido y subrayado la narración del* EXTRANJERO.)*
Perdona, madre. Creí que debías ser enterada.

---

[15] Homero presenta ya una entrevista entre Penélope y su marido disfrazado, en la que ésta finge también transmitirle sus propias dudas «acerca de si convendría que volviese manifiesta o encubiertamente a su patria» (XIX, 298-299), lo que aquí Buero ha transformado en una revelación más patética.

PENÉLOPE. *(Mirándole de arriba abajo.)*
Vete. (TELÉMACO *baja la cabeza y se dispone a salir por la izquierda.)* ¡Telémaco! *(Éste se detiene. Señalándole la derecha.)* Por ahí.

TELÉMACO. *(Molesto.)*
Sí, madre.

PENÉLOPE
Siéntate * *(Por los peldaños. El* EXTRANJERO *obedece * y se sienta en el primer término derecho. Ella pasea a sus espaldas, observándole de reojo y evitando sus intentos de mirarla.)* No tienes cara de ser veraz... Nos has dicho algo desagradable, y no sé si es una astucia refinada para que te creamos.

EXTRANJERO. *(Se encoge de hombros.)*
A los mendigos no nos cree nadie.

PENÉLOPE
Por algo será. *(Breve pausa.)* ¿Dices que has visto a Ulises?

EXTRANJERO
Allá * quedaba cuando partí.

PENÉLOPE
Y... ¿hace mucho tiempo?

EXTRANJERO
Cuatro años.

PENÉLOPE
Hum... No sé si creerte. Eres el tercero que me afirma haberle visto, pero él no vuelve.

EXTRANJERO
Ya te dije que...

PENÉLOPE
Calla. Tal vez sea cierto que no se decide a volver. Y tal vez sus huesos blanquean al sol desde hace veinte años. No serás tú quien me convenza de ninguna de las dos cosas. *(Pausa. Se detiene a sus espaldas, es-*

---

* Siéntate ahí. * le obedece * Allí

piándole.) ¿Es cierto, al menos, que estuviste en Esparta?

EXTRANJERO. *(Suspirando.)*
Estuve en Esparta y vi a Ulises.

PENÉLOPE. *(Anodina.)*
Y a Helena, ¿la viste?

EXTRANJERO
La vi. Tu esposo me decía que, en medio de todo, Menelao tuvo la suerte de rescatar a su mujer, y...

PENÉLOPE. *(Que se ha sentado muy cerca, aunque más alto y algo a espaldas de él.)*
¿Cómo está Helena? *(Él la mira.)* ¿Qué piensas? Contesta.

EXTRANJERO
¿Es de Ulises de quien quieres saber, o de Helena?

PENÉLOPE
También de Ulises, claro. Pero Helena, ¿cómo está?

EXTRANJERO
Siempre alegre. Ya te lo dije.

PENÉLOPE
No es extraño. Una mujer capaz de suscitar tal guerra, no puede ser reflexiva. Ni soñadora. Alegre, alegre como un animalillo satisfecho, ¿no es eso?

EXTRANJERO. *(Admirado.)*
¿La conoces?

PENÉLOPE. *(Con una sonrisa sarcástica.)*
Nunca la vi. ¿Estará ya vieja?

EXTRANJERO
¿Te agradaría que así fuese?

PENÉLOPE
¿Por qué dices eso? Es una simple pregunta. Ella tiene... más, mucho más de cuarenta años. Y luego, con esa vida de crápula continua...

EXTRANJERO
¿Y si te dijese que sigue bella?

PENÉLOPE
¿Es cierto?

EXTRANJERO
Muy bella. Hasta el corazón de los ancianos late con fuerza cuando ella pasa. Y su esposo sólo tiene ojos para admirarla..., y siempre la perdona.

PENÉLOPE. (*Con desprecio.*)
Ese pobre hombre...

EXTRANJERO
Tú lo dices, no yo. Los humildes no debemos juzgar a los reyes. Pero Helena es tan hermosa que..., incluso una guerra como la de Troya, puede comprenderse por ella. Yo no soy más que un viejo guerrero... Cuando tomé mujer no pude ser muy exigente. Era una criatura torpe y fea. Yo estaba, sin embargo, contento con ella, porque sólo debemos aspirar a lo que nos corresponde. (*Breve pausa.*) Pues yo he envidiado a Menelao, y a Paris, y a todos los que tuvieron a Helena. Yo la he visto en Esparta... y he comprendido el rapto, y los crímenes, y me he sentido, por primera vez, ambicioso de poder y riquezas para lograr a esa mujer.

PENÉLOPE. (*Levantándose para ir al templete, sin poder disimular su desagrado.*)
Basta.

EXTRANJERO. (*Rápido.*)
Claro es que la fidelidad es superior a la belleza, ¿quién lo duda? Helena no es más que una hembra mala y peligrosa.

PENÉLOPE
Te excedes. Deja tus artimañas. (*Recalcando.*) Y no juzgues a los reyes..., ni a las reinas. Y ahora, retírate.
(*El* EXTRANJERO *se levanta.*)

EXTRANJERO
Disculpa a un viejo que necesita mendigar su pan...

PENÉLOPE. *(Con abierta sonrisa de simpatía.)*
¿Es una excusa? Me has mentido en todo, ¿verdad?
Si lo reconoces, te perdonaré.

EXTRANJERO
Sólo te he dicho la verdad, reina.

PENÉLOPE. *(De nuevo fría.)*
Vete.

EXTRANJERO. *(Quejoso.)*
Hay que mentir... *(Va hacia la puerta.)* Yo paso hambre porque no sé hacerlo... Triste vida...
(Se oyen voces y carcajadas en el patio; entre ellas, la de TELÉMACO, *que grita varias veces. El* EXTRANJERO *se detiene.)*

TELÉMACO. *(Voz de.)*
¡Dejadme...! ¡Dejadme!

PENÉLOPE. *(Imperiosa.)*
Mira lo que ocurre.

EXTRANJERO. *(Mirando por la cortina.)*
Cinco hombres. Y tu hijo, entre ellos, rabioso... Le sujetan y quieren atarlo... *(Ansiedad de* PENÉLOPE.*)* No, vi mal... Uno de los cinco trata de defenderle, pero no puede...

PENÉLOPE. *(Con repentina suavidad.)*
Ese es Anfino [16]

EXTRANJERO. *(Mirándola.)*
Anfino será... *(Vuelve a mirar por la cortina.)* Parece una broma, todos ríen... Menos ese Anfino.

ANTÍNOO. *(Voz de.)*
¡Queremos ver a Penélope!

PISANDRO. *(Voz de.)*
¡Y lo que teje Penélope!

---

[16] Los atropellos de los pretendientes a Telémaco son un recuerdo de sus intentos de dañarle, y aun asesinarle, que se dan en la *Odisea,* y de los que es precisamente Anfínomo quien los disuade (XVI, 400-405, y XX, 245-246).

124

VOCES DE LOS PRETENDIENTES
¡Eso! ¡Lo que teje!... *
(PENÉLOPE *cierra la puerta del templete rápidamente y da vuelta a la llave, que se guarda.*)

EXTRANJERO. (*En tono de reprobación humilde.*)
No soy un ladrón.

PENÉLOPE. (*Sorprendida y airada.*)
¿Qué?

EXTRANJERO
Los pobres conocemos ese ademán... * Pero conmigo no es preciso hacerlo.

PENÉLOPE
Aprende una cosa, extranjero, mientras estés aquí. ¡Nadie, salvo yo, debe entrar en este aposento!

EXTRANJERO. (*Ingenuo.*)
¿Por qué?

PENÉLOPE. (*Despectiva.*)
¡No preguntes!
(*Y sale por la izquierda. Los rumores del patio se apagaron ya. El* EXTRANJERO *se acerca al templete y examina la puerta. De repente se precipita al primer término izquierdo y espera, sumiso y sonriente. Por la derecha aparecen los pretendientes:* ANTINOO, EURÍMACO, PISANDRO *y* LEÓCRITO. *Tras ellos, melancólico y sereno,* ANFINO, *el quinto pretendiente* [17]. *Nada más entrar, se paran al ver al mendigo, y éste saluda. Entonces* ANTINOO —*un*

---

[17] En el poema griego se llega a decir que los pretendientes son ciento ocho (XVI, 247-251), pero Buero los reduce a sólo cinco, tomando sus nombres de entre los quince que la epopeya individualiza: «Antinoo, hijo del rey Eupites» (I, 383), «Leócrito, hijo de Evenor» (II, 242), Eurímaco (I, 399), Pisandro (XVIII, 299) y Anfínomo, aquí Anfino: «su padre fue un rey de Duliquio... Niso Aretíada» (XVI, 394-396). Como luego dice Penélope, estos cinco son los que quedan tras haber renunciado ya otros veinticinco. J.-P. Borel, *op. cit.*, pág. 245, escribe que «renuncian quince pretendientes»; el error, evidente por demás, está ya advertido por Rainer Müller en el libro citado en la bibliografía, pág. 57, nota 4.
* ¡Eso, eso!... * ese gesto

joven guapo y presuntuoso, que viene completamente borracho— se le acerca y le pone, con gravedad de beodo, la mano en el hombro. ANFINO se separa del grupo y va a recostarse en la esquina del templete) [18]

ANTINOO
Sin moverse, ¿comprendes? Ni gritar.

EXTRANJERO
Como tú dispongas.

ANTINOO
Sin moverse ni gritar.

EXTRANJERO
Tú mandas.

ANTINOO
Eso es. Nada de movimientos; nada. Ni de gritos. Así hemos dejado a Telémaco. *(A los demás.)* ¿No es cierto, amigos? * *(Al EXTRANJERO.)* ¡Pero vivo! Eso sí. Nosotros no somos crueles. Se lo hemos prometido a Penélope. Si alguien estorba..., atarle y amordazarle. Nada más. ¿Conformes? *

EXTRANJERO
Conformes *

ANTINOO
Porque nosotros somos muy leales * y queremos mucho a la reina. ¡Y sus deseos son ley! *(Amenazador.)* Y como tú no la obedezcas...

EXTRANJERO. *(Protestando.)*
Si la obedezco...

ANTINOO. *(Amenazándole con el dedo.)*
Haces bien. *(Breve pausa.)* Y a todo esto, ¿quién eres tú?

---

[18] La separación de Anfino del resto del grupo es un signo escénico que hace visual su diferencia de los demás pretendientes, confirmada por otros hechos: entra detrás, no está ebrio, se opondrá a sus pretensiones de forzar el templete, rehusará unirse con ninguna esclava... Véase también una acotación de la página 134.

* ¿Verdad, amigos? * ¿De acuerdo? * De acuerdo. * muy buenos

EXTRANJERO
Y tú, ¿quién eres?
(*A* LEÓCRITO, *que venía royendo un racimo de uvas, se le escapa la risa.*)

ANTINOO
¿De qué te ríes tú, vamos a ver? (*Por el* EXTRANJERO.) ¿Quién es éste?

PISANDRO. (*Un cínico.*)
Un viejo preguntón.

EXTRANJERO
Soy un pobre que mendiga su pan. Llegué ayer, después de pasar muchas calamidades. Una poca pitanza... y os serviría bien [19]. Sé hacer muchas cosas.

ANTINOO
¿Sabes abrir puertas?

EXTRANJERO
Si se tercia... ¿Qué puerta es?

ANTINOO
Aquélla.
(*Señala el templete.*)

EXTRANJERO
Aquélla es de la reina. ¿Para qué quieres abrirla?

EURÍMACO. (*Un tortuoso hipócrita* [20]. *Se acerca, suave.*)
Ten cuidado con nosotros, piojoso, y no preguntes demasiado. Te diriges a reyes.

---

[19] El Ulises de Homero también planea ofrecer sus servicios a los jóvenes que asedian a su esposa: «podré... mezclarme con los soberbios pretendientes por si me dieren de comer... Yo les serviría muy bien» (XV, 314-317).

[20] La definición del carácter de Eurímaco, que se justifica por su comportamiento posterior, pág. 137, y que merece muy duros calificativos de Penélope, pág. 185, coincide con el modo de obrar del mismo en la *Odisea,* donde promete defender a Telémaco mientras viva, aunque: «Así le habló para tranquilizarla; pero también maquinaba la muerte de Telémaco» (XVI, 448).

EXTRANJERO. *(Con un gesto de excusa.)*
Debí ver antes vuestro porte majestuoso. Pero sois muy jóvenes...

ANTINOO
¿Te crees que por ser un carcamal puedes llamarnos niños? *

PISANDRO
Éste es como nuestros padres. ¡Vamos a atarlo!

LEÓCRITO
Todos estos vejestorios nos desprecian porque estuvieron en Troya. No hay que presumir tanto.
(Tira el escobajo del racimo y se limpia las manos en la túnica.)

EXTRANJERO
Sin duda, sin duda. Yo también estuve en Troya y, ya veis: ahora no soy nadie.

ANTINOO
Así hay que pensar.

EXTRANJERO
¿Y decís que sois reyes?

ANTINOO. *(Con orgullo.)*
Lo seremos. Yo soy Antinoo, hijo del rey Eupites.

LEÓCRITO
Y yo Leócrito, hijo de Evenor.

EURÍMACO
Todos somos príncipes de las islas de Ítaca.

ANFINO. *(Sencillo.)*
Pero no somos reyes. Sólo Ulises era nuestro rey.

ANTINOO
¡Habló el humilde!

PISANDRO
¿Quién se acuerda de Ulises?

---

* En ediciones anteriores se añadía: ¿A que te amordazamos?

EURÍMACO

Callad, amigos. Anfino dice que no somos reyes...
porque él no lo es. Como no tiene territorios, ni súb-
ditos, aspira a ser nuestro rey, si se casa con Penélope.

PISANDRO

Ya. Otro tirano, como lo fue Ulises. No queremos más
tiranos.

ANTINOO. *(Al* EXTRANJERO.*)*

¡Mueran los tiranos!

PISANDRO. *(Avanza.)*

No grites tanto y gana tu apuesta. Habíamos subido
a algo, me parece.

ANTINOO

¡Ya, ya voy! ¿Crees que no lo voy a hacer?
(Empuja al EXTRANJERO *con rudeza y se dirige a la puerta
del templete. Todos se aproximan.)*

PISANDRO

No presumas de músculos. La puerta es fuerte.

ANTINOO

¡Lo veremos!
*(*ANFINO *se desliza tranquilamente hacia la puerta y se
cruza de brazos bajo su dintel.)*

ANFINO

No, Antinoo. No debemos abrirla.

ANTINOO

¿Por qué? ¿Porque lo dices tú?

ANFINO. *(Calmoso.)*

Porque Penélope no quiere.

ANTINOO

¿Y quién es Penélope?

ANFINO

La mujer cuyos deseos son ley. Tú lo has dicho.

EURÍMACO. *(Interviene.)*

Oye, Anfino. ¿No aspiras tú a desposarte con ella?

129

ANFINO
Como todos vosotros.

EURÍMACO. *(Señalando el templete.)*
¿Y no sabes que hasta que no termine el sudario no se casará?

ANFINO
¿Y qué?

LEÓCRITO
Que hoy no la hemos visto trabajar.

ANFINO
Pero lo ha hecho.

ANTINOO
¡No importa! ¡Yo quiero ver el sudario!

ANFINO
Llámala para que te lo enseñe desde aquí, como hace siempre.

ANTINOO
No. ¡Estoy harto de ver que el sudario no avanza! ¡Quiero verlo de cerca! ¡Aparta!

ANFINO. *(Duro.)*
Retírate de aquí.

PISANDRO
¿Vas a perder la apuesta?
(ANTINOO *se siente espoleado y forcejea con* ANFINO *para apartarlo, pero éste lo repele con una violencia que le hace tambalearse.)*

ANFINO
No luches ahora conmigo. No puedes sostenerte.

ANTINOO. *(Rojo de ira.)*
¡Miradle! ¡Él no participa de nuestros juegos, él no bebe!… Tienes tanta prisa como nosotros, pero prefieres que otros apremien a Penélope por ti. ¡Hipócrita! ¡Te voy a…!
(*Pero tienen que sostenerle entre otros dos, completamente mareado.)*

ANFINO
Más valdría que os lo llevarais a dormir.

EURÍMACO
No sin antes ver a la reina.

PISANDRO
Y a las esclavas. ¡Te olvidas de las esclavas!

LEÓCRITO
¿Cómo no las iba a olvidar? Ya sabéis que Anfino es para eso muy... inapetente.

ANFINO. *(Violento.)*
¡Leócrito!

LEÓCRITO. *(Se le acerca, provocativo.)*
¡Qué! *(Todos se acercan.)* Venid; nos llama Anfino.

PISANDRO
¿Qué?

EURÍMACO
¿Qué quieres de Leócrito?

ANTINOO. *(Sujeto todavía por* EURÍMACO.*)*
¿Y de nosotros?
Breve pausa. ANFINO *los mira, desdeñoso. Ellos se acercan un poco más, amenazadores. El* EXTRANJERO, *que permanecía durante la escena anterior en el primer término, avanza unos pasos hasta ellos.)*

EXTRANJERO. *(Trivial.)*
¿También tú eres hijo de rey, Anfino?

PISANDRO. *(Con una gran risotada.)*
¡Ja...!

LEÓCRITO. *(Riendo.)*
¡El viejo preguntón!

EURÍMACO. *(Risueño.)*
Se nos une. Sabe lo que hace.
(Todos miran al EXTRANJERO *y él sonríe, servil. El grupo se ha dispersado ligeramente. El peligro para* ANFINO *pasó.*

131

*El mendigo avanza y se enfrenta con él. Los demás le
abren paso* [21]*, divertidos.)*

ANFINO
No te burles, anciano.

EXTRANJERO
No lo pretendía... Pero tú no has dicho quién es tu
padre.

ANFINO. *(Amargo.)*
¿Qué te importa? Yo no soy nadie. Un huérfano sin
hogar ni riquezas. Otro pobre como tú.

PISANDRO
Yo te lo diré: su padre fue un rey de Duliquio.

EURÍMACO *(Irónico.)*
No. Debes decirlo como él: su padre fue Niso Aretíada:
un fiel vasallo de Ulises y su mejor amigo.
(Un silencio.)

EXTRANJERO
Lo vi luchar. Fue un gran jefe.

ANFINO. *(Amargo.)*
Ahórrame tus halagos, miserable. Yo no puedo darte
nada.
(Los pretendientes sonríen, burlones, y el EXTRANJERO
se inclina con * *un gesto de excusa.* TELÉMACO *ha aparecido en la puerta de la derecha, con la faz contraída
por la furia.)*

TELÉMACO
¡Anfino!
(Todos se vuelven a mirarle.)

ANTINOO
¡Oh...! ¡Ya desataron al polluelo!
*(*TELÉMACO *avanza hasta enfrentarse con* ANFINO.*)*

TELÉMACO
¿Cuántas veces te he dicho que no quiero que me de-

---

[21] En la primera edición: 'le hacen paso'.
* en

132

fiendas? Sé lo que pretendes con eso. ¡Pero te juro que antes daría mi madre a cualquiera de estos bandidos que a ti!

PISANDRO. *(Riendo.)*
Salvo el insulto, ¡bravo!

ANFINO
¿Por qué me odias? Yo no soy culpable de tus disgustos.

TELÉMACO. *(Rabioso.)*
¿A qué te refieres?

ANFINO. *(Suave.)*
No quise molestarte.

TELÉMACO
¡Pero lo has hecho!

ANTINOO
¡Ánimo, polluelo!

ANFINO
¡No le incitéis contra mí!

PISANDRO
¡Golpéale!

ANFINO
¡No lo hagas, Telémaco!

TELÉMACO
¡Creo que voy a hacerlo!

LEÓCRITO
¡Dale al gallo, polluelo! ¡No se enfadará!

EURÍMACO
Tal vez así... le seas grato * a Dione.

ANFINO
¡Calla, Eurímaco!
(Apenas tiene tiempo de sujetar por la muñeca el puño de TELÉMACO, *que se levantó ya contra él. Por un mo-*

_____
* gustes

133

mento, lo mantiene en el aire, hasta que se lo hace bajar. TELÉMACO *no puede evitar un gemido de dolor. A tiempo de oírlo,* PENÉLOPE *asoma por la izquierda. En cuanto la ve,* ANFINO *suelta a* TELÉMACO, *que se coge el brazo magullado.* PENÉLOPE *avanza unos pasos, seguida de* EURICLEA *y las esclavas. Los pretendientes retroceden hacia la derecha. La reina se detiene.* EURICLEA *y las esclavas forman tras ella un grupo apretado a la izquierda.* ANFINO *permanece junto al templete. El mendigo se ha situado a la izquierda de éste, adonde se le une* TELÉMACO. *El sol se puso hace tiempo, y la pálida claridad lunar ilumina ahora desde lo alto la escena. Una pausa.* EURÍMACO *da al fin un paso al frente, dispuesto a hablar.)*

PENÉLOPE
No, no me digáis nada. Sé bien a qué venís. Como veis, os las traigo yo misma... Así puedo, al menos, hacerme la ilusión de que todavía mando.

EURÍMACO
Y tú mandas...

PENÉLOPE
Callad. *(Breve pausa.)* Estáis borrachos. Como ayer, como todos los días... Esa es la hermosa competencia que libráis por mí. La competencia de ver quién bebe más.

PISANDRO. *(Sin moverse del grupo que forman los pretendientes a la derecha.)*
El vino es sagrado, Penélope.

PENÉLOPE
¡Basta! No quiero oíros. Ahorradme vuestras voces tartajosas. *(Por las esclavas.)* ¿No las tenéis aquí? Pues ¿a qué esperáis? [22].

---

[22] Además de alusiones al comportamiento de los pretendientes con las esclavas («siervas forzadas indignamente en las hermosas estancias», XVI, 108-09; XX, 318-319, y XXII, 37), en la *Odisea* se habla de una, Melanto, que «se juntaba con Eurímaco, de quien era amante» (XVIII, 325), y se alude otra vez a cómo «salieron del palacio, riendo y bromeando unas con

EURÍMACO
No hemos subido a eso, reina.

PENÉLOPE
¿A qué, entonces?

EURÍMACO
Hoy no te vimos trabajar en el sudario.

PENÉLOPE. (*Sarcástica.*)
¡Vamos! Tenéis prisa. El palacio se empobrece, ¿no?

EURÍMACO
Por causa nuestra, es cierto. Pero de ti depende terminar.

PENÉLOPE
Lo que ya os dije hace cuatro años os lo repito hoy:
el padre de mi amado Ulises está viejo y no me uniré
a nadie hasta que mis manos le hayan tejido [23] un
sudario digno de un héroe.

EURÍMACO
Tú lo reconoces, Penélope. ¡Esperamos desde hace
cuatro años!

PENÉLOPE. (*Seca.*)
Ya veis que trabajo todo el día. No puedo apresurarme
más.

EURÍMACO
Acaso podrías... si quisieras.
(*Breve pausa.*)

PENÉLOPE. (*Cautelosa *.*)
¿Qué quieres decir?

_____

otras, las mujeres que con ellos solían juntarse» (XX, 6-8). Tras
la venganza de Ulises, Euriclea le precisa: «Cincuenta esclavas
tienes en el palacio...; de ellas doce se entregaron a la impu-
dencia» (XXII, 421-424; corrijo un erróneo 'imprudencia' de la
traducción que sigo).
[23] En la primera edición: 'mis manos no le hayan tejido'. Ya está
corregido en la segunda edición.

* *Sin inflexiones.*

EURÍMACO
A veces hemos visto luz aquí por las noches.

PENÉLOPE. *(Rápida.)*
Porque no duermo... Y vengo a respirar el aire puro de la mañana, para adormecerme.

EURÍMACO
Podrías entonces... trabajar por la noche también.
(Gran pausa.)

PENÉLOPE
Es muy fácil decir eso. Paso horas frente al telar, me extenúo y pierdo el sueño... por vosotros. ¡Pero exigís más!

EURÍMACO
Te lo rogamos.
(Pausa.)

PENÉLOPE
¿Querríais que trabajase desde esta misma noche?

EURÍMACO
¿Por qué no?

PENÉLOPE
Lo haré. Pero necesito ayuda para ello, ya lo sabéis... Dejadme las esclavas.
Los pretendientes se miran, indecisos, y ella ríe. LEÓCRITO *cruza de pronto para asir brutalmente por el brazo a la* ESCLAVA 2.ª)

LEÓCRITO. *(Cruzando de nuevo con ella.)*
Otra noche tejerás.
(PISANDRO *imita a* LEÓCRITO *y coge a la* ESCLAVA 1.ª, *mientras dice:)*

PISANDRO
Sí, reina. Otra noche.
(PENÉLOPE *sigue riendo.* ANTINOO *cruza a su vez y toma* * *a la* ESCLAVA 3.ª)

PENÉLOPE. *(Mientras vuelve* ANTINOO *a su sitio.)*

_____

* coge

136

¡Matad otro cerdo esta noche, consumid otro odre de vino! ¡Aún queda!
(Ríe.)

EURÍMACO. *(Con un suspiro.)*
Discúlpalos. Son muy impacientes.

PENÉLOPE. *(Dura.)*
¡Llévate a * la tuya!
(EURÍMACO *tiende la mano, y la* ESCLAVA 4.ª, *tímida e inclinando la cabeza al pasar bajo la amonestadora mirada de la reina, la toma.)*

PISANDRO
Que los dioses protejan tu descanso, reina.
(Inicia la retirada.)

ANTÍNOO. *(Diciendo su tontería.)*
Y no tengas celos... No son más que esclavas.

PENÉLOPE. *(Despectiva.)*
¿Celos? Marchad, marchad con ellas... Instruidlas... Enseñadles... una nueva rapsodia que cantar durante mi trabajo.

EURÍMACO. *(Desconcertado.)*
¿Una rapsodia?

PENÉLOPE. *(Riendo.)*
¿Por qué no? Así ayudaríais a mi tejer. Sería un buen modo de pasar vuestras noches... con ellas. La que dicen ahora es tosca y fea... Les cansa *(Reprobadora.)* y se distraen del trabajo hablando de otras cosas.
(Las esclavas se miran, avergonzadas.)

ANTÍNOO. *(Sin saber si ella se burla *.)*
El de poeta es un bajo oficio.

PENÉLOPE
Y vosotros estáis tan altos... Bien. No lo hagáis. Y ahora, ¡marchaos!
(Los pretendientes saludan y salen con las esclavas.)

---

* ¡Coge * *bromea.*

EURÍMACO. (*Antes de salir, suave.*)
Te las dejaremos una de estas noches, para que trabajes. Yo te lo fío.
(*Sale con su esclava. Pausa.*)

EXTRANJERO
Yo compondré esa rapsodia que deseas, reina. Creo saber lo que necesitas.

PENÉLOPE. (*Extrañada.*)
¿Tú?

EXTRANJERO
Los hombres de mi condición hemos de saber hacer de todo.

PENÉLOPE
Veremos... Ahora, retírate.

EXTRANJERO
Como aún no sé el camino de la choza de Eumeo, esperaba...

PENÉLOPE
Telémaco. (*Éste, que se acercó a* DIONE *cuando quedó sola y la importunaba en voz baja sin que ella se dignase atenderle, se sobresalta.*) Acompaña al Extranjero a la choza de Eumeo. (*Indecisión de* TELÉMACO.) ¿Qué esperas?

TELÉMACO. (*Molesto.*)
Voy, madre. Voy siempre...
(*Cruza la escena.*)

EXTRANJERO. (*Inclinándose antes de salir con* TELÉMACO.)
Gracias por tu hospitalidad, reina. ¡Que la noche te sea grata!
(*Sale con* TELÉMACO. *Pausa.* PENÉLOPE *se acerca a* ANFINO *y luego se vuelve hacia* DIONE, *para mirarlos alternativamente.*)

PENÉLOPE. (*Audaz.*)
Puedes llevártela... Sólo queda Dione para ti.
(*Esperanzada,* DIONE *da unos pasos y aguarda, anhelante.*)

138

ANFINO

No, reina. Prefiero intentar todas las noches, pensando en ti, el bajo oficio de poeta.

PENÉLOPE. *(Triunfante.)*

¡Entra en el gineceo, Dione! *(La esclava lo hace con un gesto de rabiosa decepción.* PENÉLOPE *se vuelve a* AN FINO, *sonriente y halagada.)* ¿Todas las noches?

ANFINO

Todas las noches de mi vida, reina. Les has pedido una cosa riendo, pero yo sé que sufrías en el fondo, porque los quisieras muy distintos... *(La reina le tiende las manos.)* Yo te haré la rapsodia.

(Le besa las manos y sale, rápido. Una pausa. PENÉLOPE *cierra los ojos y pasa el dorso de sus manos lentamente por la cara, con un gesto que es mitad de emoción y mitad de dulce sueño. Luego se vuelve hacia* EURICLEA, *que se encuentra encogida, inmóvil, como atontada.)*

PENÉLOPE. *(Sorprendida.)*

¿Qué te ocurre? *(Se acerca y la coge de los brazos.)* ¿Qué tienes?

EURICLEA

¡Miedo!

PENÉLOPE

¿Porque aludieron a la luz que hay aquí de noche? No son tan listos. No averiguarán nada.

(Se vuelve al templete y saca la llave para abrirlo.)

EURICLEA

Ama... ¿qué bordas en el sudario de Laertes?

PENÉLOPE. *(Suave.)*

Cosas...

EURICLEA

¿Qué cosas?

PENÉLOPE. *(En tono de amonestación.)*

Euriclea.

EURICLEA
Yo sólo quiero ayudarte, Penélope... ¿Por qué ríes y lloras cuando bordas?
(Breve pausa.)

PENÉLOPE. *(Bajando la cabeza.)*
Ulises tarda. *(Con súbita resolución abre el templete. Exaltada.)* ¡Tarda, tarda mucho, tardará ya siempre!

EURICLEA
¡Ama!

PENÉLOPE
¡Viuda! ¿Por qué no me llamas viuda? Esa viuda trastornada que teje su tela mientras el país se arruina. Esa loca, que prefiere sus recuerdos a una elección prudente, ¿no?

EURICLEA
Nunca dije eso...

PENÉLOPE
Se dice, y tú lo piensas. No hace mucho aún me dijiste que ni la misma Artemisa me condenaría si tomase nuevo esposo.

EURICLEA. *(Con temor.)*
Ya no te lo digo, ama. ¡No, no! ¡Ahora no! Te hablé así entonces porque el palacio se empobrece, pero...

PENÉLOPE
¿Y qué? No soy yo la culpable. Si durante años se desangran los ejércitos aqueos, ¿qué importa que aquí caiga la sangre de los rebaños? Si perdemos a nuestros esposos en plena juventud y nos vemos forzadas a quedar al frente de los hogares *(Con odio infinito.)*, tan sólo porque un tonto le robó a otro tonto una cualquiera, ¿a quién hay que inculpar de todas las miserias? ¡Responde!

EURICLEA
Le obligaron a partir... No culpes a Ulises.

140

PENÉLOPE

¡Qué, a Ulises! ¡A Helena! ¡A esa mujerzuela, a esa perdida! Hace veinte años que se le ocurrió sonreír a otro que no era su esposo... [24] ¡Allá fueron los jefes de Grecia entera! Nosotras no éramos nada para ellos.

EURICLEA

Agamenón los amenazó y tuvieron que ir...

PENÉLOPE

Y a su vuelta, su propia mujer lo mató. ¡Ella nos vengó a todas!

EURICLEA. *(Horrorizada.)*

¡Pero tú no harías eso!

PENÉLOPE

No. *(Con triste ironía.)* Yo soy la fiel Penélope... La prudente esposa del no menos prudente Ulises. Si él volviera, a todos nos sobraría prudencia: descuida. *(Se*

---

[24] Cuando se estrenó la obra, se acusó al autor de haber puesto en boca de la protagonista «algunas brusquedades de lenguaje, que lo mismo desentonan dentro de la clámide y del quitón que dichas con un traje de noche de los de ahora (y me refiero a esas invectivas de 'tricoteuse' con que Penélope zahiere a la Helena de Troya, tales como 'mujerzuela', 'puerca' y 'perdida')» (Luis Calvo, *A B C,* 12 de enero de 1952, págs. 23-24). Insistió en ello, en artículo casi insultante, M. Daranas, para quien el personaje usa «vocablos que aun muchas mozas de partido se abstendrían de emplear» («La tragedia en zapatillas. El tinglado de la nueva farsa», *Semana,* 12 de febrero de 1952, pág. 13). Aparte de que el paso de pocos años ha permitido oír con frecuencia en la escena términos que reducen estas observaciones timoratas al terreno de lo jocoso, la Penélope de Homero no se privaba de emplear expresiones como «¡Atrevida! ¡Perra desvergonzada!» (XIX, 91). Y, de otra parte, sus reproches a Helena son los que vemos aquí: «La argiva Helena, hija de Zeus, no se hubiera juntado nunca en amor y cama con un extraño, si hubiese sabido que los belicosos aqueos habían de traerla nuevamente a su casa... Algún dios debió de incitarla a ejecutar aquella vergonzosa acción; pues antes nunca había pensado cometer la deplorable falta que fue el origen de nuestras penas» (XXIII, 218-224). Ya decía Defoe que la guerra de Troya no tuvo otra causa que «el rescate de una prostituta» (*The Felonious Treaty,* cit. en Miriam Allot, *Los novelistas y la novela,* Barcelona, Seix Barral, 1966, pág. 17).

acerca al arco que pende de la pared y lo contempla.)
No. Yo no lo mataría. *(Se vuelve.)* ¿Volverá, nodriza?
(Ella misma hace melancólicos gestos negativos, mientras espera la respuesta.)

EURICLEA. *(Titubeante.)*
No sé.

PENÉLOPE. *(Acariciando el arco.)*
Su arco me lo recuerda... Es fuerte y flexible a la vez,
como él lo era. Con este mismo arco me conquistó.
Para evitar disgustos, mi padre organizó una prueba
entre mis pretendientes [25]. También entonces los tenía,
nodriza. Eran los veinte príncipes más hermosos de
todo el territorio. Mi padre dijo: «Quien tienda el
arco y acierte el blanco, se la llevará.» Y Ulises ganó.
Los había más fuertes... Pero este arco no se deja
tender sólo por la fuerza; quiere manos hábiles. *(Pausa.)* Poco duró mi dicha. *(Suspira.)* En fin, trabajemos.
Cierra la puerta.
(La empuja suavemente. EURICLEA *va a echar el cerrojo bajo la mirada de la reina.)*

EURICLEA. *(Al volver.)*
Penélope: si ellos supiesen que les burlas desde hace
años... ¡No destejas esta noche!

PENÉLOPE. *(Sombría.)*
Es preciso.
(Breve pausa.)

EURICLEA
¿Vas a encender luz?

PENÉLOPE
No hace falta. Se ve lo suficiente con la luna para
descruzar los hilos [26].

---

[25] La tradición que se refiere a cómo Ulises conquistó a su
esposa por medio de una prueba se halla, por ejemplo, en Pausanias *(Descripción de Grecia,* III, XII, 1), quien no habla
de una competición con arco, sino de una carrera.
[26] No entiendo cómo Francisco Ruiz Ramón, en su meritoria
Historia del teatro español. 2. Siglo XX, Madrid, Alianza Edi-

EURICLEA

Haces bien. Que no sospechen ellos.

PENÉLOPE. *(Con dolor.)*

No, Euriclea. Es que no quiero ver qué figuras destejo. *(Va a entrar en el templete, pero de nuevo le sorprende la paralizada actitud de la nodriza.)* ¿Qué te pasa esta noche? *(Se le acerca.)* ¡Cómo! ¿Lloras? ¿Tú lloras? ¿Tú?

EURICLEA

Hace veinte años que no lo hacía... Es el destino, que llora por mis ojos muertos.

(Con un gesto de conmiseración, PENÉLOPE la lleva a la puerta del templete, donde la sitúa de guardia, como al principio del acto.)

PENÉLOPE. *(Melancólica.)*

Y la vida llora por los míos, Euriclea. La vida que no he vivido. *(Sin decidirse a entrar en el templete.)* Porque toda mi vida ha sido destejer... Bordar, soñar... y despertar por las noches, despertar de los bordados y de los sueños... ¡destejiendo! *(Transición.)* ¡Maldita, maldita y destruida por los dioses sea Helena!

(La nodriza cae de rodillas, llorando desoladoramente en silencio.)

TELÓN

---

torial, 1971, pág. 389 también en la segunda edición, Madrid, Cátedra, 1975, pág. 348), dice que «esta nueva Penélope no teje de día para destejer de noche», puesto que las palabras del personaje no permiten duda alguna.

ACTO SEGUNDO

Es de noche. Las cortinas del fondo permanecen corridas. El templete está cerrado. La escena, vacía e iluminada por la luna.

(La puerta de la derecha rechina y entran cautelosamente EURÍMACO *y el* EXTRANJERO, *que viene sin su garrote. Cuando se han asegurado de que no hay nadie, corren a la puerta del templete.)*

EURÍMACO
Siempre cerrado.

EXTRANJERO
A las mujeres les agrada fingir * secretos.

EURÍMACO
¡Bah! Los bordados, que nadie salvo la muerte debe ver... Tonterías.

EXTRANJERO
Eso. Tonterías de mujeres.

EURÍMACO
¿Dónde vas a esconderte?

EXTRANJERO
Déjalo de mi cuenta; ya lo tengo estudiado.

EURÍMACO
¡Buen zorro estás hecho! ¿Cuál va a ser tu madriguera?

* gusta inventar

EXTRANJERO
¿Dónde te esconderías tú?

EURÍMACO. *(Mirando a su alrededor.)*
¿En el pasillo del gineceo?

EXTRANJERO
Mal sitio.

EURÍMACO
No veo ningún otro agujero.

EXTRANJERO
Sí lo hay.

EURÍMACO
¿Cuál?

EXTRANJERO
Es muy fácil. Mira. *(Se acerca a la balaustrada de la derecha y levanta la cortina, junto al templete.)* ¿Ves? Las antorchas del patio no llegan a iluminarnos *.

EURÍMACO
¿Y qué?

EXTRANJERO
Yo estaré y no estaré en la galería. *(Monta a caballo sobre la balaustrada, con la espalda contra el templete.)* Y con la cortina, me oculto. *(Desaparece tras ella. Reapareciendo.)* ¿Qué tal?

EURÍMACO
Te notarán las piernas.

EXTRANJERO
Cuando sea preciso me apoyaré por fuera, en el borde de la balaustrada.
(Retira su pierna y lo hace.)

EURÍMACO
Te caerás.

EXTRANJERO
No. Todavía soy fuerte.
(Salta otra vez a la galería.)

---

* iluminar esto.

EURÍMACO

¿Y si alguien descorriese la cortina?

EXTRANJERO

Hay que arriesgarse.

EURÍMACO

Perfecto. *(Palmeando su espalda.)* Te recompensaremos bien por esto.

EXTRANJERO

Gracias. Y ahora, déjame. Las mujeres vendrán en seguida.

EURÍMACO

Escucha antes por última vez. Espiarás y nos lo dirás todo.

EXTRANJERO

Para eso estoy.

EURÍMACO

Esta noche intentaremos [27] un ardid. Ya que sabes abrir puertas, debes estar alerta para procurar abrirnos cuando veas que subimos la escalera...

EXTRANJERO

¡Hola! Eso es nuevo.

EURÍMACO

Se me ha ocurrido al ver dónde te escondías. Esa puerta [28] es muy fácil de abrir: basta descorrer el cerrojo. Deberás descubrirte sin vacilar y abrirla muy de prisa... si falla el medio que hemos discurrido para conseguirlo.

EXTRANJERO

¿Qué medio?

EURÍMACO

Ya lo verás, preguntón. Si falla, damos un golpecito y tú nos abres. ¿Entendido?

---

[27] En la primera edición: 'intentamos'.
[28] En la primera, edición: 'Esta puerta'.

EXTRANJERO
Entendido.

EURÍMACO
Pues aquí te dejo.
(*Va a salir.*)

EXTRANJERO
¡Calla! (EURÍMACO *se detiene y le mira. El mendigo corre a mirar por la cortina.*) Telémaco ha entrado en el patio. Date prisa.

EURÍMACO
¡Buen oído!

EXTRANJERO
Es mi oficio.

EURÍMACO
¡Ocúltate!
(*Sale. El* EXTRANJERO *mira por la cortina. De repente se vuelve y atiende. Por la izquierda entra* DIONE, *mirando hacia atrás. Luego llega al templete y sacude la puerta con alguna fuerza. El* EXTRANJERO *se disimula y, de pronto, corre a su escondite, donde se oculta.* TELÉMACO *aparece por la derecha. Observa lo que hace* DIONE *y después corre a su lado. Ella grita débilmente.*)

TELÉMACO
¡Dione!
(*La abraza apasionadamente.*)

DIONE. (*Forcejeando.*)
¡Déjame…!

TELÉMACO
No, no te dejo. ¡No puedo dejarte!

DIONE. (*Rabiosa, golpeándole.*)
¿No puedes? ¿Por qué no puedes?

TELÉMACO
Porque te quiero…

DIONE

Pues yo no te quiero, ya lo sabes. ¡Y suelta! *(Consigue desasirse, repeliéndole con violencia.)* Ni para sujetar a una mujer vales.

TELÉMACO. *(Jadeante.)*

¿Qué hacías en esa puerta?

DIONE

¿Te importa mucho?

TELÉMACO. *(Cogiéndola por un brazo.)*

¿Qué buscas ahí dentro?

DIONE

¡Suelta!
(Se desprende de nuevo.)

TELÉMACO

No hay nada ahí dentro. Sólo el sudario.

DIONE

¡Y algo más!

TELÉMACO

¿Algo más?

DIONE

¡Sí! ¡Los bordados!

TELÉMACO

¡Bah! Tonterías de mujeres.

DIONE

¿Tonterías de mujeres? ¿Por qué ríe y gime cuando borda? ¿Y por qué se lamenta por las noches *(Recalcando.)* cuando desteje?

TELÉMACO. *(Sorprendido.)*

¿Qué?

DIONE

¿No lo sabías?
(Breve pausa.)

TELÉMACO
Si eso es verdad, debes callártelo. Porque significa
que... entretiene a los pretendientes... para dar tiempo
a que llegue mi padre.

DIONE
¡Imbécil! Eso sólo significa indecisión. Porque es una
pobre mujer, que no sabe ser reina. Y tiene miedo del
amor. ¡Pero sus risas y gemidos no engañan! ¡Quieren
decir amor!

TELÉMACO
¡Dione!

DIONE
¡Ah, pero yo la haré decidirse! ¡Yo la obligaré a dejar
de soñar y a tomar al hombre que desea! ¿Rehúyes la
mirada?... Eres tan indeciso como ella. No quieres
enfrentarte con la verdad y prefieres soñar como tu
madre, soñar con la vuelta imposible de un muerto...

TELÉMACO
¡Mi padre vive!

DIONE
Tu padre está muerto y ella lo sabe muy bien. No es
con Ulises con quien sueña, no. Y tú no lo ignoras. ¡Es
con Anfino!

TELÉMACO. *(Desconcertado.)*
Tú... amabas a Anfino.

DIONE
¿Y qué?

TELÉMACO
No comprendo... por qué quieres que mi madre lo
elija.

DIONE. *(Despectiva.)*
¡Qué sabes tú!
(Breve pausa.)

TELÉMACO. *(Estallando.)*
Pero, ¿qué especie de serpiente eres? ¿Qué tramas?

(Ella ríe. Cambiando de tono.) Está bien, no me digas nada..., pero apiádate de mí. No puedo vivir sin tenerte... Este palacio será un día mío. Yo soy el príncipe... Mañana será todo tuyo, si tú quieres.

DIONE. *(Riendo.)*
Pico más alto.

TELÉMACO. *(La abraza brutalmente.)*
¡Lo quieras o no, serás mía! ¡Mía!

DIONE
¡Suéltame!

TELÉMACO
¡Mía!

DIONE
¡Tú no eres nadie! Me río de tus ofertas. *(Forcejea.)* ¡Suelta! *Por la derecha entra* ANFINO, *que se detiene al verlos. Ella se sorprende y corre a sus brazos.)* ¡Anfino! *(Le echa los brazos al cuello, mirando a* TELÉMACO *de reojo.* ANFINO *la desprende con dulzura.* TELÉMACO *va a ellos, furioso.)*

ANFINO
Ya es muy tarde, Telémaco. Te conviene descansar.

TELÉMACO
¡No emplees conmigo ese odioso tono de padre![29]! ¡Yo no tengo más que un padre, uno sólo! ¡Y vive!

ANFINO
Tu madre vendrá ahora y no le gustará verte aquí.

TELÉMACO. *(Crispando los puños muy cerca de su cara.)*
¡No pasará la noche sin que tú y yo nos encontremos! ¡Por todos los dioses te lo juro!
(Y sale, rápido, por la derecha.)

---

[29] La frase parece trasunto de otra, irónica, que Telémaco dirige a Antinoo en la *Odisea:* «¡En verdad que miras por mí con tanto cuidado como un padre por su hijo...!» (XVII, 397).

DIONE. *(Llorosa.)*
Gracias, mi señor.
(Intenta arrodillarse.)

ANFINO. *(Impidiéndolo.)*
Levanta.

DIONE
Me persigue de continuo... Es un niño bestial y re-
pulsivo. No puedo quererle. ¡Pero te ha amenazado!
Y yo no quisiera que pudiese hacerte algo...*(Insinuan-
te.)* por mi causa.
(Le abraza.)

ANFINO. *(Frío, desasiéndose.)*
No me hará nada. Y ahora, te ruego que avises a Pe-
nélope de mi presencia. He de hablarle.
(DIONE se separa unos pasos y le examina, curiosa.)

DIONE
¿Sí? Haces bien. Tú debes decidirla.

ANFINO
¿Qué quieres decir?

DIONE
Ella no sabe ser reina. Deja que dilapiden sus rique-
zas y se refugia ahí *(Por el templete.)* a soñar...
(Pausa. Se acerca, felina.) A soñar contigo, Anfino. *(AN-
FINO se estremece y hace un movimiento de sorpresa.)*
Sí, Anfino, sí... Es a ti a quien quiere. Pero no se
atreve a elegirte. Piensa en ti durante el día, cuando
teje... Y luego desteje por las noches.
(Nuevo gesto de sorpresa de ANFINO. Breve pausa.)

ANFINO
¿Por qué me dices todo eso?

DIONE
Deseo servirte.

ANFINO. *(Dubitativo.)*
No te creo. Si la reina me quisiese, como dices, me
habría elegido.

DIONE

Duda todavía, no se atreve. Es cobarde. *(Breve pausa.)* Pero este palacio necesita un hombre que lo levante. ¡Atrévete, y serás tú ese hombre!

ANFINO. *(En un mar de confusiones.)*

Ella no me ha elegido.

DIONE. *(Exasperada.)*

¡Ya lo sé! Pero tú debes decidirla... Ahora, las cosas están para ti maduras en su corazón.

ANFINO. *(Retrocediendo instintivamente unos pasos, desconfiado.)*

No comprendo tu juego.

DIONE

Porque sabes que yo... te quiero, ¿no es así? *(Se acerca.)* Te lo voy a decir, mi juego. Porque te quiero y sé que eres prudente, te lo diré. *(Da unos pasos más, hasta llegar junto a él.)* Esta casa también necesita una mujer que sepa dirigirla... Ella no sabe serlo y Euriclea ya está vieja. Yo soy una esclava... Una esclava tuya en cuerpo y alma. ¡Yo te daría todo lo que tú pidieras de mí! ¡Todo! *(Movimiento de* ANFINO.*)* Ya sé, ya sé que es a ella a quien amas... Y por eso debes tomarla tal como es. *(Despectiva.)* Débil en el fondo, incapaz de ocuparse de los asuntos del palacio... Soñadora. Que sea ella tu felicidad, la mujer a quien se adora y de quien nada se exige... Pero tú debes ser el hombre de esta casa y necesitas una mujer verdadera a tu lado. Y nadie, sino yo, puede ser la verdadera mujer de esta casa... cuando tú seas el hombre. *(*ANFINO *se vuelve hacia el proscenio, con un gesto indefinible.)* ¿Comprendes ahora mi juego? Pues sólo me resta decirte una cosa: *(Recalcando.)* Nuestro juego debe hacerse pronto, si queremos, todavía..., poder administrar algo.

ANFINO. *(Volviéndose hacia ella.)*

Esas últimas palabras lo destruyen todo... *(Sonriente.)* No eres lo suficientemente cautelosa.

DIONE

¡Ciego! Hombre habías de ser... ¿No comprendes que no quiero ser cautelosa... contigo?
(Se aproxima, temblorosa, en un mudo gesto de entrega.)

ANFINO

Te engañas a ti misma. No podrías vivir tranquila si te vieses tal como eres realmente.

DIONE. *(Apartándose, iracunda.)*
¡Te odio...!

ANFINO

Tampoco. Sólo es despecho. (PENÉLOPE *asoma por la izquierda.*) Avisa a tu ama.

PENÉLOPE. *(Adelantándose.)*
No es necesario *. ¿Qué hacías aquí, Dione?

DIONE. *(Mirando a los dos, fuera de sí, escupe las palabras.)*
¡Espiar! ¡Ver si esa puerta estaba abierta para sorprender los bordados del sudario!

PENÉLOPE
¡Dione!

DIONE
¡Pega, castígame ahora mismo!
(Breve pausa.)

PENÉLOPE

Entra adentro. Y avisa a Euriclea y a tus compañeras para el trabajo. Pero que no vengan en seguida.

DIONE. *(Desesperada.)*
¡Castígame!...

PENÉLOPE. *(Con calma.)*
Entra. *(Con un gemido de impotencia,* DIONE *sale por la izquierda. Pausa.)* Es curioso... Vine aquí pensando en encontrarte, no sé por qué. Y aquí estabas. *(Breve pausa.)* Con Dione.

---

* preciso

153

ANFINO
Guárdate de esa mujer, reina.

PENÉLOPE
Se insolenta con frecuencia, pero no quiero castigarla. ¡Es tan poca cosa!

ANFINO
Eres muy bondadosa, reina.

PENÉLOPE
Reina, reina... Llámame por mi nombre. En el fondo
soy una mujer sencilla. La reina de Ítaca, sí, pero,
¿qué es Ítaca? Un país mísero y desmembrado. Yo ya
no soy nadie, ya no reino... ni entre mis esclavas.
Ni siquiera ahí dentro, cuando tejo, a solas conmigo
misma.

ANFINO. *(Vacilante.)*
¿Vas a destejer esta noche?

PENÉLOPE. *(Sorprendida.)*
¿Qué?

ANFINO
No pidas que te explique cómo lo sé. Me repugna
acusar. Pero si eso es cierto, ten cuidado. He subido
para prevenirte. Ellos traman algo contra ti. Quizá
hoy mismo; aún no se acostaron.

PENÉLOPE
Lo he notado. Hoy me han dejado las esclavas; quieren que teja esta noche. Pero no pueden sorprender-
me, cerraré esa puerta.

ANFINO
Luego destejes.

PENÉLOPE
Es una añagaza; una añagaza para cansar a los pretendientes... *(Con ansiedad.)* A los demás pretendientes, Anfino.

ANFINO. *(Frío.)*
¿No es más sencillo terminar?

PENÉLOPE. *(Dulce.)*
¿Querrías tú que lo hiciese?

ANFINO
Penélope: yo querré siempre lo que tú quieras.

PENÉLOPE
¡Qué hermosa frase!...

ANFINO. *(Molesto.)*
Sincera.

PENÉLOPE
Y casi femenina... Una frase que me gustaría decir
a mí. Suena tan bien... Eurímaco, yo **querré siem-**
pre... No. Con Eurímaco no es bella *. *(Pensando.)*
Ni con Antinoo, ni con... No, no.

ANFINO
Penélope...

PENÉLOPE
Calla, déjame. A ver: Anfino, yo querré siempre lo
que tú quieras...
(Espera, mirándole a hurtadillas.)

ANFINO. *(Amargo.)*
Una frase conmovedora... que no es sincera.

PENÉLOPE. *(Dolida.)*
¡Si tú lo dices...!

ANFINO. *(Estallando.)*
¡No puede ser sincera! ¡No seas cruel, no juegues
conmigo! ¿Qué te he hecho yo?

PENÉLOPE
¡Anfino!

ANFINO
Tú puedes elegir y no eliges. Puedes terminar el sudario y destejes por las noches. Luego a ninguno de
nosotros quieres. Yo soy hombre y sé razonar. Si puedes elegir y prefieres burlarnos y cansarnos...

---

* bonita.

PENÉLOPE. *(Fría.)*
¿También tú te cansas?

ANFINO. *(Amargo.)*
Yo esperaré, sin esperanza, cuanto tú quieras.

PENÉLOPE
Y yo te lo agradezco. Pero me decías que eras hombre y sabías razonar. ¿Qué más razonas?

ANFINO. *(Lento.)*
Si puedes elegir, y optas por engañarnos con ese sudario, sólo hay una explicación.

PENÉLOPE
¿Y es?

ANFINO
Que amas a Ulises y estás dispuesta a esperarle hasta tu muerte.

PENÉLOPE
¡Ah, qué bien pensáis los hombres! No hay duda. El razonamiento es perfecto. ¡Me admiras!

ANFINO
No quise disgustarte.

PENÉLOPE. *(Violenta.)*
Te marcharás mañana, ¿no?

ANFINO. *(Asustado.)*
¿Por qué?

PENÉLOPE
Para seguir tu razonamiento. Sabes que destejo para engañaros. Terminaron tus esperanzas. Amo a Ulises y tú eres demasiado bueno para tomarme a la fuerza. Tu razón debe aconsejarte que abandones el campo.

ANFINO
¡No me iré!

PENÉLOPE. *(Irónica.)*
¿Por qué no?

ANFINO

Porque... Porque... ¡Oh, basta!
(Se vuelve para marcharse.)

PENÉLOPE

¡Espera! *(Él se detiene y la mira, subyugado por el calor de su voz.)* Aún no. *(Dulce.)* Te llevo diez años y me pareces como un niño a quien hubieran roto el juguete precioso de su... razonamiento. Las mujeres no sabemos razonar, pero soñamos. Y ahora debo decirte yo mis sueños... Porque yo sueño, ahí dentro..., muchas cosas. Y tú tienes que saberlas.

ANFINO

¿Yo?

PENÉLOPE. *(Seca.)*

Sí, tú... *(Dulce.)* Tú. Acércate. (ANFINO *lo hace.)* Helena nos quitó a nuestros esposos. Por esa... puerca, las mujeres honradas hemos quedado viudas, condenadas a hilar y tejer en nuestros fríos hogares... A consumirnos de vergüenza y de ira porque los hombres... razonaron que había que verter sangre, en una guerra de diez años, para vengar el honor de un pobre idiota llamado Menelao. *(Pausa.)* Así pensaba yo cuando vinisteis a pretenderme. ¡Ah, cómo respiré! Treinta jóvenes jefes, hoy viejos o muertos, conducían nuestros ejércitos en Troya por causa de Helena. ¡Y treinta jóvenes jefes, hijos de los anteriores muchos de ellos, venían a rivalizar por mí! ¡Por mí, por Penélope! ¡No por Helena, no! Sino por Penélope. *(Pausa.) Era mi pequeño desquite...** Mi pequeña guerra de Troya. Me sentía vivir. Había que hacer durar, como fuese, esta lucha vuestra, que alimentaba mi amor propio herido, que me daba la seguridad de mi propia existencia, como no la había vuelto a sentir desde... que Ulises me ganó a otros diecinueve príncipes, hace muchos años.

ANFINO

Penélope...

---

* revancha...

PENÉLOPE

Ya ves, ya ves que todo te lo confieso. Y por eso
comencé el sudario: porque todavía esperaba a Ulises, sí; pero, sobre todo, porque quería oír vuestras
riñas; porque quería yo, mujer honrada, sentirme un
poco como Helena y veros luchar en ese patio por
mí... Porque quería convencerme de que, si había
hombres capaces de dejarnos como a una pobre esclava, otros había dispuestos a adorarnos como a una
reina joven y bella. *(Pausa.)* Porque no quería que
os marcharais... ni elegir. Por eso empecé el sudario.
(Pausa. Sombría.) Veinticinco de vosotros se han mar-
chado ya. Eran los más impacientes, los que vinieron
a quedarse con un país rico, desposando a su reina...
Cuando la pobreza comenzó, desistieron. *(Amarga.)*
¡No me querían! *(Pausa breve.)* Y cuatro de los que
han quedado tampoco me quieren. Pero son tenaces;
rivalizan en el saqueo del país para ver quién se
acobarda antes y desiste de tomar un reino sin riquezas y una mujer... que envejece.

ANFINO

No pueden pensar eso.

PENÉLOPE

¿Porque tú no lo piensas? Te aseguro que sí; que lo
piensan. Tú eres el único que... no se distrae con las
esclavas, porque eres el único que me ve joven. Pero
ya no soy joven, Anfino...

ANFINO

¡Tú eres la más bella y la más buena de las mujeres!

PENÉLOPE. *(Melancólica.)*

Tampoco soy buena. Deberías comprenderlo ahora,
después de lo que te he dicho.

ANFINO

No veo en ello nada censurable.

PENÉLOPE

¿Verdad que no? Tú lo comprendes y lo disculpas...

Tú solo... *(En voz baja.)* Y, por ti, estoy haciendo esperar a los demás.

ANFINO. *(Suplicante.)*
Penélope, no me hagas creer que...

PENÉLOPE
¡No hables! Yo no sé razonar y las ideas se me escapan. Nosotras pensamos de cualquier manera, mientras tejemos o cosemos. Y, a lo sumo, ponemos en el bordado, inhábiles y conmovidas, algunas de·las cosas que soñamos. *(Breve pausa.)* Durante cuatro años me he dicho: Helena me ha ganado la partida. Mi guerra de Troya es repugnante... No vienen por mí ni son capaces de disputarme en la lucha. Y los que ahora quedan permanecen porque, menos ambiciosos que los demás, se contentarían con las migajas. Colonizarían este país y me llevarían a sus islas... Sólo hay uno que me ama; sólo uno aceptaría la pobreza a mi lado; sólo ese huérfano viviría aquí, conmigo... Y no tiene prisa. Porque ellos me ven más vieja de lo que soy, pero él me vería eternamente joven... *(Transición.)* ¡Pero si lo elijo, a él, que es solo; a él, que no tiene detrás ningún pueblo que le defienda, me lo matarán!

ANFINO
¡Penélope!
(Intenta abrazarla.)

PENÉLOPE. *(Retrocede y le contiene con un gesto de su mano.)*
Y, cavilando, cavilando ahí dentro... Pensando en la necesaria prudencia, en la astucia conveniente para que no le matasen... Y ya que él, tímido y pacífico, no puede luchar contra ellos... decidí empobrecerme del todo. Y para eso destejo por las noches... Viuda y sin pensar ya en Ulises... (ANFINO *se arrodilla y le besa las manos.)* ¡Porque yo no sé razonar!
(ANFINO se abraza a sus piernas.)

ANFINO
Perdón, mi reina.

PENÉLOPE

No, no. Déjame. Levanta. *(Se desprende y va al foro, cerca de donde se encuentra escondido el* EXTRANJERO. ANFINO *se levanta.)* A todos les extraña que no quiera enseñar los bordados del sudario. Yo pretexto que sólo la muerte puede verlos. ¡Sin embargo, no son nada terribles, ni siquiera claros de entender! Pero son demasiado íntimos. Tanto que, sólo alguien..., muy allegado a mí..., encontraría en ellos significados y parecidos. Porque, hechos al calor de mi angustia de tejedora, son como yo misma. Son... ¡mis sueños! Mis sueños, que luego debo deshacer, todas las noches, por conseguirlos definitivamente algún día. *(Le mira insinuante.)* Y por eso me avergüenza enseñarlos. Sería como mostrarme desnuda... *(Baja la vista.)* Si tú quieres, yo... te los enseñaré. *(Breve pausa.)* ¡Pero, no, no me lo pidas! *(Coqueta.)* ¡No, Anfino, no debes pedírmelo!...

(Aguarda, anhelante, la petición. ANFINO *se acerca, respetuoso, con la vista baja.)*

ANFINO

No. No debo pedírtelo. *(Ella no puede disimular su desilusión.)* ¡Es demasiado! No merezco, por ahora, mayor intimidad.
(Se inclina y besa su túnica.)

PENÉLOPE. *(Melancólica, acariciando suavemente sus cabellos.)*

Tú lo mereces todo... Todo...

ANFINO

Tienes razón: soy débil y apocado. La orfandad y la desgracia me han hecho así. No me atrevía a creer... Y tampoco fui capaz de urdir ningún medio para librarte de esos cuatro. Tengo que pasar ahora la vergüenza de oír que tú lo has hecho por mí. Perdóname. Yo sólo sé luchar cara a cara...

PENÉLOPE

Porque eres bueno... Más que yo.

ANFINO

¡Los desafiaré!

PENÉLOPE

¡No! No quiero que te hagan mal. Deja correr las cosas... y no te avergüences. ¡Tú me has hecho vivir!

ANFINO

¡Penélope!

PENÉLOPE

¡Chist! Las esclavas. *(Se separan. Entran* EURICLEA *y las esclavas, que traen sus cestas de ovillos y madejas. La* ESCLAVA 1.ª, *junto a* EURICLEA, *trae una pajuela encendida.* PENÉLOPE, *de nuevo con su voz imperiosa.)* Enciende el telar, Euriclea. Y vosotras, sentaos. *(Las esclavas se sientan en los peldaños y disponen sus cosas.* EURICLEA *abre el templete con la llave que trae ella ahora y recoge de manos de la* ESCLAVA 1.ª *la pajuela encendida. Entra, tantea el candelero y lo enciende, mientras la esclava va a sentarse también. Después sale a la puerta y se inmoviliza. Entretanto:)*

ANFINO

¿Quieres que me quede a defenderte? *

PENÉLOPE

Yo sabré sola.

ANFINO

No estoy tranquilo. *(Se dirige al foro, donde está escondido el mendigo, para mirar, seguido de* PENÉLOPE. DIONE, *que se ha sentado a la derecha, no los pierde de vista.)* No; desde aquí podrían verme, con la luna. *(Va al otro lado del templete, que está más oscuro, y* PENÉLOPE *tras él, solícita y conmovida.* ANFINO *levanta la cortina de la izquierda, amparado por la sombra del templete.)* Están en el patio y miran hacia acá. *(Se vuelve.)* ¡Déjame quedarme!

PENÉLOPE. *(Dulce.)*

No puede ser... Te odiarían más.

---

* En ediciones anteriores se añadía: Tal vez sea preciso.

(ANFINO *va a la derecha para salir, con* PENÉLOPE *a su lado. Antes de hacerlo, pretende* * *besar sus manos, pero ella lo evita, indicándole por señas que no están solos.* DIONE *disimula su interés.*)

ANFINO. *(Solícito.)*
   Cierra bien.

PENÉLOPE
   Sí.
(ANFINO *sale y* PENÉLOPE *mira su bajada desde la puerta.*)

DIONE. *(Se levanta rápida y se acerca.)* ¿Quieres que cierre?
(El tono es sumiso, como si implorara perdón por su audacia anterior.)

PENÉLOPE. *(Abstraída.)*
   No es preciso... Yo misma cerraré *.
(DIONE, *chasqueada, vuelve a su sitio.*)

EURICLEA
   El telar está dispuesto, Penélope. *(La reina cierra la puerta, suspirando, y corre el cerrojo. Luego va, lenta, al templete. Al pasar junto a* EURICLEA *le pone en el hombro la mano, como si fuera a decirle algo.* EURICLEA *abre su gesto, espera.* PENÉLOPE *baja su mano y se dispone a entrar, melancólica, en el telar.)* ¿Necesitas hilos, ama?

PENÉLOPE. *(Indecisa, mirando a las esclavas.)*
   No, aún no... Por el momento..., que canten algo para mí. *(Breve pausa. Sin decidirse a entrar.)* No sé qué tengo hoy... Debiera estar contenta... y noto una tristeza muy grande.

EURICLEA
   Es la noche.
PENÉLOPE
   Eso será.
(Entra y se sienta tras la tela.)

---

* inicia el gesto de * lo haré.

EURICLEA. *(Hablando sola.)*
Es la noche. Las noches son propicias al engaño y al horror... Yo también estoy triste. Conviene estar triste por las noches; los dioses lo desean.
(Pausa.)
PENÉLOPE. *(Desde dentro, exhala su queja.)*
¡Ay, nodriza...!

EURICLEA
Paciencia, cordera mía; paciencia.
(Las esclavas, inactivas, se remueven para aplacar sus nervios. Al fin estallan.)

ESCLAVA 3.ª
Nodriza, tengo miedo.

ESCLAVA 4.ª
Nodriza, ¿no quiere la reina lana verde?

ESCLAVA 1.ª
¿Y amarilla, nodriza?

EURICLEA. *(Seca.)*
Callad. Ya habéis oído que no quiere.

ESCLAVA 2.ª
Tengo miedo...

PENÉLOPE. *(Voz de.)*
Diles que canten.

EURICLEA
¿La rapsodia?

PENÉLOPE. *(Voz de.)*
No... * Las palabras no serían oportunas esta noche... Que canten la canción sin palabras.

ESCLAVA 2.ª
¡No, no! ¡Es peor!

EURICLEA
¡Silencio! Empezad ya.
(Asustadas, las esclavas se miran y elevan su canto trému-

---

* No, otra cosa...

lo, a boca cerrada*. Hay una pausa tras los primeros compases, en la que vuelve a oírse el gemido de PENÉLOPE. Luego prosigue el canto, cada vez más tembloroso, patético y triste. DIONE se levanta en silencio y se dirige a la puerta de la derecha. Todas la miran con recelo, y el canto se desafina y casi muere.)

EURICLEA
    ¿Qué ocurre?
(Con mudos ademanes * de amenaza, DIONE las manda callar.)

EURICLEA
    No lo sé, ama.

ESCLAVA 2.ª
    Nada, nodriza...

ESCLAVA 4.ª *(Casi llorando.)*
    Nada...

PENÉLOPE. *(Voz de.)*
    ¿Por qué no cantan, Euriclea?
(DIONE se inmoviliza.)
PENÉLOPE. *(Voz de.)*
    ¿Ocurre algo?

EURICLEA. *(Vacilante.)*
    Creo que no, ama.

PENÉLOPE
    ¿Está bien cerrado?

EURICLEA. *(Inquieta.)*
    ¿No cerraste tú?

PENÉLOPE. *(Tranquilizada.)*
    Sí, claro que sí. Di que continúen.

EURICLEA. *(A las esclavas.)*
    Seguid. (DIONE *les hace furiosos gestos de confirmación. El coro se eleva de nuevo, tembloroso. Mientras vigila a* EURICLEA, *que se muestra inquieta,* DIONE

---

* Véase al final de esta obra, la partitura de la canción. * gestos

descorre el cerrojo y entorna la puerta sin ruido. El
canto se ha vuelto[30] *más estridente y pavoroso, como*
si, arrastradas por la fuerza del ritmo, las esclavas no
tuviesen otro medio de expresar su miedo. DIONE
vuelve en seguida a su sitio y canta también. El coro
adquiere ahora un tono más bajo, pero no menos an-
gustioso; diríase que expresa expectación. Sobre él se
oye la destemplada voz de sorda de EURICLEA.)
¡Ama!...

PENÉLOPE. (*Voz de. Cansada.*)
No me atormentes...

EURICLEA
¡Ama, se acercan las Furias! ¡Las oigo!

PENÉLOPE. (*Voz de.*)
¡Calla, y no las provoques!
(*Pausa. Por la derecha entran de puntillas, con el dedo*
en los labios para recomendar silencio a las esclavas, los
cuatro pretendientes. Amparados por el ruido del canto,
que llega ahora a su máxima fuerza para caer e interrum-
pirse casi de golpe, se acercan a EURICLEA.)

EURICLEA
¿Otra vez calláis? ¿Qué pasa? ¿Qué...?
(*Se mueve como un ciego animal que notase la proximi-*
dad del peligro. Su cara se contrae. Pero antes que, al
fin, grite, entre ANTINOO *y* EURÍMACO *la sujetan, tapán-*
dole la boca. Las esclavas se levantan, aterrorizadas, y
forman un grupo tembloroso en el primer término iz-
quierdo, menos DIONE, *que permanece, en pie, en su sitio.*
Los pretendientes se acercan a la puerta del templete y
miran, en silencio, unos segundos. Después se miran y
asienten, como si hubieran comprobado lo que deseaban.)

PENÉLOPE. (*Voz de.*)
¿Por qué no cantan, Euriclea? ¿Tienen miedo otra vez?

EURÍMACO
No destejas más, Penélope.

---

[30] En la primera edición: 'se ha hecho'.

(PENÉLOPE *lanza un grito, apaga el candelero y aparece en seguida en la puerta. El mendigo sale furtivamente de su escondite y va al primer término.* ANTINOO *y* EURÍMACO *sueltan a* EURICLEA, *que se aparta llorando hacia el foro derecho.*)

PENÉLOPE. *(Protegiendo con los brazos la puerta del telar.)*
¡No entréis!

ANTINOO
Conque te burlabas de nosotros, ¿eh?

EURÍMACO
Se acabó tu juego, reina.

PENÉLOPE
¡No entréis!

PISANDRO
¿Para qué? Ya hemos visto que destejías. ¡Así no se acababa nunca!

LEÓCRITO
¿Todavía esperas a Ulises?

EURÍMACO
Vamos, reconoce que destejías.

ANTINOO
Y que te burlabas de nosotros.

PENÉLOPE
¡Todo lo reconozco, todo! ¡Pero no entréis!

EURÍMACO
No hace falta entrar, reina. Has perdido la partida. (PENÉLOPE *cierra la puerta con la llave, que permaneció en la cerradura y que ahora se guarda presurosa.*)

PENÉLOPE
Sí. He perdido la partida. ¿Y qué?

PISANDRO
Que el que pierde, paga.

PENÉLOPE
¿Y qué he de pagar?

EURICLEA. *(Desde la balaustrada de la derecha.)*
¡Ama! ¡Oigo ruido de espadas en el patio!

PENÉLOPE
¿Qué? *(Seguida por los pretendientes, se abalanza a la balaustrada y descorre la cortina. Los demás terminan de descorrerla y miran también.)* ¡Telémaco! ¡Anfino! *(En un grito de llamada.)* ¡¡Anfino!!

TELÉMACO. *(Voz lejana.)*
¡No huyas, cobarde!
(PENÉLOPE se vuelve hacia la puerta y espera llena de ansiedad. Los pretendientes vuelven al centro de la escena.)

PISANDRO. *(A EURÍMACO.)*
No hubiera estado mal que Telémaco... *(Hace el ademán* * *de ensartar.)* ¿Eh?

EURÍMACO
Los dos, los dos.
(ANFINO entra con la espada en la mano y jadeante. Tras él, y en la misma actitud [31], *TELÉMACO.)*

ANFINO
Perdóname, reina. Él me provocó.

TELÉMACO
¡Cobarde!
(Levanta su espada y ANFINO *para el golpe con la suya.)*

PENÉLOPE
¡Tirad esas espadas! *(ANFINO lo hace.)* ¿No me oíste, Telémaco? *(TELÉMACO lo hace con un gesto de ira.)* ¡Muy bien me defendíais los dos! ¡Muy bien lo habéis hecho todos! ¡Y todas! Vosotras, delatándome y abriendo esa puerta. Tú, Euriclea, que siempre acechas pasos inexistentes..., ¡atrapada, atrapada * como una necia y forzada a callar! *(A TELÉMACO.)* Tú..., buscando pendencia..., no quiero saber por qué inconfesables

---

[31] En la primera edición: 'texitura'.

* *gesto* * ¡cogida, cogida

167

motivos... *(A* ANFINO.) Y tú..., mientras los demás me armaban la trampa..., ¡entreteniéndote en matar a mi hijo!

ANFINO
Nunca lo hubiera hecho.

PENÉLOPE
Calla. Callad todos, si no queréis que me arroje al patio desde aquí, para... ¡terminar de una vez con esta indigna vida que entre todos me imponéis!

TELÉMACO
Madre, yo...

PENÉLOPE
No puedo, no puedo oíros. Vuestras voces, vuestras caras, toda esta miseria... me vencen. Todo es de una horrenda tristeza...

ANTINOO
Reina, nosotros...

PENÉLOPE
¡Fuera! ¡Fuera tú y tú, y todos! *(Se dirige, titubeante y exaltada, hacia la izquierda. Volviéndose, en un grito que rompe en sollozos.)* ¡Fuera! ¡Dejadme!

EURÍMACO
Ya nos vamos, reina. *(Breve pausa.)* En cuanto acordemos algo definitivo acerca de tu matrimonio.

LEÓCRITO
Y así no tendrás que arrojarte al patio.

ANTINOO
Es un hombre lo que necesitas. Ahora debes elegir entre nosotros.

PISANDRO
Es como si el sudario se hubiera terminado.
(Pausa.)

PENÉLOPE. *(Sombría.)*
Dejadme.

LEÓCRITO
   No. Debes elegir.

PENÉLOPE
   ¿Ahora?

ANTINOO
   Sí. Ahora.
(PENÉLOPE *se adelanta mirándolos. Su expresión cambia;
a la desesperación se une un cierto gesto de intriga.*)

PENÉLOPE
   ¿Y qué harán los rechazados?

ANTINOO
   Marcharse. *(Galleando.)* Si, por ejemplo, me eliges a
   mí...

PISANDRO
   ¿Eh? Poco a poco.

LEÓCRITO
   ¡Guarda tu lengua!

PENÉLOPE. *(Lenta.)*
   Estoy pensando que sí; que, tal vez, te elegiría a ti,
   Antinoo. (ANTINOO *se esponja, petulante. Los demás
   pretendientes aguzan los oídos y se acercan.*) Pero,
   ¡míralos! Ya los conoces: nada bueno dicen esas caras.
   No estoy segura de que... te perdonasen mi elección.
   *(Los pretendientes se miran y se agrupan instintiva-
   mente, dejando a* ANTINOO *aislado frente a* PENÉLOPE.)
   Acaso te matarían.

ANTINOO. *(Mirándolos con recelo.)*
   ¿Matarme?

PENÉLOPE
   Para forzarme a elegir otra vez. *(Los pretendientes
   hablan en voz baja, mirando de reojo a* ANTINOO.) Sin
   embargo, sí. Casi, casi... es Antinoo el que prefiero.
   (Pausa. ANTINOO *da un paso hacia ella para ¿suplicar?
   Se vuelve a los otros; agarra de un brazo a* PISANDRO,
   le mira a los ojos; aferra * *a* LEÓCRITO *y hace lo mismo.*)

   _____

   * coge

EURÍMACO

Simplezas. *(A Penélope.)* Tu solución sería demasiado sangrienta, Penélope. Hay que buscar otra.

PENÉLOPE. *(Exaltada.)*

Entonces, ¡disputadme! ¡Reñid por mí, si sois hombres!

EURÍMACO

Es la misma. *(Denegando.)* No nos sirve.

PENÉLOPE

¡Quiero elegir, no podéis prohibírmelo! ¡Antinoo, tú eres mi preferido! ¡No te dejes arrebatar mi reino!

ANTINOO. *(Enardecido, a los otros.)*

Ya lo sabéis. La reina ha elegido. Y yo os digo...

EURÍMACO. *(Cogiéndole por un brazo.)*

¡Chist! Torpe. *(Le habla al oído durante unos segundos, ante los otros dos, que asienten a lo que dice. ANTINOO inclina la cabeza y se aparta un poco sin mirar a PENÉLOPE.)* Antinoo declina tu elección, reina. ¿No tienes nada mejor que proponernos? Algo * que no sea una nueva elección. Todos la rechazamos.

ANFINO. *(Adelantándose.)*

Yo acepto la elección de Penélope, si quiere honrarme con ella.

PENÉLOPE. *(Rápida.)*

¡No! No, no. Eurímaco está en lo cierto. No debo elegir.

EURÍMACO. *(sonriendo.)*

¿Entonces?

PENÉLOPE. *(Angustiada.)*

Yo... no sé... No sé qué hacer...

EXTRANJERO. *(Adelantándose.)*

Si me lo permitís...

(Todos le miran.)

PENÉLOPE. *(Altiva.)*

¿Qué buscas tú aquí?

---

* Otra cosa

EXTRANJERO
No tenía sueño. Oí gritos y subí, tras los demás. Perdona, reina. Soy un pobre infortunado, pero soy viejo

PENÉLOPE
Habla.

EXTRANJERO
Para evitar a los demás la vergüenza de una elección... *(Se detiene.)* Comprometiéndose todos a aceptar el resultado, claro.

EURÍMACO
Acaba.

EXTRANJERO
Acabo. Si la reina acepta por su parte, lo mejor sería... una prueba.

LEÓCRITO
¿Una prueba?

EXTRANJERO
El ganador casaría con la reina.

ANTINOO
¿Qué prueba?

EXTRANJERO
¡Ah, no sé! Algo que le guste a la reina... Por ejemplo..., algo con ese arco...

TELÉMACO. *(Jubiloso.)*
¡Eso! ¡El arco de mi padre! ¡No podréis con él, nadie puede tenderlo! ¡Él solo es fuerte como un roble entero! ¡Madre, di que sí! ¡Con el arco!

EXTRANJERO. *(Acercándose al arco.)*
Es realmente como el arco de un dios. Pero estos jóvenes son fuertes. Es difícil creer que no haya entre ellos nadie capaz de doblarlo.

---

* una cosa... *(Breve pausa.)*

TELÉMACO
¡Di que sí, madre! ¡Doce anillas en alto y una flecha
que pase recta, sin tocarla, como hacía mi padre! [32].
(PENÉLOPE *se acerca al arco, pensativa, y lo acaricia,*
melancólica, mirando a ANFINO.)

ANTINOO
Yo puedo hacer eso. Si Penélope quiere, acepto la
prueba.

PENÉLOPE
Si yo pudiese saber... Si acertase a recordar...

PISANDRO
Ese arco lo doblo yo de un envite.

TELÉMACO
Acepta, madre.

EURÍMACO
Bien. Todos aceptamos, ¿no?

LEÓCRITO
Yo quisiera antes ver...
(*Se dirige al arco.*)

ANTINOO
¡Sin tocarlo! ¿Aceptas?

LEÓCRITO
Acepto.

EURÍMACO
¿Y tú, Anfino?

ANFINO
Si ella quiere, sí.

---

[32] La prueba del arco es la misma de la *Odisea:* «las segu-
res... en línea recta y en número de doce... y desde muy lejos... pasar una flecha por los anillos» (XIX, 572-575), pero
en Homero es Penélope quien tiene la idea (cfr. también XXI,
1-3), aunque luego diga el espíritu de Anfimedonte que Ulises,
«con refinada astucia, aconsejó a su esposa que nos sacara a
los pretendientes el arco» (XXIV, 167-169), versión en la que
se apoya Buero.

(Todos miran a la reina, esperando.)

PENÉLOPE. *(Desconcertada.)*
Está bien… Hágase así.

EXTRANJERO
Ni Helena habrá sido mejor disputada.

ANTINOO
Ni por mejores hombres. ¡Yo ganaré!

PISANDRO
¿Cuándo celebraremos la prueba?

TELÉMACO. *(Muy contento.)*
Hoy al mediodía. Yo mismo la prepararé.

EURÍMACO
¿Accedes, reina?

PENÉLOPE
¿No será muy precipitado? Ya es el alba.

ANTINOO
No importa. Dormiremos hasta entonces.

LEÓCRITO
Cuanto antes, mejor.

PENÉLOPE. *(Vacilante.)*
Hágase como queráis…

EURÍMACO
Entonces, hoy al * mediodía. Pero no dormiremos, porque solemnidad tal requiere público. Tenemos tiempo de ir a nuestros barcos y traer cincuenta hombres armados cada uno.

PISANDRO
Muy buena idea.

ANTINOO
¡A los barcos!

EURÍMACO
Te saludamos, reina. No hay tiempo que perder.
(Se inclinan e inician la retirada.)

---

* a

PISANDRO

Un momento... *(A* ANFINO.*)* ¿Tú te quedas?

ANFINO

Yo no tengo vasallos a quienes convocar. Pero no tocaré el arco; vete tranquilo.

TELÉMACO. *(Hostil.)*

De eso me encargo yo.

PISANDRO

Bien... Vámonos. Que los dioses te favorezcan, Penélope.

ANTINOO

Y que infundan fuerzas al elegido.

(Se va, pavoneándose. Los demás salen tras él, y sus risas y baladronadas: «Será mía», «Mía», «¿Tuya?» «No podrás...», se pierden por la escalera.)

PENÉLOPE

Llévate a las esclavas, nodriza. *(Mirando a* DIONE.*)* Hasta después de la prueba no puedo saber... si podré castigar.

EURICLEA

Sí, ama. *(A las esclavas.)* Vamos.

(Salen por la izquierda.)

ANFINO. *(Señalando a la puerta.)*

Alguien sube.

TELÉMACO. *(Mirando *.)*

Son el porquerizo y el pastor.

(Entran jadeantes el porquerizo EUMEO *y el pastor* FILETIO, *armados de garrotes, y se inclinan.)*

EUMEO

Perdónanos, reina. Oímos gritos y rumores de lucha.

FILETIO

Vinimos en seguida, por si nos necesitabas.

PENÉLOPE

Gracias. Podéis marcharos.

---

* *Mirando también.*

EUMEO
También buscábamos... al extranjero.

EXTRANJERO
Me dan su comida y su cama. Si me lo permites marcharé con ellos.

PENÉLOPE
Puedes irte.
(*El* EXTRANJERO *y sus dos acompañantes se inclinan y salen.*)

PENÉLOPE
Ve con ellos, Telémaco.

TELÉMACO. (*Vacilando.*)
Prefiero llevarme el arco.

PENÉLOPE
¡Telémaco!

ANFINO. (*Violento, interponiéndose.*)
¿Me insultas? ¡Sal de aquí en seguida!
(*Breve pausa.*)

TELÉMACO
Bien, bien... Me tranquilizo. Tú siempre serás tonto.
(*Sale. Una pausa.*)

PENÉLOPE. (*Después de escuchar, se abalanza y descuelga el arco.*)
¡Prueba ahora!
(*Se lo tiende a* ANFINO.)

ANFINO
Prometí no hacerlo...

PENÉLOPE. (*Angustiada.*)
¿Y si pierdes?

ANFINO
Pediremos a los dioses que nos ayuden.

PENÉLOPE
¡Tienes que probar! Este arco se tiende de un modo

especial... *(Trata de recordar; intenta en vano ten-*
derlo.) Primero hay que tirar suave, y luego... el
envite. Pero la mano debe ponerse aquí, algo más abajo
del centro *..., y además... ¡Oh, no lo recuerdo! [33]
Yo misma se lo dije a Ulises para que me ganase con
él, y lo he olvidado. ¡Envejezco!

ANFINO

Prefiero que lo hayas olvidado. No deseo ventajas.

PENÉLOPE

Entonces... ¿no me quieres?

ANFINO. *(Exaltado.)*

¿No comprendes que no podría probar aquí, solo,
frente a ti? No me atrevería a mirarte más a la cara.
¿No lo comprendes?

PENÉLOPE

Quiero comprenderlo... Sí, tú haces bien *. ¡Pero
prueba! ¡Nos lo jugamos todo si no pruebas! (AN-
FINO, *sonriente, coge el arco que le tienden. La faz
de* PENÉLOPE *se ilumina para apagarse en seguida en
cuanto ve a* ANFINO *colocar el arco en su sitio.)*

ANFINO

Te quiero, Penélope. Pero lucharé sin ventajas. *(Se
acerca.)* Porque yo sé que es así, en el fondo, como tú
me has soñado ahí dentro. *(Ella inclina la cabeza. Él
coge sus manos.)* Ganaré la prueba. El dios de la guerra
no negará sus fuerzas para esta causa justa. Pídeselo
por mí.

(Le besa las manos. PENÉLOPE, *rápida, le besa los labios
y él intenta abrazarla.)*

PENÉLOPE. *(Apartándose sin mirarle.)*

Vete ahora. (ANFINO *sale por la derecha.* PENÉLOPE
se toca los labios, absorta. Después reacciona.) ¡Un
gran sacrificio! ¡Un gran sacrificio al dios de la guerra!
(Saliendo por la izquierda.) ¡Euriclea! ¡Preparemos un
gran sacrificio al dios de la guerra!... ¡Y al del amor!
¡También al del amor!

---

[33] En la primera edición: 'no recuerdo'.

* de lo normal... * En ediciones anteriores se añadía: Y eres
bueno.

(Se pierde su voz. Pausa larga. Por la derecha entra, rápido, el EXTRANJERO, *arrastrando de * la mano a* TELÉMACO.)

TELÉMACO

¿Qué pretendes, padre?

EXTRANJERO

Vigila. (TELÉMACO *va a la izquierda para vigilar, mientras el mendigo —*ULISES— *descuelga el arco y va al centro de la escena.)* En empresas como ésta no conviene arriesgarse, hijo mío. Este arco tiene su secreto, pero también es fuerte. Antes podía con él, mas ya soy viejo, y...

TELÉMACO

Ahora también podrás. ¡Estoy seguro!

ULISES

Veremos. ¿Se oye algo?

TELÉMACO

¡No, no! Tiende ya.

ULISES

Vamos a ello.
(Prueba y forcejea, en medio de la escena, inútilmente.)

TELÉMACO. *(Sorprendido.)*

¡Padre! (ULISES *prueba de nuevo, mas no logra tender por completo. La cuerda se le escapa; resuella.* TELÉMACO, *angustiado.)* ¡Padre!
(Y ULISES, *a la tercera prueba, tiende limpiamente el arco de dos envites.)*

ULISES. *(Orgulloso.)*

¡Aún puedo!
(Su figura se agiganta. Su silueta es, realmente, la de un temible y vengador arquero. Así permanece un momento, con la faz resplandeciente, mientras el hijo corre a su lado para prosternarse a sus plantas.)

TELÉMACO. *(Lleno de entusiasmo.)*

¡Padre!...

---

* *por*

TELÓN

ACTO TERCERO

Mediodía. Las cortinas de ambos lados, descorridas. Tras la balaustrada, el ancho azul del cielo y la cresta de los muros del patio, allá lejos. La puerta del templete, cerrada, y la de la derecha, entornada. El arco ha desaparecido, pero la aljaba permanece en su sitio, repleta de flechas.

(Asomada a la balaustrada de la derecha, PENÉLOPE presencia la prueba del arco, que se celebra en el patio. TELÉMACO, a su lado, la observa. Apiñadas en la balaustrada de la izquierda, las cinco esclavas. EURICLEA está junto a la puerta del templete, sentada en el suelo. ULISES está sentado en las gradas del primer término derecho, con los puños en la cara, inmóvil y sombrío.)

PENÉLOPE. *(Apostrofando a los pretendientes invisibles.)* ¡Engrasad! ¡Es muy fuerte el arco de mi esposo! *(A EURICLEA.)* Lo han puesto al fuego y ahora lo engrasan, nodriza. Antinoo ha propuesto ablandarlo de esa manera, «por si los años lo habían endurecido». ¡Temen fracasar! *(Hacia el patio.)* ¡Engrasad!

EURICLEA. *(Triste.)*
Ten calma, cordera.

PENÉLOPE. *(Risueña.)*
Infunde respeto entre las manos, ¿verdad? ¡Dadle ca-

lor y grasa[34], sobornadle con bellas palabras! Acaso le habite un espíritu propicio a los halagos.

TELÉMACO. (*Maligno, tras una ojeada a su padre, que no se mueve.*)
Y, sin embargo, hay uno que podrá con él. ¿Verdad, madre?

PENÉLOPE. (*Mirándole, fría.*)
Tal vez.

TELÉMACO. (*Con vago tono de amenaza.*)
Tal vez, no, madre. Seguro.
(*Ella le mira con desdén, sin comprender, para volver a mirar al patio.*)

ESCLAVA 1.ª
¡Va a probar Pisandro!

ESCLAVA 2.ª
No coge bien el arco.

ESCLAVA 1.ª
¿Qué entiendes tú de eso?

ESCLAVA 3.ª
Se ve en seguida. No sabe. Fallará.

ESCLAVA 1.ª
¡No fallará! ¡Él ganará la prueba!

ESCLAVA 4.ª
¡Mentira! ¡Eurímaco la ganará!

ESCLAVA 3.ª
¡Antinoo!

ESCLAVA 2.ª
¡Leócrito!

---

[34] Las manipulaciones de los pretendientes proceden directamente de la *Odisea,* donde dice Antinoo: «Ve, Melantio, enciende fuego en la sala, coloca junto al hogar un sillón con una pelleja, y trae una gran bola de sebo... para que los jóvenes, calentando el arco y untándolo con grasa, probemos de armarlo» (XXI, 176-180).

DIONE

¿No podéis callar? Ya empieza.

(Se aprietan para mirar. En el patio estalla la ovación de los partidarios de PISANDRO.*)*

VOCES

¡Ánimo, Pisandro! ¡Tiende bien! ¡Adelante, Pisandro!

(A poco se hace un gran silencio.)

PENÉLOPE

Ya tiende... (TELÉMACO *mira también. De pronto, una tempestad de gritos de «¡Fuera!» Son los partidarios de los demás pretendientes, que abuchean a* PISANDRO. PENÉLOPE, *suspirando con placer:)* No pudo, nodriza. No pudo.

(Las esclavas apartan a empellones a la ESCLAVA 1.ª, *que se separa del grupo compungida.)*

DIONE

¡Vete con tu Pisandro!

PENÉLOPE. *(Riendo, hacia el patio.)*

¿Es fuerte el arco de Ulises, Pisandro? ¿Sí? ¿Pues qué creías que era? ¿Un pobre junco del río? ¡Es el arco de un hombre! *(Breve pausa, durante la cual* ULISES *la mira furtivamente y es furtivamente observado por* TELÉMACO.*)* ¡Intenta tú ahora, Antinoo!

ESCLAVA 3.ª

¡Antinoo!

(Empuja a las demás para que le * *dejen sitio y poder mirar bien. Entretanto, la* ESCLAVA 1.ª *se ha sentado, apesadumbrada, a la izquierda del graderío. Las voces de los partidarios de* ANTINOO *animan ahora a su jefe.)*

VOCES

¡Antinoo! ¡Adelante nuestro jefe! ¡Ánimo, Antinoo! ¡Muestra tu fuerza!

PENÉLOPE

¡Sí, muestra tu fuerza! ¡Pero no olvides que, aunque logres tender, la flecha tendrá que atravesar, recta, las doce anillas! *(Exaltada, a la nodriza.)* No pueden, Euriclea.

---

* *la*

EURICLEA

No sufras, mi reina. Todo es inútil…

PENÉLOPE

¡No sufro! ¡Gozo! *(Pero* EURICLEA *deniega, triste, sin que* PENÉLOPE *la atienda. Nuevamente se ha hecho el silencio en el patio.* PENÉLOPE, *sin pretender que* AN-TINOO *la oiga.)* ¡Ah, no puedes! Comer y beber sí podías; presumir y jactarte de ser el preferido, podías; robar e insultar te era fácil… Pero ahora no puedes. No puedes… *(En un alarido.)* ¡No puedes!
(Simultáneamente a estas palabras, los gritos se levantan otra vez contra ANTINOO.)*

VOCES

¡Fuera Antinoo! ¡Que pruebe otro! ¡Fuera!…

DIONE. *(A la* ESCLAVA 3.ª, *empujándola.)*
Eso. Fuera. Fuera tú también.
(La ESCLAVA 3.ª *va a sentarse, decepcionada, junto a la primera.)*

PENÉLOPE. *(Que pasea, agitada, a* TELÉMACO.)
No pueden, hijo mío, no son fuertes. No pueden, extranjero. Tu idea fue buena. ¿No quieres asomarte a verlo?

ULISES. *(Bajo la mirada de* TELÉMACO.)
Me basta con oírlo.

PENÉLOPE. *(Que ya no le atiende, a* EURICLEA.)
No pueden, nodriza. *(Cogiéndola por las muñecas y levantándola.)* No pueden. Y yo… Me alegro. Sí, me alegro.

TELÉMACO. *(Desde la balaustrada, donde ha vuelto.)*
Están indecisos… Nadie toma el arco.

PENÉLOPE. *(Volviendo a la balaustrada.)* ¡Eh, vosotros! ¿Quién lo coge ahora? ¿Ya no se atreve nadie? ¿Es como un reptil, que puede morder? *(Asustada de repente.)* No, tú no… *(Tranquilizada, riendo.)* Se adelantó Leócrito. ¿Tú te atreves, Leócrito? *(Señalando*

entre risas.) Miradle: Leócrito no tiene miedo, no teme ser mordido.
(Las voces de ánimo a Leócrito *se levantan.)*

Voces
¡Bien, Leócrito! ¡Que los dioses te ayuden! ¡Cógelo con fuerza!
*(*Penélope *ríe, con risa casi histérica.)*

Dione
Parece un jabalí.

Esclava 4.ª
Un jabalí con cara de asno.

Esclava 2.ª *(Resentida.)*
¡Pues él ganará la prueba!

Dione
¡Silencio!

(La Esclava 4.ª *le dedica un mohín despectivo * a la segunda por toda contestación. Todas miran. El silencio reina * en el patio, porque* Leócrito *intenta tender. Pausa.* Ulises *sisea a su hijo, y* Euriclea *lo acusa con un vago gesto de ansiedad.)*

Ulises. *(En voz baja.)*
¿Cerrasteis las puertas del palacio?

Telémaco. *(Lo mismo.)*
Sí, padre. Nadie podrá marchar.

Ulises
¿Y los partidarios?

Telémaco
Miran la prueba desde las poternas [35] y no saben que ya están encerrados. No podrán intervenir.

Esclava 2.ª
¡Un poco más, Leócrito!

---

[35] *poterna:* «En las fortificaciones, puerta menor que cualquiera de las principales, y mayor que un portillo, que da al foso o al extremo de una rampa» (DRAE).

* *hace un mal gesto* * *se hizo*

(Las otras no le hacen caso. TELÉMACO *va a volver a la balaustrada, pero* ULISES *le retiene aún.* EURICLEA *da un paso involuntario hacia ellos, irresoluta, y las esclavas sentadas en el primer término los contemplan intrigadas.)*

ULISES
Las armas.

TELÉMACO
Eumeo y Filetio están ya tras esa puerta *(Por la derecha.)* con ellas. Las demás están escondidas [36].
(Vuelve a la balaustrada. En el mismo momento atruenan el aire los gritos de «Fuera» mezclados con feroces carcajadas. DIONE *y la* ESCLAVA 4.ª *ríen también.)*

PENÉLOPE. *(Riendo.)*
Se desmayó, nodriza. Le pudo su sangre. *(Va junto a ella.)* Le pudieron todos los carneros, y los cerdos, y los toros que nos ha devorado. Ahí estaba, rojo, bañado en sudor; bramaba de impotencia... Y... *(Riendo entrecortadamente.)* en esto... se desploma como una res bajo el cuchillo. *(Ríe para cambiar súbitamente y coger por las muñecas a la nodriza, angustiada.)* ¡Nodriza! ¡Están terminando!
(Y la abandona en el acto, para volver a la balaustrada.)

EURICLEA. *(No menos angustiada, tratando de retenerla.)*
Ama, no hables...

PENÉLOPE. *(Asomada.)*
Todavía queda uno.

TELÉMACO. *(A su lado, incisivo.)*
Dos, madre. *(Ella le mira.)* Porque todos deben probar, ¿no?

PENÉLOPE. *(Alterada.)*
¿Por qué me hablas así?

---

[36] El plan de Ulises sigue puntualmente lo que dice la *Odisea;* Telémaco, Eumeo y Filetio, los únicos a quienes ha dado a conocer su identidad (XVI, 187-189, y XXI, 207), han de esconder todas las armas (XVI, 284-286, y XIX, 4-5) y cerrar las puertas: «a ti, divinal Filetio, te confío las puertas del patio para que las cierres» (XXI, 240-241; cfr. XXI, 388-389).

183

TELÉMACO. *(Nervioso.)*
Trato de regular la prueba.

PENÉLOPE
Tú no puedes regular nada. Tú eres un niño [37].

TELÉMACO
Madre...

PENÉLOPE. *(Hacia el patio.)*
¡Empieza, Eurímaco! ¡Demuestra que puedes con el arco! ¡Es fuerte y flexible como Ulises y, como él, implacable!

(ULISES la mira sorprendido. TELÉMACO acusa la palabra * *y mira a su padre con vago temor.)*

TELÉMACO. *(Inquieto.)*
Madre... ¿Verdad que, a pesar de todo, deseas que nadie venza y que mi padre vuelva? ¿Verdad que lo deseas? Di que sí, madre; di que sí... Madre...

(Pero ella atiende al patio, retorciéndose las manos, y la dura mirada de ULISES *paraliza a su hijo, que baja la cabeza. En el patio aclaman a* EURÍMACO *sus partidarios.)*

VOCES
¡Eurímaco, tuya es la prueba! ¡Que los dioses te protejan, Eurímaco! ¡Penélope es tuya!

(Se va haciendo el silencio.)

DIONE. *(A la* ESCLAVA 2.ª*)*
¿Qué haces tú aquí? ¿No se desmayó tu Leócrito? ¡Déjanos solas!

ESCLAVA 2.ª
¡Quiero ver...!

DIONE. *(Llevándola rudamente de un brazo al primer término.)*
¡Fuera! * *(La empuja con violencia. La* ESCLAVA 2.ª

---

[37] La expresión de la reina parece un eco de la *Odisea,* donde Antinoo llama a Telémaco «el niño» (IV, 665) y este mismo dice sí varias veces: «hasta ahora he sido un niño» (por ejemplo, en XVIII, 229; XIX, 19, y XX, 310).

* *el golpe de la palabra* * ¡Largo!'

se sienta, renegando, junto a las otras. DIONE *vuelve a su sitio. A la* ESCLAVA 4.ª) Ahora tú y yo, frente a frente.

ESCLAVA 4.ª *(Con resolución.)*
¡Apuesto por Eurímaco!

DIONE
¡Y yo por Anfino!
(Miran hacia el patio.)

PENÉLOPE. *(Negando convulsivamente con la cabeza.)*
Ya lo coge... Está mirando la cuerda... No, no puedo verlo.

TELÉMACO. *(Tras ella.)*
Madre...

PENÉLOPE
¡No quiero, no quiero que tienda!

EURICLEA. *(Temblorosa.)*
Ama, calla... Es peor.

PENÉLOPE. *(Encarándose con* ULISES.*)*
¿Por qué se te ocurrió esto? ¡Es imposible sufrir más! *(*ULISES *la mira fijamente. Ella vuelve en un vuelo a la balaustrada.)* No quiero que gane Eurímaco. ¡No quiero! Es un reptil, una serpiente fría y venenosa... No. Él no.
(Mira al patio, con las manos crispadas sobre la balaustrada.)

ULISES. *(A* TELÉMACO, *que, siguiendo antes a su madre, ha permanecido a su lado.)*
Las flechas.

*(*EURICLEA, *angustiadísima, se acerca un poco. Las esclavas del primer término también los miran y murmuran entre sí, vagamente recelosas.)*

TELÉMACO. *(En tono de súplica.)*
Apiádate de ella, padre.

ULISES. *(Inconmovible.)*
Las flechas.

Telémaco. *(Sombrío.)*

Ahí las tienes *(Por la aljaba)*, limpias y afiladas * por mí esta mañana.

*(En este momento, Penélope lanza un gemido y se vuelve sollozando convulsivamente. Una confusa gritería se levanta en el patio. Penélope se apoya, agotada, en el hombro de Euriclea, que, nada solícita, aguanta su peso como si fuese el * de la misma fatalidad. Telémaco corre a asomarse a la balaustrada al tiempo que la Esclava `4.ª, decepcionada, se separa del foro y va a sentarse junto a las otras bajo la triunfal mirada de Dione. Penélope procura reunir fuerzas, se enjuga las lágrimas y al fin, con un gesto de resolución, vuelve a la balaustrada.)*

Penélope. *(Consiguiendo, no se sabe a costa de cuánto trabajo, un tono y una apostura de impresionante majestad, levanta los brazos.)*

¡Silencio! *(Las voces mueren.)* Escuchad. Me habéis prometido ganar o perder en buena lid. Habéis sido leales conmigo, y yo quiero serlo ahora... Ninguno de vosotros cuatro pudo, no ya atravesar las anillas con sus flechas, pero ni siquiera tender el arco. *(Breve pausa.)* Tender el arco es ya una prueba muy dura... Quiero ser magnánima con el último de mis pretendientes.

Telémaco. *(Acercándose.)*
¡No, madre!

Penélope. *(Conteniéndole con el brazo extendido.)*
No le distingo con ello, ya que lo que tiene que hacer, también los primeros lo intentaron en vano.

Telémaco. *(Mirando a Ulises.)*
Madre, por tu vida, ¡calla!

Penélope
Quiero recordaros vuestra promesa de salir con orden de mi país. Quiero recordaros que esta situación debe terminar hoy mismo. *(Breve pausa.)* ¡Y por eso decido que la prueba de tender el arco es suficiente!

---

* revisadas * el peso de la misma fatalidad

TELÉMACO
¡Madre, no!

VOCES DE LOS PRETENDIENTES
¡No! ¡No queremos! ¡Anfino no debe ganar!

PENÉLOPE. *(Mordaz.)*
¡Anfino no debe ganar! ¿Acaso habéis tendido vosotros
el arco siquiera? Me sorprendéis. Ya que habéis perdido, no queréis que gane nadie. *(Con energía.)* ¿Qué
queréis, entonces? ¿Continuar aquí hasta el fin de
vuestra vida? ¿Volver a empezar? Ya no quedan rebaños... Ya no queda nada para vosotros... ni para mí.

VOCES DE LOS PRETENDIENTES
¡Nos iremos todos! ¡Sí, todos! ¡Anfino también!

PENÉLOPE
¿Acaso no va a ocurrir así? ¿Tan fuerte creéis a Anfino, como para ser capaz de doblar ese arco que os
ha vencido? Y, si lo doblase, bien clara sería su supe-
rioridad. ¿Qué importan las anillas? Es la fuerza, no
la puntería lo que la prueba representa. ¡Yo os pido
que seáis nobles y generosos... por una vez! *(Breve
pausa.)* Basta. Anfino puede comenzar. *(Se retira con
aparente serenidad de la balaustrada, para perder la
compostura en cuanto no la pueden ver.)* ¡Aceptan,
nodriza! Se han callado. Lo hacen porque creen que
Anfino tampoco podrá. *(Acongojada.)* ¡Y es cierto!
¡No podrá, nodriza, no podrá!

EURICLEA. *(Que cae, llorando, a sus pies.)*
Las Furias nos escuchan, reina... ¡Todo está perdido!

PENÉLOPE
¡Oh, las Furias! ¡Calla de una vez! ¡No puede, no
puede estar perdido! *(Va a mirar, pero vacila.)* No,
*no me atrevo a * verlo.*

ULISES. *(A* TELÉMACO, *en voz alta.)*
¿Comenzó ya?

TELÉMACO. *(Acercándose.)*
Acaba de coger el arco, extranjero.

---

* puedo

187

ULISES
¿Por qué no gritan ahora?

TELÉMACO
Anfino no tiene tierras, ni partidarios.
(*Un silencio.*)

DIONE. (*Repentina, desde la balaustrada.*)
¡Ánimo, Anfino! (PENÉLOPE *se vuelve de súbito, con
el odio en su faz.* TELÉMACO *siente también* * *rabia
y da un paso con el propósito de hacer callar a*
DIONE, *pero* ULISES *le retiene.*) ¡Ánimo! ¡Cógelo
bien, con fuerza! ¡Así!... ¡Sin temor, Anfino! ¡El arco
es tuyo! Los dioses te sostienen!... ¡Despacio!...
(PENÉLOPE *va, poco a poco, al ángulo izquierdo del
templete y subraya con su* * *ansiedad lo que no se
atreve a ver y* DIONE *ve por ella.*) ¡Toda la fuerza
de Ares en tus brazos!... ¡Tiende!... ¡Ah, el arco
se abre!... ¡Más!... ¡Más!... ¡Un poco más! (*Larga
pausa. En un grito conminatorio.*) ¡¡Más!!...
(*Larga pausa. Durante ella:*)

ULISES
El arco.
(EURICLEA *se levanta en el acto.*)

TELÉMACO
Sí, padre.
(*Vuelve, despacio, a la balaustrada. Ante la sorpresa de
las esclavas,* EURICLEA *se acerca a* ULISES, *que se está
levantando lentamente, y se prosterna a sus pies.*)

EURICLEA
¡Piedad!...

(ULISES *acaricia su cabeza, con una sonrisa de amargura.*
DIONE *lanza una exclamación de rabia al tiempo que el
patio entero retiembla con los gritos de los cuatro grupos
de partidarios.* PENÉLOPE *se deja caer, vencida, en el
suelo.*)

TELÉMACO
¡No podríais con el arco de mi padre! ¡Os lo dije! ¡Pero
alguien os enseñará a tender! ¡Alguien os enseñará!...
(*Sale rápido por la derecha, perdiéndose su voz.*)

* hace también un gesto de * sus gestos de

DIONE. *(Para sí, mirando al patio todavía, pero con fría serenidad.)*

Me decepcionas. Me equivoqué contigo.

(Se vuelve con calma, considerando terminados sus deseos de unirse a ANFINO, *y pasa junto al bulto caído de PENÉLOPE con un gesto desdeñoso. Luego advierte, sorprendida, el susto de las esclavas ante el grupo de ULISES y EURICLEA. ULISES se ha erguido; ya no es un anciano vencido por los años, sino un hombre maduro y corpulento. DIONE se reúne con las demás esclavas; el grupo no pierde de vista los movimientos de ULISES y acusa con sus ademanes * y murmullos de espanto la ulterior revelación.)*

ULISES

Levanta. *(Incorpora a* EURICLEA *y en seguida se dirige a* PENÉLOPE, *frente a la cual se para.)* Terminaron tus sueños, mujer.

PENÉLOPE. *(Levantando con esfuerzo sus ojos extraviados.)*

¿Qué dices?

ULISES

Que harás bien recordando esta cicatriz. Hace tiempo que me la curaste tú misma.

(PENÉLOPE mira la cicatriz sin comprender todavía. De pronto emite un grito penetrante y se levanta, mirando a ULISES con los ojos desorbitados [38]. Instintivamente se refugia en la puerta del templete, como protegiéndola.)

PENÉLOPE

¡Ulises!

ULISES

Ulises. *(Las esclavas se apiñan muy a la izquierda, temerosas. Él se acerca rápido a la derecha. Al sentirle venir,* EURICLEA *cruza a su vez, casi huyendo, para juntarse a las esclavas, que la acogen y la sujetan como a una posible protectora.* ULISES *abre del todo la puer-*

---

[38] La prueba de identificación de Ulises es la misma de la epopeya, donde la muestra a Euriclea (XIX, 467), Eumeo y Filetio (XXI, 217-220) y Laertes (XXIV, 331-332).

* gestos.

ta de la derecha.) ¡Eumeo! ¡Filetio! *(Aparecen en seguida éstos con cortas espadas al cinto.* ULISES *se vuelve a mirar a* PENÉLOPE, *que no ha dejado de seguirle con los ojos, espantada, y deja que el porquerizo y el pastor le cuelguen un tahalí[39] con su espada que traen preparado. Mientras tanto:)* Euriclea y las esclavas, ¡fuera! Y no volváis hasta que yo os llame.

(Ellas se apresuran a salir por la izquierda.)

TELÉMACO. *(Voz de, subiendo por la escalera.)*

¡Yo os diré quién va a enseñaros! *(Aparece con el arco y corre a la balaustrada.)* ¡Un mendigo os enseñará a tenderlo! *(Los partidarios encerrados hacen ruido en las poternas, gritan y golpean las puertas cerradas.* TELÉMACO *da el arco a su padre y corre hacia * la aljaba, que descuelga, y de la que saca dos flechas, dejándola apoyada contra el adintelado de la derecha.* ULISES *abre el arco con algún esfuerzo, sin dejar de mirar a* PENÉLOPE, *y suelta la cuerda, que zumba.* TELÉMACO *vuelve a asomarse al patio, levantando las dos flechas.)* ¡Un mendigo llamado Ulises!

(Se aparta hacia la aljaba.)

ULISES. *(A* EUMEO *y a* FILETIO.)*

¡Cerrad! *(*EUMEO *y* FILETIO *se apresuran a cerrar la puerta y a correr el cerrojo; desenvainan sus espadas y quedan junto a ella, de guardia. Entre tanto,* ULISES *va a la balaustrada y se asoma. Su presencia impone un silencio absoluto. Luego tiende la mano y* TELÉMACO *le da una flecha, que pone en el arco.)* ¡La primera es para ti, Eurímaco! ¡Tú eres el peor!

(Apunta.)

EURÍMACO. *(Voz de, llena de terror.)*

¡No...! ¡No!

*(*ULISES *persigue con el arco la carrera de* EURÍMACO *por el patio. Las gentes de las poternas gritan otra vez, ensordecedoramente, pero la potente voz de* ULISES *las * domina.)*

---

[39] *tahalí:* «Tira de cuero, ante, lienzo u otra materia, que cruza desde el hombro derecho por el lado izquierdo hasta la cintura, donde juntan los dos cabos y se pone la espada» (DRAE).

*por * ULISES *domina*

ULISES

¡Busca, busca! ¡Todo está cerrado!
(*Dispara. Un grito de agonía le responde*) [40].

TELÉMACO. (*Triunfal, mirando al patio.*)
¡Buen salto!
(*Le da a su padre la otra flecha y corre a coger más.*
ULISES *tiende en seguida.* PENÉLOPE *se aproxima un
poco.*)

ULISES

¡A ti te toca, Antinoo, bestia obtusa y presumida!

ANTINOO. (*Voz de.*)
¡Baja aquí, a luchar como un hombre!

ULISES

Yo no soy un hombre; soy un rey.

ANTINOO. (*Voz de.*)
¡Baja!... ¡Baj...!
(ULISES *dispara y la voz se convierte en un grito de
agonía.*)

TELÉMACO. (*Entusiasmado.*)
¡En el mismo corazón!

ULISES. (*Montando otra flecha, que le da su hijo.*)
¡Para ti, Pisandro!

TELÉMACO

¡Mira cómo corre! Coge las flechas, pero no hay arco...
¡No hay más que este arco ahora en palacio!

---

[40] Que Ulises mate a contrincantes indefensos, sin arriesgar
su vida, no estaba en la *Odisea*. El autor quiere resaltar su
falta de valor, pero quizá también hay en ello un eco de la
tragedia griega, que sentía repugnancia en presentar las muertes en escena; recuérdense sólo *Los siete contra Tebas,* donde
un mensajero narra las de Etéocles y Polinices; *Agamenón,* en
que éste y Casandra son asesinados fuera del escenario; *Coéforos,* en que ocurre lo mismo con Egisto y Clitemnestra, arras-
trada por Orestes para matarla fuera de la vista del público;
o, en fin, *Antígona,* en que las muertes de Hemón, Eurídice
y la propia protagonista son narradas.

PENÉLOPE. (Tras ULISES ya, exaltada.)
¡Mata! ¡Mátalos!
(ULISES le * dirige una insondable mirada.)

ULISES. (Hacia el patio, apuntando.)
¡Pisandro! Yo era viejo, yo estaba muerto, yo no era
nadie, ¿eh? ¡Toma!
(Dispara.)

PENÉLOPE. (Como alucinada.)
¡Mata!

ULISES. (Poniendo otra flecha en el arco.)
¿De veras quieres que mate, mujer?

PENÉLOPE. (Violenta.)
¡Sí, Sí!

ULISES. (Hacia el patio.)
¡No te muevas, Leócrito! Llegó tu momento.
(Apunta.)

TELÉMACO
Se agarra a las poternas, intenta salir por los barro-
tes ...[41]. Los suyos tratan de pasarle un escudo, pero
no cabe. (Pausa.) Ya no se mueve. Está helado de
terror. ¡Aplástalo como a una· víbora!

ULISES. (Hacia el patio.)
¿Qué miras? Ya no es Penélope lo que miras, ¿verdad?
Es un hombre armado. Es su esposo. Es la muerte.
(Dispara.)

TELÉMACO
¡Por la boca! (Poco a poco, los ruidos de las poternas
van acallándose.) Los partidarios están horrorizados.
Ya no saben qué hacer. (Pausa. Se vuelve a su padre.)
Sólo queda uno, padre.

---

[41] El gráfico detalle parece proceder de la Odisea: «cada uno
buscaba por dónde huir para librarse de una muerte espantosa» (XXII, 43).
* la

ULISES

Uno que no corre, ni tiembla. El único valeroso.
(Tiende la mano, en demanda de una flecha, que TELÉ-
MACO *le da tras un segundo de indecisión.)*

PENÉLOPE. *(Tras él.)*

Ulises...

ULISES. *(Volviéndose de súbito, airado.)*

¡Qué!

(PENÉLOPE *no se decide a hablar. Luego se yergue y se inmoviliza, como una estatua.)*

ULISES. *(Enseñando. la flecha en su mano.)*

¡Esta es la tuya, Anfino!

ANFINO. *(Voz de.)*

¡Es justo, Ulises! ¡La espero!

ULISES. *(Grave.)*

Conocí a tu padre, Anfino... Fue mi mejor amigo.

ANFINO. *(Voz de.)*

¡No quiero piedad!

ULISES

No la tendrás. Pero tú no debes morir como una rata,
sino como un héroe. Sube por tu flecha.
(Se aparta de la balaustrada y espera, sombrío. TELÉ-
MACO, *asomado, observa* la subida de* ANFINO.)

TELÉMACO

Ya sube, padre. Y muy sereno.
(Pausa. Se vuelve a la escena. ULISES *monta la flecha en el arco. Se oyen dos golpes en la puerta. A una seña de* ULISES, EUMEO *y* FILETIO *descorren el cerrojo y la abren.* ANFINO *permanece fuera, invisible, pero él y* ULISES *se están mirando muy fijamente*.)*

ULISES. *(Antes de tender.)*

Sabes morir... Ninguno de ésos valía lo que tú.

ANFINO. *(Voz de.)*

La orfandad y la pobreza me han forjado.

---

* *sigue* * *fijos.*

193

ULISES

Demasiado. ¡Tú eres el peor pretendiente para una esposa! Tengo que matarte.

ANFINO

Yo defendí a Penélope, Ulises. Pero acepto morir a tus manos. Me matas porque tú estás muerto ya; acuérdate de lo que te digo. La muerte es nuestro gran sueño. Morir en vida es peor; prefiero hacerlo ahora. (ULISES *tiende.*) Gracias por tu flecha, Ulises. La muerte es nuestro gran sueño liberador... (*Breve pausa.*) Gracias por tus sueños, Penélope.

(ULISES *dispara. Diríase, por su gesto, que la flecha atravesó también las entrañas de* PENÉLOPE. *Se oye tras la puerta el golpe de* ANFINO *al caer.*)

TELÉMACO. (*Mirando.*)

Rodó por la escalera.

ULISES

Telémaco: Convocarás ahora mismo al pueblo armado de Ítaca y le anunciarás mi regreso. Tráelos y que ellos te ayuden a asegurar a toda esa gente encerrada. Serán nuestros rehenes y me pagarán tributos; el palacio debe recuperar lo perdido. ¡Parte! (TELÉMACO *saluda y sale.*) Eumeo, Filetio: gracias por vuestra abnegación y vuestro silencio. Anfino debe ser incinerado mañana con los honores de un gran jefe. Recoged el cadáver (*Señalando hacia el patio.*), y depositadlo con mis armas mejores sobre la piedra de festines, para que se le vele esta noche. (EUMEO *y* FILETIO *saludan y salen.* ULISES *se vuelve, mira de reojo a* PENÉLOPE, *que ha bajado la cabeza, y va a la derecha para llamar.*) ¡Euriclea! ¡Trae a * las esclavas!

(*Pausa. Por la izquierda entran* EURICLEA *y las esclavas. Éstas se arrodillan al entrar, implorando.*)

CORO

¡Piedad! ¡Piedad para nosotras! ¡Ulises, rey nuestro, piedad!

ULISES

Silencio. Vosotras, que traicionasteis a mi esposa y a mi

---

* ¡Trae las esclavas!

reino, seréis castigadas… La horca no será bastante para vosotras. *(Los lamentos y súplicas de las esclavas arrecian.)* Pero antes cogeréis, con esas manos que los acariciaron, los cuerpos mutilados que hay en el patio. Y los llevaréis al estercolero, para que sean pasto de los cuervos. Y después, lavaréis la sangre del patio de festines [42]. Llévalas, Euriclea. (Euriclea *las levanta y salen todas por la derecha, en un grupo consternado y gimiente. Pero* Dione *no ha llorado ni implorado; tan sólo se arrodilló. Pausa.* Ulises *se acerca a la aljaba y saca* * *una flecha. Con ella en la mano se vuelve hacia* Penélope, *que le mira ahora, con los ojos muy abiertos, llena de decisión.)* También tú me has traicionado, Penélope.

(En un arrebato, tiende el arco y la apunta con la flecha, rojo de rabia.)

Penélope. *(Muy erguida.)*

¡Mata!

(Breve pausa. Ulises *baja, poco a poco, el arco. Luego lo deja a un lado.)*

Ulises

No he venido a matarte. He vuelto para cuidar de mi país y de mi mujer. He venido a evitar muchas cosas, no a desencadenarlas. *(Se acerca.)* Escucha, Penélope: vine a decirte una historia que me inquietaba. La historia de un rey asesinado por su mujer y el amante de ella. *(Breve pausa.)* Aún no te conté el final. La historia no terminó así, porque el hijo de ambos…, Orestes…, volvió años después de sus correrías por el mundo y mató a su madre. ¡Sí! ¡A su propia madre mató, y también al asesino de su padre!

Penélope

Tú ya has matado a Anfino… Puedes hacer de mí otra Clitemnestra.

---

[42] También aquí la obra sigue puntualmente la *Odisea*, en la que Ulises dice a sus ayudantes: «Proceder primeramente a la traslación de los cadáveres, que ordenaréis a las mujeres; y seguidamente limpien éstas con agua y esponjas… las magníficas sillas y mesas» (XXII, 437-439).

* *coge*

ULISES

¿No te dije que vine a evitarlo? *. A evitar que te convirtieses en otra Clitemnestra, primero. Y después... a evitar que otro Orestes te matase.

PENÉLOPE. *(Sobresaltada.)*

¿Qué?

ULISES

¿No te has percatado de que Telémaco empezaba a odiarte, por tus amores con ese iluso? Pero ahora ya estoy yo aquí, y mi hijo no será otro Orestes [43].

PENÉLOPE

Te he sido fiel.

ULISES. *(Gritando.)*

¡Con el cuerpo solamente!

PENÉLOPE

¿Y qué más querías? Yo era muy joven cuando partiste.

ULISES

¿Y eso qué importa?

PENÉLOPE

¿Por qué te fuiste?

ULISES

¿Por qué has desconfiado de mi vuelta?

PENÉLOPE

Han pasado veinte años...

ULISES

¿Y qué? No podemos nosotros suprimir las guerras.

PENÉLOPE

¿Ah, no podéis? Vosotros las hacéis para que nosotras suframos las consecuencias. Nosotras queremos paz, esposo, hijos..., y vosotros nos dais guerras, nos dais el

---

[43] Véase lo dicho antes en la nota 14 acerca del paralelismo Telémaco-Orestes.

* evitar eso?

peligro de la infidelidad, convertís a nuestros hijos en nuestros asesinos.

ULISES
También morimos.

PENÉLOPE
Morir no es nada.

ULISES
¿Tendré que recordarte que esta guerra se hizo por causa de una mujer?

PENÉLOPE
¡Mentira! Fue vuestra torpeza de hombres la causa.

ULISES
Fue Helena, una mujer. Un ser loco, frívolo, peligroso..., como tú. Como tú, que la has envidiado y que te has dedicado a soñar y tejer estérilmente ahí dentro, en vez de cuidar de los ganados y las viñas; en lugar de convertirte en la fiel esposa que aguarda el regreso del marido y que aumenta durante su ausencia las riquezas de los dos. En cuanto a Helena... *(Pausa. PENÉLOPE se adelanta un paso, expectante.)* Te he mentido. ¡Ya no hay Helena, mujer! ¡Ya no existe!

PENÉLOPE
¿Murió?

ULISES
No. *(Mordiendo las palabras.)* Pero está fea, y vieja.

PENÉLOPE. *(Bajando la cabeza.)*
Ya no me queda ni eso.

ULISES
Por eso te lo digo. Has envidiado inútilmente.
(PENÉLOPE *se separa con un gemido de pena.* EURICLEA *asoma por la derecha.)*

EURICLEA
Mi señor...

197

ULISES

¿Qué quieres?

EURICLEA

Las esclavas ya están lavando el patio. Y suplican clemencia.

ULISES

Y tú, que sabes cuanto han hecho, ¿pides por ellas?

EURICLEA

Son débiles mujeres, Ulises. No era fácil resistir a los pretendientes...

ULISES

Pues por débiles, serán ahorcadas [44].
(Pausa.)

EURICLEA

Las esclavas solicitan tu permiso para decir a sus reyes la rapsodia que tú les enseñaste esta mañana. Así piden tu. perdón.
(Pausa breve.)

ULISES

¿Quién discurrió eso? ¿Tú?

EURICLEA

Dione, mi señor.

ULISES. *(Después de pasear unos segundos.)*
Que canten y las perdonaré. *(Breve pausa.)* Pero Dione será ahorcada.

EURICLEA

¡Tú eres justo y prudente, Ulises!

---

[44] Resulta curioso que uno de los críticos que trató más duramente esta obra cuando se estrenó tachara de anacronismo el hablar «de horcas... en la Grecia micénica» (Luis Calvo, en *A B C*). En efecto, en la *Odisea* las esclavas son ahorcadas por Telémaco con un procedimiento prolijamente descrito (XXII, 465-473), y aún más, se recuerda que la madre de Edipo, aquí llamada Epicasta, se suicidó ahorcándose (XI, 277-279), lo que confirma *Edipo rey,* de Sófocles.

ULISES
Retírate.
(La lleva de un brazo a la puerta, con cierta deferencia.)

EURICLEA. *(Antes de salir, con un tono de infinita y definitiva tristeza.)*
Cuídate de las Furias, Ulises.
(Y sale. Breve pausa.)

ULISES
Mi orden te complace, ¿verdad? Se te ve en la cara. Yo sé que Dione debe morir porque ella fue quien abrió anoche esa puerta... Y porque no conviene que dañe más a Telémaco. *(Mordaz.)* Pero tú eras benévola con ella... ¿Por qué?

PENÉLOPE
No quería que Telémaco pudiese amarla * más al verla castigada.

ULISES
No divagues. Lo hacías por Anfino.

PENÉLOPE
También por Anfino. Él no era cruel, y no me hubiese perdonado la crueldad.

ULISES. *(Negando.)*
Te engañas. Lo hacías porque era a Anfino a quien no querías ver compadeciendo a Dione.

PENÉLOPE. *(Considerándole, fría.)*
Yo no te recordaba así.

ULISES
¿Así, cómo?

PENÉLOPE
Mezquino.

ULISES
Mezquino, pero verdadero. Yo no sueño. ¡Y ahora, abre el templete!

---

* ilusionarse

PENÉLOPE. *(Asustada.)*
¡No!

ULISES
¡Hundiré la puerta a hachazos!

PENÉLOPE
¡Rufián!

ULISES
Y tú soñadora. ¡Dame la llave, soñadora!

PENÉLOPE
¿Qué crees que vas a encontrar en el sudario?

ULISES
Tu alma.

PENÉLOPE
Mi alma no se puede tener a la fuerza.

ULISES
¡La llave!

PENÉLOPE
¡No!
*(Se yergue. Se miran un momento, con odio infinito.
ULISES se acerca con las manos crispadas y ella le es-
pera, pálida y resuelta.)*

ULISES. *(Disimulando repentinamente.)*
¡Chist...!

(Se aparta. EUMEO entra y los mira.)

EUMEO
Tu orden ha sido cumplida, Ulises. El cuerpo de
Anfino descansa ya sobre la piedra de festines.

ULISES. *(Seco, adivinando la secreta inquietud del viejo servidor.)*
No era necesario * que subieras a decírmelo. *(EUMEO
baja la cabeza.* Retírate. *(EUMEO saluda y se va. PENÉ-
LOPE se ha descompuesto y mira a hurtadillas a su
esposo, que, rígido y con los brazos cruzados, no la*

pierde de vista. Al fin no puede más y corre, llorando, a arrojarse de bruces sobre la balaustrada, desde donde mira al patio. Gran pausa, entrecortada por los gemidos de PENÉLOPE. ULISES, *iracundo.*)
¿Callarás?
(PENÉLOPE *se incorpora lentamente y se le acerca. Es tal la airada nobleza de su rostro, que él retrocede un paso.*)

PENÉLOPE
Cobarde.

ULISES
¿Yo cobarde?

PENÉLOPE
Sí, tú, prudente Ulises. Eso ha sido tu prudencia: cobardía y nada más.

ULISES
Los he matado sin exponerme porque debía hacerlo.

PENÉLOPE
¡Por cobarde!

ULISES. (*Sin poder evitar, ante la seguridad de ella, un creciente tono de vacilación.*)
Calla, mujer. Tengo hechas mis pruebas en la guerra. Y no tuve miedo de venir aquí, expuesto a que me matarais entre tú... y ése.

PENÉLOPE
Pero te disfrazaste. ¡Cobarde! [45].

ULISES
¡Para saberlo todo! Yo no tengo miedo a saber.

----

[45] Buero ha transformado la prudencia de Ulises en cobardía y su cautela en temor, para hacer más negativo el personaje, pero ha seguido las referencias de la *Odisea,* en la que el héroe vuelve efectivamente disfrazado a su casa, aconsejado por el espíritu de Agamenón: «al tomar puerto en la patria tierra, hazlo ocultamente y no a la descubierta, *pues ya no hay que fiar en las mujeres*» (XI, 455-456), y por la misma diosa Atenea, que le insta a no descubrirse «*hasta que hayas probado a tu mujer*» (XIII, 336).

PENÉLOPE

Pero tienes miedo de sentir, y de creer. No te atreviste a creer en mí. Dudaste de mí... *(Se acerca.)* Y de ti mismo. *(Él baja la cabeza.)* ¿Crees que no lo comprendo? Has querido hacerme ver que mi benevolencia con Dione se debía a una oculta rivalidad por Anfino; a una astucia mía. Pero yo no sé de esas cosas. Yo soñaba entonces; ¡sentía! Lo que tú, mezquino razonador, nunca has sabido hacer. Y ahora, siento el motivo de tu disfraz. Lo siento en mi propio desvío, en mi propio... asco. ¡Te disfrazaste porque te sabías viejo; porque desconfiabas de poder agradarme con tus canas y tus arrugas!

ULISES

¡Penélope!

PENÉLOPE

¡Cállate! Ahora debo hablar yo. Ahora debo decirte que tu cobardía lo ha perdido todo. Porque nada, ¡entiéndelo bien!, ¡nada!, había ocurrido entre Anfino y yo antes de tu llegada..., salvo mis pobres sueños solitarios. Y si tú me hubieses ofrecido con sencillez y valor tus canas ennoblecidas por la guerra y los azares, ¡tal vez! yo habría reaccionado a tiempo. Hubieras sido, a pesar de todo, el hombre de corazón con quien toda mujer sueña... El Ulises con quien yo soñé, ahí, los primeros años... ¡Y no este astuto patán, hipócrita y temeroso, que se me presenta como un viejo ruin para acabar de destruirme toda ilusión posible!

ULISES. *(Frío.)*

No me disfracé por eso. También a ti temía encontrarte vieja..., como te he encontrado [46].

---

[46] En la *Odisea* Penélope se lamenta de haber perdido la juventud (XVIII, 180-181), y dice a su esposo: «las deidades nos enviaron la desgracia y no quisieron que gozásemos juntos de nuestra mocedad, ni que juntos llegáramos al umbral de la vejez» (XXIII, 210-212); ésta es solucionada por Atenea, siempre dispuesta a rejuvenecer a sus favoritos (XVIII, 187-196),

PENÉLOPE. *(Afirmando.)*

¡Temías! *(Señalando al patio.)* Él no temía. Ese inmenso corazón que tú has roto adoraba mi juventud y mi hermosura... ¡Sólo habrías tenido una manera de ganarle la partida! Tener la valentía de tus sentimientos, como él; venir decidido a encontrar tu dulce y bella Penélope de siempre. Y yo habría vuelto a encontrar en ti, de golpe, al hombre de mis sueños. Pero, ¡qué! Tú no lo eras; no podías serlo, ni aun admirándome con tu astucia, ni aun barriéndome el palacio de pretendientes. Y eres tú, tú solamente, quien ha perdido la partida. ¡Yo la he ganado! [47]. Porque dices muy bien: ya somos viejos... el uno para el otro. Pero tú no habrás tenido en tu camino ninguna mujer que te recuerde joven, porque tú naciste viejo. Pero yo seré siempre joven, ¡joven y bella en el recuerdo y en el sueño eterno de Anfino! Y ahora te queda tu mujer, sí, a los ojos de todos; pero teniéndome no tienes ya nada, ¿me oyes? ¡Nada! Porque él se lo ha llevado todo para siempre. Una apariencia; una risible... cáscara de matrimonio te queda. ¡Tú eres el culpable! Tú, por no hablar a tiempo, por no haber sido valiente nunca. Te detesto.

(Vuelve a la balaustrada para arrodillarse lentamente ante el muerto lejano, en muda adoración postrera.)

ULISES

Y le amas. Bien lo veo... *(Sombrío.)* Todo está perdido. Así quieren los dioses labrar nuestra desgracia.

PENÉLOPE

No culpes a los dioses. Somos nosotros quienes la labramos [48].

pero Buero prescinde totalmente de la actuación de los dioses, tan poco dramática en este caso concreto.

[47] El juego entre apariencia y verdad, de que se habló en el prólogo, queda evidenciado aquí: el triunfador Ulises está, en realidad, vencido. El tema es recurrente en el autor; cfr. las palabras de Penélope y las de doña Pepita a Carlos, que parece haberle ganado la partida a Ignacio, al final de *En la ardiente oscuridad:* «Usted no ha vencido.»

[48] Esta frase, clave para entender el sentido de la obra, no

ULISES

Me marcharé... *(Caviloso.)* Fingiré que tengo que cumplir un voto de peregrinaje [49].

PENÉLOPE. *(Reprobadora.)*

¡Márchate y sigue fingiendo!

ULISES

Lo haré. Pero soy el rey de Ítaca. Nuestro nombre debe quedar limpio y resplandeciente para el futuro. Nadie sabrá nada de esto.

PENÉLOPE

¡Sigue con tus palabras de hielo! El calor que todavía tiene ese pobre muerto vale más para mí.

ULISES

No tardará en enfriarse. Y nosotros también, tarde o temprano. Por eso queda aún algo que hacer. ¡Salvar el prestigio! Y yo he venido a eso. He venido a...

PENÉLOPE

¿A qué? ¿A romper mis sueños y marcharte?

ULISES

No. He venido a... *(El coro de las esclavas se eleva repentinamente en el patio. Tras el primer verso:)* a que quede eso.

(PENÉLOPE *atiende.)*

---

es un anacronismo ideológico del autor, quien ya en su Comentario, pág. 83, citaba su origen, que no es otro que una frase de Zeus en la *Odisea:* «¡Oh dioses! ¡De qué modo culpan los mortales a los númenes! Dicen que las cosas malas les vienen de nosotros, y son ellos quienes se atraen con sus locuras infortunios no decretados por el destino» (I, 32-34).

[49] En la *Odisea* se alude varias veces a que el regreso de Ulises a su Ítaca no será el fin de sus peregrinaciones (I, 18-19; XI, 121-131; XXIII, 248-250) y en la literatura posthomérica la tradición de estos trabajos está muy difundida, ya como castigo por la muerte de los pretendientes (por ejemplo, Plutarco, *Cuestiones griegas,* 14, en *Moralia,* IV, ed. Loeb, págs. 191-192, y Apolodoro, *Biblioteca,* Epítome, VII, 40, ed. cit., pág. 151; cfr. R. Graves, *Los mitos griegos,* cit., II, pág. 427), ya por creer que su esposa le había traicionado (Servio, *In Vergilii Carmina Comentarii,* a Eneida, II, 44, ed. cit., I, pág. 223), ya sin

Coro. *(Sin melodía.)*
Cual roca poderosa es la hembra fuerte.
El esposo partió, pero la reina
su palacio y su lecho ha defendido,
cual nuevo Ulises, sin olvidar nunca.

Penélope
¡Te odio!

Ulises
Ya es igual, mujer... Eso debe quedar.

Coro
Penélope fue sola, y circundada
estuvo de peligros y deseos.
Mas sólo para Ulises vive ella.
Y no caerá cual otra Clitemnestra.
Tejía y destejía durante años
para burlar así a los pretendientes.
Ella bordó sus sueños en la tela.
Sus deseos y sueños son: ¡Ulises!

(Penélope se levanta de súbito y corre a abrir, febril, la puerta del templete.)

Penélope
¡Puedes verlos! *(Se le quiebra la voz.)* Ahora ya no importa.

(Ulises se acerca a la puerta y mira a su mujer, que ha bajado la cabeza. Una larga pausa.)

Ulises. *(Cerrando la puerta, mientras niega con la cabeza.)*
Nadie los verá ya. No existen. ¡Tú soñaste con Ulises! Ese sudario será quemado mañana con el cuerpo de Anfino. A no ser que prefieras destejer lentamente...

Penélope
Será quemado.

Coro
Junto al telar, soñar con el ausente:

_____
especificar los motivos (Licofrón, *Alejandra,* ed. cit., 790 y siguientes, pág. 36).

ésta es la dulce ley de nuestras bodas.
Sonría la gloria a la prudente reina
que nunca ha amado a otro hombre que su esposo.

PENÉLOPE
¡Mentira!

ULISES
Pero en tu interior... No quiero saber ya nada de
tu interior.

CORO
Penélope nos dice desde Grecia:
cinco, diez, veinte años no son nada.
El amor no envejece y nuestra sangre
sabe esperar la vuelta del amado.

PENÉLOPE. *(Absorta en el cadáver.)*
Esperar... Esperar el día en que los hombres sean
como tú... y no como ése. Que tengan corazón para
nosotras y bondad para todos: que no guerreen ni
nos abandonen. Sí; un día llegará en que eso sea
cierto. *(A ULISES.)* ¡A ti te lo digo, miserable! ¿Y
sabes cuándo? ¡Cuando no haya más Helenas... ni
Ulises en el mundo! Pero para eso hace falta una
palabra universal de amor que sólo las mujeres soñamos... a veces.

ULISES
Esa palabra no existe.

PENÉLOPE
¡Sí existe! *(Hacia el patio.)* Tú la poseías. Gracias,
Anfino. Y suéñame, suéñame siempre... buena.
(ULISES toma el arco y lo tira por la balaustrada.)

ULISES
Que sea quemado también. Ya no habrá más pruebas. *(Desalentado.)* Y ahora, a vivir... muriendo...
PENÉLOPE. *(Avanzando hacia el proscenio para detenerse, transfigurada, con los ojos en alto y la voz
infinitamente dulce.)*
O a soñar que se muere... Porque ya no hay figuras

que tejer, y el templete de mi alma quedó vacío. Pero aún tengo algo... Mi Anfino. *(En un sollozo.)* ¡Oh, Anfino! Espérame. Yo iré contigo un día a que me digas la rapsodia que no llegaste a componer... *. Tú eres feliz ahora, mi Anfino, y yo te envidio... ¡Dichosos los muertos!

(ULISES *asiente en silencio, al tiempo que el coro se eleva de nuevo y empieza a caer el telón lentamente.*)

CORO

Penélope es el nombre de la reina.
Ejemplo es para siempre de la esposa.
Ella teje sus sueños hogareños
y en su modestia irradia lozanía...

TELÓN

---

* hacer...

"La Tejedora de Sueños"
canción

M. Parada.

Llegada de los dioses

FÁBULA EN DOS PARTES

REPARTO

(por orden de intervención)

Verónica	Faby
Julio	Inés
Artemio	Margot
Felipe	
Matilde	El Hombre
Nuria	(No habla.)

En las islas de un bello archipiélago, en un país cualquiera.

Derecha e izquierda, las del espectador

PARTE PRIMERA

Salón moderno y cómodo en una villa de recreo. A
la derecha, amplias cristaleras, con puerta corredera que
da paso a la terraza y a la playa cercana. En el primer
término de este lateral, estante de bebidas en la pared
y un pequeño mostrador curvo. A la izquierda, chimenea. Sobre su repisa, cajitas de medicamentos, por-
celanas. Coronándola, una gran acuarela de suaves tonos y pulcra ejecución que representa dos figuras mi-
tológicas. A la izquierda de la pared del fondo, espa-
cioso vano con doble cortina. A la derecha, librería
baja y corrida adornada con fotografías, estatuillas de
vidrio, trofeos de plata. Sobre ella, la pared desnuda.
Hacia el centro y cerca del primer término, mesita baja de cristal con revistas, servicio de fumar [1] y algún
libro a medio abrir, con el puñal damasquinado que
sirve de plegadera entre sus páginas.

Tras la mesita y a sus lados, sofá y dos butacas. A
ambos lados de la chimenea, sillón de orejas [2] y taburete
de piel. En rincones apropiados, otros asientos. Lám-
paras, moqueta oscura. A la izquierda pende del te-
cho un adorno móvil, de buen tamaño y audaz geome-

---

[1] *servicio de fumar:* «conjunto de objetos que se utilizan para
la cosa que se expresa», en este caso, para fumar (María Moliner,
Diccionario de uso del español).

[2] *oreja:* «En los sillones, saliente a cada lado del respaldo y
perpendicular a él, puesto para servir de apoyo a la cabeza»
(María Moliner). No figura esta acepción en DRAE.

tría, constelado [3] de poliedros, planchuelas y varillas de luciente metal y vidrios coloreados. El sol brilla en el exterior; el continuo rumor de las olas llega a veces muy nítido.

(Una hermosa mujer, en el principio de su madurez, se encuentra junto a la cristalera abierta. Las lisas crenchas de su larga melena se deslizan sobre sus hombros; el pantalón, la fresca blusa que viste, son propios de las vacaciones que está pasando. Durante unos momentos mira hacia fuera en silencio; después reanuda la extraña operación en que se halla absorta y emite, de tanto en tanto, un corto silbido de advertencia. Al tercero o cuarto, enmudece y acecha; parece como si, en su deseo de no provocar el menor ruido, contuviese la respiración. Larga pausa. Empiezan a oírse los golpecitos de un bastón que se aproxima y que, cerca de la cristalera, se detiene.)

JULIO. *(Su voz.)*
Este suelo me es ya familiar. *(Golpecitos de tanteo.)* Estoy frente a la entrada y algo a su izquierda. ¿Derivé mucho al principio?

VERÓNICA
No.

JULIO
Has silbado varias veces.

VERÓNICA
Mañana lo intentaremos en silencio.

JULIO
Es más difícil sobre la arena que en el parque. *(Pausa.)* Voy a entrar.

VERÓNICA
Levanta el bastón y dámelo en cuanto entres. La casa la conoces mejor.

---

[3] *constelado:* participio de un hipotético verbo 'constelar', derivado de 'constelación', creado para indicar la disposición de los objetos. Ya había sido utilizado anteriormente, por ejemplo, por Miguel Hernández en *Viento del pueblo:* «constelan los espacios de andamios y clamores» (*Obras completas,* Buenos Aires, Losada, 1960, pág. 295).

(Avanza un paso y tiende su mano. La luz baja rápida-
mente hasta la oscuridad absoluta. Se oye en la tiniebla,
y ya en escena, la voz de JULIO.)

JULIO
  ¿Me miraban ellos?

VERÓNICA
  Aún miran hacia acá.

JULIO
  Chismosos

VERÓNICA
  Estarán quejándose de que nunca nos sentemos a su
  lado en la playa.

JULIO. *(Ríe.)*
  ¡Tú no los soportas!

VERÓNICA
  No muy bien...

JULIO
  Yo tampoco.

VERÓNICA
  Esas tiranteces perjudican tu reposo.

JULIO
  Al contrario. *(Se le oye moverse.)*

VERÓNICA
  Cuidado. Vas a tropezar.

JULIO
  No. ¿Quieres una copa?

VERÓNICA
  ¿La quieres tú?

JULIO
  No.

VERÓNICA
  Tampoco yo... ¿Cuántos días llevamos aquí?

JULIO
  Ocho.

VERÓNICA
  Sin resultado.

JULIO. *(Irónico.)*
  Así parece.

VERÓNICA
  ¿Ni siquiera percibes la claridad?

JULIO. *(Ríe.)*
  La más aterciopelada negrura.

VERÓNICA
  ¿Ninguna imagen repentina, aunque sea fugaz? *(Silencio.)* ¿Eh?

JULIO
  No.

VERÓNICA
  Entonces regresemos a París.

JULIO. *(Voz risueña.)*
  No he descansado lo bastante, Verónica...

VERÓNICA
  Aquí no descansas.

JULIO
  Sí descanso. Ese rumor... me calma. El sonido del mar es la más vieja nana del mundo. *(Escuchan ambos el son de las olas.)* ¿Sigue limpio el cielo?

VERÓNICA
  Y muy azul.

JULIO
  El azul de las Islas... *(Irónico.)* y el de las acuarelas de mi padre. ¿Continúan bajo el toldo?

VERÓNICA
  Se han levantado. Vienen.

JULIO. *(Frío.)*
Voy a vestirme.

VERÓNICA
Te acompaño.

JULIO
No me haces falta. Quédate si lo prefieres.

VERÓNICA
No lo prefiero. Aguarda: te levanto la cortina.

JULIO
Gracias.
(La luz vuelve al punto. JULIO *ha salido ya, pero aún se divisa, por un segundo, a* VERÓNICA *desapareciendo tras las cortinas que vuelven a caer. Sobre el rumor de las olas, pronto se oyen palabras y pisadas que se acercan.)*

ARTEMIO. *(Su voz.)*
¿Cuándo abres la tienda en el Sur?

FELIPE. *(Su voz.)*
Hay dificultades. Quizá tenga que ir a resolverlas personalmente. Y no quisiera ahora separarme de mi hijo... ¿Nos preparas los martinis, Matilde?

MATILDE. *(Su voz.)*
Claro.
(Aparece en la cristalera y se demora un momento para escuchar a ARTEMIO. *Es una mujer aún atractiva, de unos cuarenta años largos, cutis un tanto ajado y cabellos teñidos de platino que enmarcan un rostro fogoso y duro, de vivos ojos que brillan tras unas gafas de sol color de miel y caprichosa forma de mariposa. Sobre su bañador de dos piezas se ha enfundado el acampanado pantalón de fantasía, que deja ver las sandalias de correíllas doradas; la blusa de gayos tonos pende, floja y abierta, de su torso; un albornoz le cuelga del brazo y trae en la mano una bolsa playera y una pamela.)*

ARTEMIO. *(Su voz, risueña.)*
Te están bien empleadas por no darme participación.

MATILDE
No es cuestión de dinero, muchacho. *(Abandona el quicio, tira sobre un asiento cuanto la embaraza y comienza, tras el mostrador, a preparar bebidas.)*

FELIPE. *(Su voz.)*
El anticuario quiere hablar conmigo. Ahora dice que el precio del traspaso es barato.

ARTEMIO. *(Su voz.)*
Eso se resuelve por teléfono.

FELIPE. *(Su voz.)*
Pues quiere que vaya.

ARTEMIO. *(Su voz.)*
¿No llevaba toda la operación tu hijo el mayor?

FELIPE. *(Su voz.)*
Y la lleva. Pero no ha logrado convencerlo.

ARTEMIO. *(Su voz.)*
Habrá olido nuestra urbanización. ¿No querrá invertir en esta zona?

FELIPE. *(Su voz. Ríe.)*
¡No se te escapa una!
(Aparece en el umbral. Esbelto y apuesto, de cabello gris, lleva gallardamente sus sesenta años. Sobre el calzón de baño, camisa de color; bajo el brazo, un periódico doblado. Recostado en el quicio, sonríe levemente a MATILDE, cuyos labios dibujan un beso para él desde el bar.)

ARTEMIO. *(Su voz.)*
Muchacho, yo seré un tonto para muchas cosas...

FELIPE
¿Quién dice eso?
(Riendo quedo, MATILDE se señala a sí misma.)

ARTEMIO. *(Su voz, al mismo tiempo.)*
Mi mujer. Pero en los negocios soy un lince. Eso tam-

bién lo reconoce ella. *(Aparece, cruza ante* FELIPE *y entra.)* Si hay que cambiar la apertura de tus flamantes Antigüedades por una inversión suya, estoy conforme. Nos vendrá bien su dinero; lo tiene, y muy saneado.

(Se sienta en el sofá y hojea una revista. Tiene unos cincuenta años. Aire vulgar; fisonomía ingenua, de boba mirada. Barriguita. Cuando se descubre, el castaño metálico de su cabello resulta sospechoso. Por el momento conserva puesto su sombrerito de paja. Lleva calzón de baño y una camisa floreada. En la muñeca, reloj con gruesa pulsera de oro.)

Cuando quieras hablamos del asunto.

FELIPE
Pronto ha de ser.

ARTEMIO
Cuando quieras.

MATILDE
Los dioses se han esfumado.

ARTEMIO
No digas tonterías.

MATILDE. *(Señala a* FELIPE.*)*
Así los llama Felipe...

ARTEMIO
Ya lo sé. Minerva y Pan. Tonterías.

FELIPE. *(Risueño.)*
Reconocerás que su aspecto es bastante divino.

ARTEMIO
El de dos buenos ejemplares humanos y nada más. Pero tú, siempre a vueltas con tus acuarelas de dioses griegos o romanos...
(Abandona la revista, toma el libro que hay sobre la mesita, deja el puñalito sobre el cristal y hojea algunas páginas.)

FELIPE. *(Señala a la acuarela colgada sobre la chimenea.)*

Desde que empecé a pintar. Ahí los tienes: Minerva y Pan.

(MATILDE *le da uno de los martinis, del que bebe un sorbo.*)

ARTEMIO
Y en tu exposición. ¡Dioses por todas partes! Tu chifladura. Aunque no estás tan loco: bien que los vendes... (*Toma su martini de manos de* MATILDE.)

FELIPE
Para ser pintor de domingo no está mal.

MATILDE
Ni tú te crees eso. Eres el pintor de las Islas, muchacho. ¡Nada menos! Margot lo acuñó y con tanto turista pronto se dirá hasta en Nueva York.

FELIPE. (*Tira el periódico sobre la mesita al tiempo que cruza.*)
Y hoy lo repite en su crónica. ¡Bah! Cuadritos relamidos para bañistas. (*Llega a la chimenea.*)

MATILDE
A mí me encantan.

FELIPE. (*Mirando la acuarela.*)
¿No se parecen algo?

ARTEMIO
¿A quiénes?

FELIPE
A Julio y a Verónica. (*Saca una píldora de una cajita, la toma y apura su copa.*) Esta acuarela los esperaba, los invocaba. (*Risueño.*) ¡Y al fin han venido! La raza mejora. Los dioses volverán a pasear un día por la tierra.

MATILDE. (*Con leve inquietud.*)
¿Otra vez las pastillas?

FELIPE
No tiene importancia. Mi circulación se porta bien gracias a ellas.

ARTEMIO

De llamarle dios a alguien, ¿sabes a quién? A tu hijo el mayor. ¡Ése sí que se lo merece! Un chico estupendo, que ha hecho un matrimonio ventajosísimo y que nos ha ganado ya millones. Al frente de tus Antigüedades ya verás qué márgenes te saca.

FELIPE

Ya me ha vendido al triple de su valor una tabla gótica... que aún no es nuestra.

ARTEMIO. *(Se descubre.)*

¡Ése es un dios!

MATILDE. *(Se sienta, riendo.)*

El dios Mercurio.

FELIPE. *(Pasea.)*

Estoy contentísimo con él, figúrate. Julio... es más raro, más difícil. Pero hay en él algo firme, brillante. El sí pintará; él se lo toma en serio.

ARTEMIO

Cariño de padre. *(Le apunta con el dedo.)* Y de viudo.

MATILDE. *(Le amonesta.)*

Muchacho...

ARTEMIO

Mujer, no digo que Julio sea de despreciar. Es más: tengo mis proyectos. *(Deja el libro sobre la mesita.)*

MATILDE

¿Proyectos?

ARTEMIO

¿Vosotros no lo habéis pensado?

FELIPE

¿De qué hablas?

ARTEMIO

De cuando nuestra Nuria sea mayorcita... (FELIPE y MATILDE *se miran. Ella se levanta y vuelve al bar, con su copa.* ARTEMIO *ríe.)* ¡No me digáis que os sorprende la idea!

MATILDE
¿Otro martini?

FELIPE. *(Se sienta.)*
No, gracias.

MATILDE. *(Se sirve de la coctelera.)*
¿Es otra de tus jugadas financieras?

ARTEMIO
¿Quién habla de negocios? Felipe es nuestro mejor amigo. Pero, ya que hablas de finanzas, ninguno de los dos querréis que lo que le corresponda un día a Julio se lo lleve esa... señorita.

MATILDE
¿Por qué no?

ARTEMIO
Matilde, esa señorita ha venido con Julio por lo que ha venido, y cuanto antes desaparezca de su vida, mejor será. En cambio, Nuria...

MATILDE
Déjamela en paz, ¿quieres? *(Bebe.)* Enciéndeme un pitillo, anda.

ARTEMIO
Y en paz te la dejo. *(Saca un cigarrillo de la cigarrera que descansa sobre la mesita y lo enciende.)* Pero ¿quién nos impide irlos inclinando el uno al otro? *(Se levanta y le lleva el cigarrillo a su mujer.)*

MATILDE
Me harás el favor de respetar su libertad. *(Se pone a fumar.)*

ARTEMIO. *(Vuelve a sentarse.)*
Si te molesta la idea porque él está ciego...

MATILDE. *(Señalando a* FELIPE.*)*
¡Muchacho!

ARTEMIO. *(Enciende un cigarrillo.)*
No es nada orgánico, los médicos lo han asegurado.
(Mira a FELIPE.*)*

MATILDE. *(Seca.)*
Todos sabemos que va a curar. *(Una pausa.* ARTEMIO *abre la cigarrera.)*

ARTEMIO. *(A* FELIPE.*)*
¿No fumas?

FELIPE
Gracias. Ya agoté mi cupo matinal. *(Silencio.)*

ARTEMIO
¿He dicho algún disparate, Felipe?

FELIPE. *(Recoge el periódico y lo abre.)*
En absoluto... Pero coincido con tu mujer. Déjalos a los dos con su libertad... Además, no sabemos cuándo curará.

ARTEMIO. *(Le palmea la espalda, risueño.)*
En cuanto descanse unos días más, muchacho. Este clima hará maravillas.

FELIPE
Por eso lo traje.

MATILDE
Oye, Felipe: y en París... ¿no sospechaste de nada que pudiera ser el origen de su trastorno?

FELIPE
Estaba disgustado por la falta de eco de su exposición, pero no me parece motivo suficiente...

ARTEMIO
¿No se habrá drogado? *(Gesto de disgusto de* MATILDE.*)* Es una pregunta, mujer.

FELIPE
No lo sé. Pero ya os he dicho que su ceguera no es orgánica.

ARTEMIO
¿Entonces, mental?

FELIPE. *(Asiente.)*
El ojo ve, pero el cerebro se niega a registrarlo.

ARTEMIO
¡Qué enfermedades más raras!

FELIPE
Al parecer es muy conocida.

MATILDE
Será por los médicos. *(Se sienta con ellos.)*

ARTEMIO
Por lo visto, hay que ir a París para contraerla...

MATILDE
Pero tú no te apures. Aquí se le pasará.

ARTEMIO
¡Seguro! ¿Y no le convendría, entre tanto, aprender alguna cosa útil, como el Braille...?

MATILDE
Eso es prematuro. Pero sí podría convenirle otra cosa...

FELIPE
¿El qué?

MATILDE
Tú sabes que en esta Isla tiene abierta consulta un psiquiatra buenísimo...

FELIPE
Se lo he propuesto a Julio y no quiere.

MATILDE. *(Suspira.)*
Esperemos, entonces.

FELIPE
Eso hago, dándole todas las satisfacciones que puedo.

ARTEMIO
Incluso la de traerte a su amiguita...

FELIPE. *(Baja la cabeza.)*
No quise negárselo... Parecían muy unidos. *(Se levanta.)* ¿Otra copa?

ARTEMIO
¡Buena idea!
(FELIPE va al bar y prepara bebidas.)

MATILDE. *(Encendiendo otro cigarrillo.)*
Yo creo que la diosa sí se droga. Le noto algo raro en la cara.

ARTEMIO. *(Hojea el periódico.)*
Si se droga ella, se droga él. Vigílala, Felipe. Es ya mayorcita y debe de saber latín.

MATILDE
Estas putitas son de cuidado. Musas de la orilla izquierda en busca de sensaciones nuevas y de divisas saneadas [4].

FELIPE
Le haces poca justicia a la diosa. Tiene estudios y era profesora de literatura en un liceo.

MATILDE
¡Ah! ¿Por ahí fuera tienen estudios?

ARTEMIO
¡Muchacha!
(Ríen todos. Entran en tromba por el fondo NURIA, INÉS *y* FABY. *Vienen en bañador, con sus toallas playeras, y muestran con naturalidad sus bellos cuerpos de adolescentes.* NURIA *es la menor: casi una niña, que tal vez no cuente aún quince años. Las otras dos, más cercanas a los veinte, son sus maternales amiguitas.)*

---

[4] La frase, un tanto literaria, expresa un tópico en forma no muy feliz. Más que darnos una imagen de Verónica, retrata a quien la pronuncia y contribuye a formar la imagen de mujer frívola, superficial y un tanto necia de Matilde. Véanse luego las notas 14 y 23.

LAS TRES
   ¡Buenos días!

ARTEMIO
   ¿Aún no os habéis bañado?

NURIA
   No. ¿Pasamos a la playa por aquí, padrino?

FELIPE
   Claro. ¿Queréis un refresco?

FABY
   Después.

NURIA
   Yo sí.
   (FELIPE *le sirve un refresco*.)

INÉS
   ¡Tenemos prisa, Nuria! ¡Nos esperan!

MATILDE
   ¿Ya andáis de tonteo? [5].

FABY
   ¡Pues claro!
   (*Ríen las tres*.)

MATILDE
   ¿De dónde venís?

NURIA
   Del parque.
   (*Toma el refresco y bebe un poco*.)

INÉS
   Se nos ha ido la mañana jugando con el saltador que
   le han regalado a Faby.

ARTEMIO
   ¿Un saltador?

---

[5] *tonteo*: coqueteo. No figura en DRAE, pero sí 'tontear'.

NURIA. *(Pasea, feliz.)*
¡Es fantástico, papá! Tiene un muelle abajo, en la plataforma. Tomas impulso, te montas y andas a saltos. ¡Yo ya no me caigo! ¡Es muy .fácil! Pero Faby es una egoísta, no quiere dejárnoslo.

FABY
¡Mira ésta! Es mío y también yo quiero montar.

NURIA
¡Es... de lo más apasionante!

FELIPE
¿Más que el tenis?

NURIA
¡Más! *(Bebe.)* Padrino, me entusiasta este móvil. *(Lo agita.)* Fijaos, chicas, qué cambios da.

FELIPE. *(Sonríe.)*
Pues... habrá que regalarte otro igual.

NURIA
¿Otro móvil?

FELIPE
Otro... saltador.

NURIA. *(Loca de alegría.)*
¡Padrino! *(Y corre a abrazarlo.)*

ARTEMIO
La mimas demasiado.

NURIA
¡Soy su ahijada!

FELIPE
Y además, mi modelo predilecto. Le debo comisión por todas las acuarelas vendidas. *(Va a la mesita y deposita los martinis para el matrimonio.)*

INÉS
Mi papá quiere comprar la acuarela de la Sirenita, don Felipe.

FELIPE
¿Lo ves? *(A* NURIA.) El saltador es tuyo.

NURIA
¿Cuándo?

MATILDE
Cuando sea, niña. No lo agobies.

FABY
Bueno, ¿vamos a la playa?

INÉS
¡Vamos ya, Nuria!

NURIA
Termino mi refresco y os alcanzo.

FABY
Pues hasta ahora. *(Risita.)* Mira, Inés, mira quién está allí. ¡El rubito!

INÉS
Y toda la pandilla.

FABY
Nos han visto... Vamos muy serias, ¿eh?

INÉS
Muy serias. *(Salen por la cristalera, conteniendo la risa.)* ¡No te rías!

FABY. *(Su voz.)*
¡Si no me río!... *(Se pierden sus murmullos.)*

ARTEMIO
¡Estas sí que son diosas! *(Ríen todos.)*

MATILDE
Y Nuria una niña. Le convendrían amiguitas menos crecidas.

NURIA
De mi edad.

MATILDE
Eso.

Nuria. *(Le da un golpecito al móvil.)*
¿Y tú crees que a mi edad no se va con chicos?

Artemio. *(Riendo, a su mujer.)*
¡Respuesta salomónica!

Felipe
Claro, Matilde. Incluso es mejor que sus amigas sean algo mayores. Velarán por ella.

Nuria. *(Con infantil picardía.)*
Eso pienso yo.
(Ganados por su gracejo, ríen todos. Entra por el fondo Margot: una dama cincuentona, más bien angulosa, aunque no fea, evidentemente reteñida y de ostentosos atavíos juveniles, que trae bajo el brazo un periódico.)

Margot
Se bebe y se ríe. La vida es bella.

Felipe
¡Margot!

Artemio
¡Hola, Margot!

Margot
¿Habéis dejado alcohol para mí?

Felipe. *(Le ofrece su copa.)*
Toma. Aún no la he probado.

Margot
Gracias. *(La toma y bebe un sorbito.)* Riquísimo. *(Va a besar a Matilde.)* Estás deslumbradora, Matilde.

Matilde
¡Tú sí que estás hecha un sol!

Margot. *(Ríe.)*
Un sol poniente... A la nena ya la he visto cangurear con el saltador en el parque.

Felipe
¿Cangurear?

MARGOT
Palabra nueva. Es mi oficio.

NURIA
Nueva y estupenda. *(Apura su refresco y deja el vaso en el bar.)* ¡Me voy a la playa! *(Se dirige a la cristalera.)* ¡No olvides tu promesa, padrino!

FELIPE
Cangurearás.
(Risas.)

NURIA. *(Mirando al exterior con interés.)*
Eres un cielo [6]. *(Se vuelve.)* ¿Y Julio? No lo veo en la playa...

MATILDE. *(Después de un momento.)*
Subió a su habitación.

NURIA
¡Qué lástima! Había prometido contarme cosas del Barrio Latino... ¡Hasta luego!
(Y sale rápida. ARTEMIO, que la señalaba, se está riendo en silencio. MATILDE lo mira con frialdad.)

MARGOT
¿Cuál es el chiste?

MATILDE
No hagas caso. Tonterías de éste.

FELIPE
Mil gracias por tu bellísimo artículo, Margot.

MARGOT
¿Ya lo has leído? Te lo traía...
(Enseña el periódico y lo deja sobre la mesita.)

ARTEMIO
En la playa no hemos hecho otra cosa que elogiarte.

---

[6] *cielo:* «Se emplea como 'apelativo cariñoso'» (María Moliner). No figura esta acepción en DRAE; vid. sobre ella Werner Beinhauer, *El español coloquial,* Madrid, Gredos, 1963, pág. 36.

MARGOT. *(Feliz.)*
Me abrumáis... *(Se recuesta en el brazo de una butaca.)*

MATILDE
A mí, hay un párrafo que me enloquece.
(Busca en el periódico.)

ARTEMIO
¿Sólo uno?

MATILDE
¡Todos! Pero hay uno que... Aquí está. *(Lee.)* «Pintura amable, pero eterna. ¿O amable por eterna? ¿O acaso eterna por amable? *(Vehementes asentimientos de* ARTEMIO.*)* Después de tanto feísmo [7] genialoide, hora es de atreverse a aplaudir la semilla de belleza sembrada por los griegos en nuestras Islas y florecida hoy en estas portentosas aguadas que cantan la gracia divina de los cuerpos humanos, la alegría de nuestra prosperidad y el azul remanso de paz donde tenemos el privilegio de vivir. Desde los rostros de estas nereidas y diosecillos sonrientes, es Dios quien nos sonríe.» ¿No te parece un párrafo sensacional, Felipe?

FELIPE. *(Titubea.)*
Toda la crónica me gusta muchísimo.

MARGOT
Pues habrá otra.

FELIPE
Eres un amor.

MARGOT
Te lo mereces. Pero me gustaría que me aclarases un detallito. Hay algo centroeuropeo en tu estilo, y no me he atrevido a precisar porque [8], aunque os parezca increíble, no sé exactamente cuál es tu patria.

---

[7] *feísmo:* «Tendencia artística o literaria que valora estéticamente lo feo» (DRAE, Suplemento).
[8] En las dos primeras ediciones: 'precisar por qué'.

FELIPE. *(Sonríe.)*
Hace años que me lo preguntaste.

MARGOT
¡Curiosidad femenina que tú no te dignaste satisfacer! Pero necesito saberlo para escribir mi otra crónica. Quisiera esmerarme, dejarte muy contento... Todos sabemos que no naciste aquí, aunque te hayas nacionalizado y hables ya sin ningún acento. ¿De dónde eres exactamente?

FELIPE. *(Afable.)*
Esta es mi patria, Margot. Me dejarás más contento si no apuntas influencias extranjeras... Hace ya muchos años que vine a las Islas. Aquí me casé y enviudé, aquí tuve a mis hijos y logré mi modesta fortuna... No merece la pena recordar años anteriores. Tus crónicas son perfectas sin esos pormenores, créeme. Y no pienses que el párrafo no era de mi gusto; simplemente, me ha desconcertado un poco...

MARGOT
¿Por qué?

FELIPE
Yo quería pedirte algo... a favor de Julio.

MARGOT
¡Con mil amores!

FELIPE
Algo que tal vez le ayudase. Pero, después de ese párrafo, no sé si pedírtelo...

MARGOT
Me ofenden esas vacilaciones, Felipe. Soy tu mejor amiga.
(MATILDE sonríe a hurtadillas.)

FELIPE
Verás. Esa otra crónica que tan amablemente me prometes, ¿no podrías dedicársela... cariñosamente... a mi hijo? Comprendo que no debería pedírtelo... Cuando viste las fotos en color que ha traído, me di cuen-

ta de que su pintura no te agradaba. *(A* MATILDE *y* ARTEMIO.*)* Ni a vosotros... Aunque los tres le dedicaseis palabras amables... Pero en París, ya lo sabes, no ha tenido eco. Y para compensarle en lo posible de ello... Bueno, perdona. No he dicho nada.

MARGOT. *(Después de un momento.)*
Llámalo.

ARTEMIO
¡Bravo, Margot!

FELIPE. *(Le toma el rostro con ambas manos y la besa.)*
Eres la bondad personificada. Como si fuese idea tuya, ¿eh?

MARGOT
Descuida. *(Lo barbillea* [9] *con afecto; quizá con excesivo afecto.)*

FELIPE
Voy a llamarlo.
(Ella lo retiene.)

MARGOT
Basta que tú lo quieras y que a él le pueda ayudar. Además, mi criterio es amplio... En ese párrafo he censurado el feísmo por simplificar. Pero cuando hay talento, es admirable. ¡Ahí están Goya y Picasso! *(*FELIPE *asiente y da un paso. Ella vuelve a sujetarlo.)* Y no te librarás por eso de mi nueva crónica...

FELIPE
Eres un encanto.
(Va hacia el fondo. Con el bastón de JULIO *en la mano, aparece por las cortinas* VERÓNICA *y se detiene, inmutada.)*

VERÓNICA
Lo siento... No queríamos importunar. *(Va a salir.)*

---

[9] *barbillear;* 'Rozar cariñosamente la barbilla de alguien'. No figura en DRAE.

FELIPE

¡Al contrario, Verónica! Margot quiere hablar con Julio. ¿Ha bajado contigo?

VERÓNICA

Sí, pero...

FELIPE. (*Levanta la cortina.*)

¿Por qué no entras, Julio? Margot quiere pedirte un favor. (*Aparta algo más la cortina para dejar pasar a su hijo, al tiempo que la luz decrece hasta llegar a la oscuridad total. Durante unos momentos, las voces se cruzan en la tiniebla.*)

MARGOT

¡Qué buen aspecto, Julio! Las Islas te prueban [10].

JULIO. (*Con el leve tono de burla que hay casi siempre en su voz.*)

¿Debería tener mal aspecto?

MARGOT

¡Claro que no! Yo me refería...

JULIO. (*Cortante.*)

Gracias, Margot. No me conduzcas, padre. ¿Está vacía esta butaca?

MATILDE

Sí.

JULIO

Aquí estoy bien. (*Breve pausa.*) Qué hermosa mañana, ¿eh? ¡Y qué sol!

ARTEMIO

¡Muchacho! ¿Lo percibes?

JULIO

Naturalmente, no con los ojos. Para mis ojos ésta es una mañana espléndidamente... oscura. (*Silencio.*)

MATILDE

¿Quieres beber algo, Julio?

---

[10] *probar:* «'Ir. Sentar'. Ser cierta cosa buena o mala para la salud de alguien» (María Moliner).

JULIO
No, muchas gracias.
MATILDE
¿Y tú, Verónica?

VERÓNICA
Gracias. Ahora no. *(Silencio.)*

JULIO. *(Plácido.)*
No me miréis con lástima, por favor.

ARTEMIO
¡Muchacho! Nosotros no...

JULIO
Lo estáis haciendo y no hay por qué. Yo he sido pintor...

MARGOT
¡Lo eres!

JULIO
Tal vez, porque sigo pintando. Y es una bendición. *(Breve silencio. Ríe.)* No comprendéis nada. Pues es paradójico, pero cierto. Resulta que tengo una fantasía muy viva. Imagino pinturas en movimiento. *(Pausa.)* ¿No entendéis? Bueno, no importa.

FELIPE
Yo te entiendo, hijo.

JULIO
Y ante todo, me veo a mí mismo.

ARTEMIO
¿A ti mismo?

JULIO
Sí. En la oscuridad soy, casi siempre, consciente de mi propia imagen.
(Durante estas palabras un foco de lívida luz, que pronto gana fuerza, alumbra su cabeza: la de un sonriente mozo de unos veinticinco años, de cabello y barbita oscuros, en cuyas regulares facciones ponen su nota in-

*quietante unas gafas muy negras que brillan como espe-
jos. Se supone, por el lugar de esta aparición, que* JULIO
se halla sentado en la butaca derecha del tresillo.)

MARGOT
¿Y de las nuestras?

JULIO
También. (*Otro foco rescata de la tiniebla la cabeza
de* MARGOT, *cuyo rostro es, ahora, su propia caricatura. La nariz mucho más picuda, ojuelos diminutos
de largas pestañas pintadas, sangrientos rodales* [11] *de
pepona, ricitos.* JULIO *ríe.*) Sobre todo, cuando me
hablan.

MATILDE
¿Me imaginas a mí ahora?
(*Su cabeza surge de la oscuridad y parece la de una zo-
rra: ojos rasgados y maliciosos, agudo y brillante hocico.
Las gafas han desaparecido y, entre su platinada melena,
asoman las puntiagudas y sedosas orejitas.*)

JULIO. (*Risueño.*)
Sí.

MATILDE
¿Recuerdas mi cara?

JULIO. (*Risita.*)
Y la de todos. Y la casa. (*Extiende una mano.*) Ahí
estaba el móvil de colores.

FELIPE
Y ahí sigue.
(*Su cabeza se ilumina: es él, ahora, quien lleva unas
enormes gafas negras, con talcos laterales; en su piel,
la violácea palidez de un difunto.*)

JULIO. (*Se quita despacio sus gafas y se las guarda.*)
Era muy bello cuando giraba. (*El móvil comienza a
girar; iluminado a su vez, arroja sobre la estancia sus*

---

[11] *rodales:* debe referirse a los círculos encarnados que se pintan en los pómulos de algunas muñecas.

chispazos.) Y sobre la chimenea, la acuarela de los dioses. *(Breve pausa.)* De muchacho me gustaba.

FELIPE
¿Ya no te gusta?

JULIO
¿Cómo puedo saberlo? *(En la clara penumbra causada por los focos es más visible todo. Aunque no directamente alumbradas, se perciben las figuras de ARTEMIO y de VERÓNICA. Él ostenta ahora dos gruesos cuernos de carnero*[12] *y ella, erguida en el fondo, es la única que conserva su rostro normal; pero sus ojos, desmesuradamente abiertos, miran al vacío. Comienzan a filtrarse por los muros frías claridades que resaltan una maraña, antes invisible, de oscuras grietas; algunos muebles brillan extrañamente. Tras las cristaleras, pesadas nubes, cercanas y sombrías, muéstranse traspasadas por azulosos y violáceos fulgores, estáticos y redondos como borrosas lunas. El son de las olas invade la estancia.)* ¿Nadie habla? ¿Volvéis a compadecerme?

MATILDE. *(Mientras asiente.)*
No, no.

ARTEMIO. *(Asintiendo.)*
¡En absoluto!
(MARGOT asiente en silencio.)

JULIO. *(Con irónica sonrisa.)*
¿Qué querías de mí, Margot?

---

[12] Los símbolos oníricos empleados aquí no parecen hallazgos muy felices: que la ligereza de costumbres de Matilde se represente por la máscara de una zorra o que el papel de marido traicionado de Artemio se condense en los aparatosos cuernos, convierte a los personajes en mecánicas alegorías de efecto escénico más que dudoso. El que, después de todo, esto sea un mero producto de la imaginación de Julio, a quien debe achacarse lo convencional de las transformaciones, no disminuye el peligro de que su pretensión esperpéntica y grotesca bordee el terreno, tan próximo, pero tan distinto, del ridículo. Teatralmente, estas escenas no 'funcionaban' cuando se estrenó la obra, y no creo que se debiera tan sólo a defectos de la dirección.

MARGOT. (*Es a* FELIPE *a quien mira y a quien se acerca.*)
Me encantaría hacerte una entrevista para mi periódico.

JULIO
¿Ahora soy noticia?

MARGOT
¿Cómo no? Un pintor que acaba de exponer en París...

JULIO
Y que está ciego. (*La extraña iluminación general gana intensidad.*)

MARGOT. (*Toma una mano de* FELIPE.)
Una dolencia pasajera... Ni pensaba citarla. (*Con arrobo, pone sobre su corazón la mano de* FELIPE. ARTEMIO *se levanta y se acerca a* FELIPE.)

JULIO
Así la llamó tu periódico a mi llegada.

MARGOT
La citó por obligación profesional. Yo escribiría con mayor delicadeza aún.
(FELIPE *la barbillea, afectuoso; pero* ARTEMIO *lo aparta y le lleva junto a* MATILDE, *que se levanta.*)

JULIO
¿No sería engañar al lector? ¿Darle la impresión de que, ya que se habla de mi pintura, nada me sucede?

MARGOT. (*Asintiendo.*)
¡De ningún modo!

FELIPE
¡No, Julio! (*Abraza a* MATILDE, *que se lo come con los ojos, cubriéndola de voraces besos y caricias.*) Es una cuestión de delicadeza. (*Derriba a* MATILDE *sobre el sofá y la sigue besando.*)

ARTEMIO
¡Claro! De delicadeza. (*Aparta a* MARGOT, *cubriéndole los ojos.*)

MARGOT
El lector se hace cargo, sobreentiende.

JULIO. *(Ríe.)*
Yo también sobreentiendo. Al lector se le miente y no se le engaña, porque se hace cargo. Donde dice: «los jóvenes ojos del pintor brillan de fe», el lector comprende que son sus gafas negras las que brillan. Si aludes, muy delicadamente, a mi dolencia pasajera, ya sabrá entender él que estoy más ciego que un topo, aunque, si lo comenta con sus amigos en el golf, no hable de topos, sino de pasajeras dolencias, y el más tonto de ellos quizá piense que tengo gastritis. Y si comentas que mi exposición de París no ha tenido todo el eco que merecía, los listos entenderán que ha sido un fracaso rotundo.

(MATILDE y FELIPE asienten con vehemencia.)

MARGOT. *(Asintiendo.)*
Pero no ha sido un fracaso rotundo...

FELIPE. *(Asintiendo.)*
Ningún fracaso es absoluto, hijo.

JULIO
Debí decir otra pasajera dolencia. Ya comprendo que mi lenguaje no es delicado.

MARGOT. *(Mientras niega con un dedo enérgico y despectivo.)*
Si prefieres que hable de tu ceguera, lo haré.

JULIO
Con tu inspirada pluma, iba a resultar una ceguera muy dulce.

FELIPE. *(Mirando a los ojos de MATILDE, con su boca muy cercana a la de ella.)*
No debes hablar así a Margot. Es nuestra amiga y sólo quiere favorecerte...

JULIO
Y se lo agradezco. Pero no quiero ponerla en el aprie-

to de elogiar una pintura que hasta hoy mismo no le gustaba.

MARGOT. *(A quien* ARTEMIO *sigue tapando los ojos.)*
¡Tu pintura me encanta! *(Se separa de* ARTEMIO *y va a contemplar, arrobada, la acuarela de los dioses.* ARTEMIO *tapa ahora sus propios ojos.)*

FELIPE. *(Entre tanto.)*
Margot está entusiasmada desde que vio las fotos, Julio.

JULIO
¡Qué raro!... No hay dioses griegos en mi pintura, sino larvas. No es amable, ni eterna por amable. No es un... reposo... ¿Cómo decía, Verónica?

VERÓNICA. *(Impasible.)*
Un remanso de paz.
(La luz, saturada de extraños colores, gana intensidad.)

JULIO
Verónica me ha leído tu artículo.

MARGOT. *(Molesta.)*
Siento que no te satisfaga.

JULIO. *(Terminante.)*
Insisto en que no soy noticia. Discúlpame, Margot, y muchas gracias.
(Un silencio tenso.)

MATILDE. *(Acaricia el pecho de* FELIPE.*)*
Deplorable.
*(*JULIO *contiene la risa, que desde hace rato pugna por salirle a borbotones, y se levanta. En cuanto lo hace, todos, menos* VERÓNICA, *caen abyectamente de rodillas ante él.)*

JULIO
Estabais muy alegres en vuestro remanso de paz y he venido a aburriros. Vamos a la playa, Verónica.

MATILDE. *(Va caminando a gatas.* FELIPE *gatea tras ella.)*
No te muevas. Somos nosotros quienes nos vamos.

FELIPE

¿No os animáis a otra copa? *(Y frota su cabeza contra el flanco de* MATILDE.*)*

MARGOT

Gracias. Yo he de volver a la Redacción. *(A gatas, intenta besuquear a* FELIPE. MATILDE *le enseña los dientes amenazantes y ella le saca la lengua.)*

ARTEMIO

Y nosotros, a cambiarnos y a almorzar en el Club. *(Va a incorporarse.* MATILDE *y* FELIPE *se levantan al punto y, agarrándole cada uno por un cuerno, le obligan a arrodillarse de nuevo.* JULIO *ríe. El salón es ya un diamante traspasado de claridades cromáticas y colmado de grietas.)*

FELIPE. *(Entre tanto.)*
Os acompaño arriba.

MARGOT. *(Mientras gatea hacia el fondo.)*
Hasta pronto, Julio. Y piénsalo. Yo mantengo mi oferta... de corazón.

JULIO. *(Muy divertido.)*
Gracias.

ARTEMIO. *(A gatas, conducido por la pareja que, de pie, lo lleva por los cuernos.)*
Claro, Julio. Una crónica de Margot no es de despreciar... Ya verás como, dentro de unos días, se te quitan esas murrias y te pones a pintar. Y Margot a escribir de ti.

MATILDE

Adiós, señorita.

VERÓNICA

Buenos días.
(Salen MARGOT, FELIPE *y el matrimonio. El móvil continúa sus giros.* JULIO *se acerca a él. Tras la orgía luminosa, la penumbra crece de nuevo. Sólo un foco sobre*

las yertas facciones de VERÓNICA. *Aumenta la rumorosa cadencia del mar.)*

JULIO
   ¿Está girando el móvil?

VERÓNICA
   No.
(La luz se extingue. Negrura total.)

JULIO. *(Suspira.)*
   Me gusta ese rumor... Es el rumor de mi niñez.
(De repente vuelve el día y todo luce bajo los raudales de la claridad que entra [13] *por la abierta cristalera.* VE-RÓNICA *está ahora sentada sobre el borde del respaldo del sofá y observa a* JULIO, *que miraba, sin ver, hacia el móvil parado. Con leve sobresalto,* JULIO *percibe este momento de visión, mira aquí y allá, se vuelve hacia* VERÓNICA. *Sus miradas se cruzan.)*

VERÓNICA
   ¿Qué te sucede?

JULIO. *(Desvía la vista.)*
   Nada.
(La luz tiembla y decrece. JULIO *mira a un lado y a otro; parpadea, y los guiños de la luz le secundan. Mantiene los ojos muy abiertos y, por un segundo, parece detenerse la extinción de la luz. De pronto, rápida, torna la oscuridad absoluta ante sus ojos.)*

VERÓNICA
   ¿Has notado algo?

JULIO. *(Turbado.)*
   No.

VERÓNICA
   Me has mirado.

JULIO
   ¿Sí? Sería casual.

---

[13] En las dos primeras ediciones: 'raudales de claridad que entran'. En la tercera: 'raudales de la claridad que entran'.

VERÓNICA
¿Nunca ves nada? ¿Ni siquiera por un momento?

JULIO. *(Vacila.)*
No.
(Vuelven las irreales claridades. El rostro de VERÓNICA, *de nuevo abstraído.)*

VERÓNICA
¿No me engañas?

JULIO
¿Por qué iba a engañarte?
(Cruza para sentarse en el sofá. La luz le va creciendo sobre la figura.)

VERÓNICA
Cuando charlabas con ellos te has reído varias veces.

JULIO
Sí. *(Ríe.)* Sí.

VERÓNICA
Imaginabas.

JULIO
Sí.

VERÓNICA
¿Lo que querías?

JULIO
Sí, por fortuna. *(Breve pausa.)* ¡Lo prefiero así, Verónica! Esos otros fantasmas que a veces se me imponen, ¿de dónde vienen?

VERÓNICA
Sabes muy bien que de tu mente.

JULIO
Parece como si fuesen ellos quienes me imaginasen a mí. *(Con dificultad.)* A menudo son tan verdaderos que... temo.

VERÓNICA
¿Por tu cordura?

JULIO

Confío en conservarla. No creo en espíritus y comprendo que hay rincones en mi cerebro que saben casi más que yo. Son los nidos de esos espectros, que también saben más que yo. Y eso es lo que me inquieta, porque, a veces, parecen traerme advertencias oscuras... *(Extiende una mano, que ella oprime.)* Prefiero las fantasías que yo mismo discurro. Las que me hacen reír.

VERÓNICA

Las que tú dominas.

JULIO. *(Risueño.)*

Sí.

VERÓNICA

¿Me las cuentas?

JULIO

No merece la pena.

VERÓNICA. *(Después de un momento.)*

Los imaginabas grotescos, embusteros y despreciables... Como en una buena farsa de teatro. ¿Me equivoco?

JULIO. *(Reprime su risa.)*

Algo así.

VERÓNICA

Caricaturas.

JULIO

Lo que son. Así los pintaré, si algún día recobro la vista.

VERÓNICA. *(Aunque sin mirarlo, sonríe y se inclina para abrazarlo con ternura.)*

Burguesito...

JULIO. *(Se desprende con brusquedad.)*

¿Burguesito? ¿Porque los veo ridículos? *(Se levanta y pasea.)*

VERÓNICA
Vas a tropezar...

JULIO. *(Mordaz.)*
Veo mejor desde que he cegado. *(Se detiene.)* Y a
ellos también los veo mejor. ¿O prefieres que los
imagine como a esos almibarados diosecillos de mi
padre?

VERÓNICA. *(Sigue mirando al vacío.)*
No.

JULIO
¡Me asombra tu reacción! ¿Cuántas veces no nos ha-
bremos reído juntos de su hipocresía?
*(Iba hacia ella y tropieza con la esquina de un mueble.
Ella se acerca con el bastón y se lo pone en la mano.)*

VERÓNICA
Toma tu bastón.

JULIO
¿Ahora me lo devuelves? ¿Por sarcasmo? *(Lo empuña.)* Está bien, trae. ¿Y qué, si tropiezo? A ellos los
veo con mucha claridad. *(Tanteando con el bastón,
se acerca a VERÓNICA.)* ¡Los veíamos! Y tú me lo
afeas de pronto, como si te hubieras impregnado de
las dulzuras de su famoso remanso de paz...

VERÓNICA
No es eso.

JULIO
¿Entonces?

VERÓNICA
La risa y la sátira son duras, pero saludables... Algunos han sabido mirar de ese modo. Pocos, porque
es una mirada difícil... Es la mirada del desengaño.
Pero, de repente, todos los jovencitos bien alimenta-
dos se han puesto a mirar así.

JULIO
¡Es nuestra mirada!

VERÓNICA

Es una moda. Para probarse a sí mismos la coartada revolucionaria. Despreciando a los burgueses, ya no son burgueses; mirándolos como a gusanos diminutos, ellos son bellos, altos y conscientes... Dioses que, a falta de un Juez divino, juzgan entre risas a esos insectos y les preparan su infierno [14].

JULIO

¿Y no es así?

VERÓNICA

Según quien juzgue y el motivo por el que se juzgue.

JULIO

Si no aprendes a verlos como los bichejos que son, no te atreverás a aplastarlos.

VERÓNICA

¿Bichejos? Terribles alimañanas... a nuestra talla humana. Y muy peligrosas, porque no saben lo que son y se creen nobles almas hasta cuando pecan. Ese error les costará caro, pero a la larga. Hoy los vuelve más fuertes, porque son los señores de la tierra. Reírse de ellos es una facilidad, un escape. Es desdeñar al enemigo para amortiguar el miedo que nos inspira su poder. Tenemos que aprender a combatirlos como a lobos, no como a bichejos. De otro modo, cuando más nos riamos de sus debilidades, nos cortarán la risa y los ánimos con sus dentelladas feroces.

JULIO

¿Conque, según tú, me río de ellos por moda y hasta por miedo?

VERÓNICA

No lo aseguro... Lo temo.

---

[14] El tono discursivo de estos dos últimos parlamentos de Verónica es un ejemplo de esa rigidez del lenguaje de la obra de que he hablado en la introducción. La falta de espontaneidad de las frases las hace propias de un editorial o de un ensayo.

JULIO. *(Con frialdad, después de un momento.)*
¿Estás contra la juventud?

VERÓNICA
¿Eres tú la juventud?

JULIO. *(Desconcertado.)*
Nunca me has hablado así...

VERÓNICA
No. Me uní contigo... como una madrecita... *(Melancólica.)* Lo que los dos necesitábamos. *(Firme.)* Pero mis blanduras maternales te perjudican y debo reprimirlas.

JULIO
También tú eres joven...

VERÓNICA
Por eso puedo juzgar a los jóvenes. A los que nunca padecieron necesidad, sobre todo.

JULIO
¡No es ése mi caso!

VERÓNICA
Algo has sabido conmigo de escaseces. Pero no lo bastante. Porque no ignorabas que tu padre te ayudaría siempre... Que eras un muchacho rico jugando a la pobreza.

JULIO. *(Amargo.)*
Si es eso lo que piensas de mí, debiste quedarte en París.

VERÓNICA. *(Sin mirarlo, se acerca y lo abraza.)*
Julio, vine contigo para ayudarte. Estoy intentando comprender por qué te has quedado ciego. No volverás a ver si no ves primero en tu interior.

JULIO. *(Humilde, casi tierno.)*
Los dos sabemos por qué.

VERÓNICA. *(Duda.)*
...Creemos saberlo. *(Él se aparta, brusco.)*

JULIO

¿No estás segura?

VERÓNICA

Ya no sé nada, Julio. Observo... y empiezo a temer que aquí no curarás. Volvamos a París. Abandónalos a todos en medio de su opulenta lepra.

(Por las cortinas aparece FELIPE, *con las gafas caladas, y avanza en silencio, mal iluminado. Intrigado,* JULIO *se vuelve hacia él.)*

JULIO

Hola.

*(*FELIPE *se detiene.)*

VERÓNICA

¿Me hablas a mí?

JULIO

¿No ha entrado alguien?

VERÓNICA

No.

JULIO

Me pareció escuchar pasos... *(Continúa atento y desconfiado. El padre se acerca a* VERÓNICA, *que lo mira fijamente.* JULIO *se aleja de ellos.)* ¿De verdad quieres tú volver?

VERÓNICA. *(Mira absorta a* FELIPE.)

Contigo sí. *(A espaldas de* VERÓNICA, *la impasible imagen de* FELIPE *le rodea la cintura con los brazos.)*

JULIO

Sabes que yo no quiero... No por ahora. Quizá tampoco quieres tú y hablas así... por fórmula. *(Pasea.)* Dime una cosa: ¿ya no te parecen bichos?

VERÓNICA

Los aborrezco más que tú. Pero de otra manera.

JULIO

De una manera que no te impide encontrarlos incluso agradables. ¿A que encuentras simpático a mi padre?

VERÓNICA

No debes deformarlo para juzgarle. Lo espantoso de tu padre es que es simpático. *(Silencio.* JULIO *se sienta en el sofá y oculta el rostro entre las manos.)* ¿Quieres que demos un paseo por la ciudad?

JULIO

Estoy cansado.

VERÓNICA

¿Te leo algo?

JULIO

No.

VERÓNICA. *(A* FELIPE.*)*

Perdóname...

JULIO. *(Rápido.)*

¿Hay algo que perdonar?

VERÓNICA. *(A* FELIPE.*)*

Si te he disgustado...

JULIO. *(Risita.)*

No.

VERÓNICA. *(A* FELIPE.*)*

Antes me necesitabas más...

JULIO

Nos necesitábamos.

VERÓNICA. *(A* FELIPE.*)*

Yo siempre te necesito. ¿Y tú?

JULIO

Déjame solo.

VERÓNICA. *(A* JULIO.*)*

¿Para siempre?

JULIO. *(Áspero.)*

¿Qué quieres decir?

VERÓNICA. *(A* JULIO.*)*
Hace días que noto tu frialdad. *(Se estrecha contra la inmóvil figura de* FELIPE *y la acaricia.)* Ni siquiera mi cuerpo te interesa. *(Con dificultad.)* Si te estorbo, me iré.

JULIO
Déjame solo, por favor.

VERÓNICA
A esto hemos llegado... Pero quizá tú te acostumbres.

JULIO
¿A qué?

VERÓNICA
A las Islas y a su gente. Eres un muchacho atractivo y adinerado. Te resultará grato sufrir tan confortablemente... Y acaso encuentres a otra muchacha de tu clase...

JULIO
¡Estupendo! Resulta que nos estamos echando en cara la misma debilidad. Tú sospechas que juego a despreciarlos, pero que me adapto. Y yo que no quieres irte, aunque lo digas. *(Ríe.)* ¡Cuánta sospecha! ¿Cuál de los dos tendrá razón?

VERÓNICA
El tiempo lo dirá.

JULIO
Lo dirá, pero aquí. ¡Yo recobraré aquí la visión! ¡Aquí solamente! Yo veré aquí claro, en mi interior y en el de los demás. ¿Lo entiendes?

VERÓNICA. *(Después de mirar a* FELIPE.*)*
No. *(Una pausa.* VERÓNICA *está mirando fascinada a* FELIPE.*)*

JULIO. *(Desgarrado.)*
¡Verónica! ¡Acércate!
*(*VERÓNICA *se desprende de* FELIPE *y va a su lado mirando al vacío.* JULIO *la abraza con pasión, con angus-*

tia; sus manos recorren ávidas la espalda de la mujer.
VERÓNICA *le corresponde con tiernas caricias. La imagen del padre retrocede en silencio y sale por el fondo lentamente.)*

VERÓNICA
¡Julio!

JULIO. *(Oprimiéndole los brazos la separa y se le enfrenta.)*
¿Me estás mirando a los ojos?

VERÓNICA
¡Claro, amor mío!
(Pero no lo mira. Él se aparta y se sienta.)

JULIO
¡Quiero estar solo!

VERÓNICA. *(Mirando al vacío.)*
¿Con tus fantasmas?

JULIO
Cállate.

VERÓNICA
Aunque te torturen, prefiero para ti los que te inquietan a los que inventas para reír. Éstos no te salvarán.
(Sale por las cortinas. JULIO *frunce las cejas, sombrío. Crece el ruido de las olas y una densa penumbra. Segundos después se oye la voz de* NURIA.)*

NURIA
¿Te molesto?
(Repentinas, tornan las claridades irreales. JULIO *levanta la cabeza.)*

JULIO
¿Quién eres?

NURIA
¿No reconoces mi voz?

JULIO
  ¿Nuria?

NURIA
  Sí. *(Un foco la ilumina. Su cara, de suyo infantil, se muestra más aniñada todavía; una redonda carita de muñeca.* JULIO *advierte su extraño atavío; un vestido muy corto y anticuado, propio de una niña de seis años.)* Les he dado esquinazo a mis amigas para volver sola a casa.

JULIO
  ¿Por qué quieres volver sola?

NURIA
  No quiero volver sola.

JULIO
  ¿Entonces?

NURIA. *(Ríe.)*
  ¡Tonto! ¿Nos tomamos un refresco? Vengo muerta de calor. *(Va hacia el bar.)* ¿Qué quieres tú? Yo tomaré naranjada con hielo; mis padres no me dejan beber ni fumar.

JULIO
  ¿Y los obedeces?
(Ha dejado el bastón a un lado. Sus manos juguetean con el cuchillo [15] *damasquinado.)*

NURIA. *(Busca botellas y vasos.)*
  Alguna vez me bebo una copa en las reuniones adonde ellos van. Me han prometido que me dejarán beber un poquito el año que viene.

JULIO
  ¿Y tú lo deseas?

NURIA
  Si no bebes es un fastidio, porque los chicos se ríen de ti. ¿Qué te preparo?

_____
[15] En las dos primeras ediciones: 'cuchillito

JULIO
Naranjada, como tú.

NURIA
¡Viva!

JULIO
Y ellos, ¿por qué beben?

NURIA. *(Echa naranjada en un vaso.)*
¿Los chicos?

JULIO
Nuestros padres.

NURIA. *(Lo piensa.)*
Porque no tienen padres que se lo prohíban.

JULIO
Así que prohíben lo que no son capaces de prohibirse
a sí mismos.

NURIA
¡Me encanta hablar contigo!... ¿Qué haces?

JULIO
Nada.

NURIA
Deja ese puñalito. *(Va hacia él.)* Está muy afilado
y puedes cortarte. *(Se lo quita y vuelve con él al bar.
Allí procede a una extraña operación: se da un tajo en
el brazo con el puñalito y la sangre mana, abundante.
Sobre el vaso vacío la deja caer hasta que se llena.
Gesto desazonado de* JULIO *por lo que imagina)* [16]. Tú

---

[16] Aparte de la interpretación ya sugerida en el prólogo, lo
que aquí se presenta es una de las formas más claras de lo que
los etnógrafos y mitógrafos llaman el «pacto de sangre»: «A, por
ejemplo, bebe la sangre de B. Esto no es nada nuevo; beber
sangre es una forma de comunión muy difundida» (Arthur M.
Hocart, *Mito, ritual y costumbre. Ensayos heterodoxos,* Madrid,
Siglo XXI, 1975, pág. 261; vid. también J. G. Frazer, *Spirits
of the Corn,* II, *The Golden Bough,* VIII, págs. 154-156. Otras
referencias al hecho de beber sangre, con distintas finalidades,
recoge Frazer en I, págs. 381-383; III, pág. 251, y VIII, pági-

sabes más que todos ellos. Y más que yo. *(Va hacia él con los dos vasos.)* Yo... te estaría escuchando siempre. *(Se sienta a su lado, toma una mano de* JULIO *y le hace coger el vaso de sangre.)* ¿Brindamos por nosotros dos?

JULIO

Por nosotros dos.
(Beben.)

NURIA

¿Sabes que a los ocho años me enamoré de ti?

JULIO

¿Bromeas?

NURIA. *(Ríe.)*

¡Te lo prometo! Pensando en ti no dormía. Y buscaba los sitios desde donde podía verte pasar... ¿No lo notaste?

JULIO

No.

NURIA

Es natural. ¡Cualquiera se atrevía a hablarte! Con tus dieciocho años me parecías un hombretón... Una vez me diste un caramelo. Me gustaban a rabiar, ¿sabes?

JULIO

De que te gustaban sí me acuerdo.

NURIA

Pues no me lo comí.

---

nas 148-151). El objetivo suele ser lograr una íntima hermandad. El proceso descrito por Buero tiene un extraordinario parecido con uno de los ritos de iniciación de los aborígenes australianos: uno de los hermanos del iniciado toma una vasija, «se clava un hueso en la parte más alta [del brazo] y coloca el brazo sobre la vasija hasta que una cierta cantidad de sangre ha escurrido... El muchacho bebe un trago» (Joseph Campbell, *El héroe de las mil caras*, México, Fondo de Cultura Económica, 1972, pág. 131).

JULIO
¿No?

NURIA
Lo acariciaba cada día, hasta que se puso pringoso y sucio. Entonces, sí me lo comí. ¿Y sabes de qué modo?

JULIO
No...

NURIA
Me puse de rodillas, cerré los ojos, me metí el caramelo en la boca y recé. *(Breve pausa.)* Te recé.

JULIO
¡Qué disparate!

NURIA
¿Tú crees?
(Pausa. El móvil inicia lentos giros. JULIO bebe un sorbo. Ella asiente al verlo, turbada. JULIO apura de un trago el resto del vaso y ella respira hondo, con los ojos cerrados, echando hacia atrás la cabeza.)

JULIO
Fantasías pueriles...

NURIA. *(Bebe el resto de su vaso, toma el de JULIO y vuelve al bar para dejar ambos.)*
¿Tú me recuerdas, Julio?

JULIO
Me acuerdo de aquella niña. Aunque también he visto fotos tuyas más recientes...

NURIA. *(Va hacia él.)*
He crecido. *(Silencio.)* Voy a cumplir quince años.
(Está a sus espaldas, tras el respaldo del sofá.)

JULIO
Una niña de quince años...

NURIA
Ahora ya no hay tanta distancia como entonces, y

dentro de unos años habrá menos. Y yo sabré más cosas y podremos hablar de todo como buenos amigos.
(Da la vuelta al sofá. Vuelve a sentarse a su lado.)

JULIO
¿No es penoso hablar con un ciego?

NURIA. *(Risueña.)*
¡Si vas a curar!

JULIO
Tal vez no.

NURIA. *(Ríe.)*
Sí que curarás. *(Grave.)* Y aunque no curases..., yo nunca me cansaría de hablar contigo.
(Le toma una mano. Él se envara.)

JULIO. *(Frío.)*
Gracias. *(Se levanta y va, tanteando con su bastón, hacia la cristalera. Ante ella recibe el aire marino y el rumor de las olas.)* Te parece fácil. Quizá lo fuese. Con dinero abundante, criados... Amistades divertidas, constantes distracciones... Puede que resultase muy romántico vivir junto a un ciego. Las novelitas que lees cuentan esas cosas... Historias sentimentales para niñas sin problemas.

NURIA
¿Crees que no sería capaz de hacerlo sin dinero?

JULIO. *(Riendo.)*
¿Otra novelita?

NURIA
Pues con dinero, Julio... ¿Por qué no? Yo estoy contenta de que nuestros padres sean ricos; eso facilita las cosas. Ahora da alegría tener dinero: todo el mundo lo va teniendo. Los pobres ya no son tan pobres.

JULIO
No digas tonterías.

NURIA
Papá sabe mucho de economía y lo dice.

JULIO
Porque quiere engañarse. O engañar.

NURIA
Ya sé que hay pobres. Pero cada día están mejor atendidos... En casa se hacen muchas caridades. (JULIO *emite un gruñido burlón. El móvil está girando más aprisa. Vivamente alumbrado ahora, proyecta alrededor sus destellos coloreados.*) ¡Es tan bonita la vida, Julio! Cuando vuelvas a ver lo comprenderás. ¡Y mi cara también es bonita, según dicen! (*Se quita la máscara, que abandona sobre el sofá, y empieza a levantarse.*) Ya no es la de aquella muñequita que tú recuerdas. (JULIO *ríe levemente.*) A tu padre le gusta mucho pintarla... Si quieres, tú también la pintarás. ¡Y yo pintaré la tuya!

JULIO
¿Tú pintas?

NURIA. (*Risueña.*)
Acuarelas... ¡muy malas! Tu padre me ha dado algunas lecciones... Y tú me las podrías seguir dando. Esa novia que has traído es guapa, pero ¿no es bastante mayor que tú?

JULIO. (*Conteniendo la risa.*)
Sí.

NURIA
No podrá servirte muchos años de modelo... (JULIO *ríe a carcajadas.*) ¡No te rías! ¡Ya no soy una niña!

JULIO
No quieres que te trate como a una niña... Está bien. Te hablaré como a una mujer.

NURIA. (*Se acerca.*)
Lo prefiero.

JULIO
Tus padres se escandalizarían y me dirían: ¿cómo te atreves a marchitar la alegría de una niña con tus resentimientos?

NURIA. *(Baja la voz.)*
¡Soy una mujer!

JULIO
Sin duda, sin duda... ¿Oyes las olas?

NURIA
Sí.

JULIO
¡Qué paz, qué gozo da respirar en estas playas!

NURIA. *(Conmovida y contenta.)*
¡Julio!
(Llega a su lado y desliza su brazo bajo el de él.)

JULIO
La gente es feliz. Nadan, ríen, juegan... Tú también lo eres, con tu lieguecito al lado, jugando a la heroína de novela. No hay nada que temer. Esta tarde montarás en bicicleta, o jugarás al tenis...

NURIA
O volveré con mi lieguecito, si él quiere.

JULIO
Y si da tiempo.

NURIA
No te entiendo.

JULIO
Podemos estallar dentro de unos minutos. Supongo que lo sabes.

NURIA. *(Asustada.)*
¿De qué hablas?

JULIO
En ese cielo tan brillante hay aviones. Todos los días pasan cerca de la playa, cargados de bombas.

NURIA. *(Tranquilizada.)*

¡Ah, sí!... El peligro nuclear. ¿No crees que se exagera? Un accidente encima de nosotros sería mucha casualidad... Y aunque sucediese hay precauciones, las bombas no pueden estallar sin sus fulminantes... Todo el mundo sabe eso.

JULIO

Pueden arrojarlas a propósito.

NURIA

¡No!

JULIO

¿Por qué no?

NURIA

¡No hay guerra!

JULIO

¿Cómo lo sabes? Cuando se declare una nueva guerra mundial, quizá no nos avisen. Tal vez no dé tiempo... ni a declararla. ¿Cómo estar seguros de que la televisión no lo está diciendo ahora mismo, minutos antes de que enmudezca bajo otra bomba?

NURIA

¿Hablas en serio?

JULIO

Acaso los aviones se acercan ya y sólo nos quedan segundos de vida.

NURIA

¡Estás delirando! ¡No pasa nada! ¡Y si pasase, lo sabríamos y escaparíamos!

JULIO

¿Adónde?
(Silencio.)

NURIA. *(Temblorosa, intenta sonreír y aleja a* JULIO *unos pasos de la cristalera.)*

Julio, es natural que tengas esas ideas negras. Pronto

se te pasarán. Todos te queremos y no sucede nada.
¡No está cayendo ninguna bomba!

JULIO
Hace años que está cayendo. Y no hay quien la detenga. Se acerca, girando vertiginosa como un asteroide que nos fuese a despedazar... *(Ríe.)* Girando como ese móvil.

NURIA. *(Ríe nerviosa.)*
Te estás riendo de mí... El móvil no gira ahora y, cuando lo hace, da gozo verlo.
(El móvil gira velozmente.)

JULIO
Da tanto gozo como mirar a ese azul de acuarela lleno de aviones, ¿no?

NURIA
¿Otra vez los aviones? ¡Te voy a pellizcar!
(Lo hace.)

JULIO. *(Risueño.)*
¿Te disgusta? Lavamos la acuarela y los borramos.
¿Contenta?

NURIA. *(Alegre, baila con él a la rueda.)*
¡Se acabaron! ¡Ni se les oye! No hay nada más que un cielo maravilloso.

JULIO. *(Riendo, aumenta la velocidad de las vueltas.)*
¡Y contaminado!
(NURIA va parando.)

NURIA
¿Contaminado? *(Se para.)* Un poco sucio, pero en las ciudades...

JULIO. *(Sonriente, se suelta de las manos de NURIA con un ademán brusco y va a recostarse a la pared del fondo.)*
Ya no queda lugar en la tierra donde no se respire muerte. Ese azul transparente que ves también está envilecido. Todo el aire que la naturaleza purifica

no basta ya a renovar el que ensuciamos cada día. Son datos matemáticos: los han revelado los científicos. ¿Borramos el aire de la acuarela?

NURIA. *(Avanza hacia el sofá, en cuyo respaldo se apoya.)*
Te estás burlando de mí.

JULIO
Nos queda el agua. No menos azul, no menos podrida. Sus algas, que regeneraban casi todo el oxígeno de la atmósfera, se están muriendo. También los peces. Porque el agua es su aire y se lo hemos colmado de ácidos. Pero los hombres no son sólo unos asesinos. Son también suicidas. Cuanta más natalidad, más miseria. A mejores medicinas, más radiaciones mortales en los huesos y en el sexo de sus hijitos...

NURIA. *(Va hacia el bar, donde se apoya.)*
¡Julio, por favor!...

JULIO
Dentro de cuarenta años habrá ocho mil millones de seres humanos. Más del doble que hoy. Si es que todavía respiran algo que se parezca al aire, nuestra pobre tierra ya no les podrá dar de comer. Todo esto se llama Ecología: una ciencia importante. Desde hace años se reúnen en conferencia profesores muy bien pagados para estudiar qué se podría hacer. Lo seguirán estudiando...

NURIA. *(Casi grita.)*
¡No entiendo!...

JULIO. *(Seco.)*
Pues no te preocupes. Puede que ya no nos queden cuarenta años y no llegues a ver a tus hijos matarse por un pedazo de pan adulterado y racionado, o matarte para arrebatar el tuyo de tu boca. Quizá esas bombas que giran y se acercan lo resuelvan mucho antes. *(Orienta su rostro hacia el móvil, que salpica de centellas la estancia. NURIA emite un sollozo, se*

derrumba sobre el sofá y procura, en vano, volverse a cubrir con la máscara infantil.) No llores... Yo te quiero... como a una hermanita. Tú deberías salvarte de esa... ceguera azul que a todos nos han destinado. Yo ya me escapé de ella, ya estoy en la mía. Negra. *(Todas las luces se extinguen rápidamente. Oscuridad total.)* Y plácida. ¿Oyes las olas? El mar es una madre que nos canta... [17]. Deberíamos obedecerla... y dormir.

(Silencio. Vuelven a oírse, de pronto, los desgarrados sollozos de NURIA.)

NURIA

¡Julio!

JULIO

No quiero hacerte daño. Lo que quiero es luchar contra el daño que te están haciendo. Pero si no puedes soportarlo, olvida y vuelve a tus juegos infantiles. *(Otra pausa, entrecortada por los gemidos de* NURIA.) Tú has querido que te hablase como a una mujer...

(Llena de contenida irritación se oye entonces, en la tiniebla, la clara voz de FELIPE.)

FELIPE

¡Pues has hecho muy mal!

(Un foco ilumina a FELIPE, *que aparece con su extraña lividez y sus gafas oscuras.* NURIA *está en sus brazos. Vuelven las claridades irreales. El móvil ya no gira.)*

JULIO. *(Se siente burlado.)*

¿Desde cuándo estás aquí?

FELIPE

¡Qué importa! ¡Ya te he oído lo bastante!

---

[17] Abundando en lo dicho en la introducción, conviene precisar que la ecuación mar = madre no es arbitraria: «el mar es un símbolo materno» (C. Feal Deibe, *Eros y Lorca*, cit., pág. 20); «todas las aguas... son símbolos universales del agua en que realmente hemos habitado, de la cual realmente venimos —el agua amniótica.... El agua, por consiguiente, representa a la madre prenatal» (Marie Bonaparte, «The Legend of the Unfathomable Water», cit. en *ídem*, pág. 28, nota 3).

JULIO

¡Nuria! ¡No me has avisado!

NURIA

Tu padre me ordenó callar...

FELIPE

Y también hice mal; debí interrumpirte antes. Pero
he querido cerciorarme... No podía creer que fueses
capaz...

JULIO. (*Burlón.*)

¿De marchitar la alegría de una niña con mis resentimientos?

FELIPE

¡Bribón! ¡No mereces lo que todos estamos haciendo
por ti! ¡Ni el afecto de esta niña, ni...!

JULIO. (*Casi riendo, avanza hacia el primer término.*)

¡Ni el tuyo!

FELIPE

Olvida sus palabras, nena. ¡Te juro que son falsas!
Y cálmate... No llores más. Toma mi pañuelo. (*Le
toma la máscara, que ella retenía en sus manos, y se
la pone suavemente.* JULIO *sonríe.*) Y ahora vuelve
a tu casa. ¡Y a tus juegos, y a tu risa! ¡Tu risa es
buena y limpia! (*Risueño.*) Nada malo te sucederá;
ni tus padres ni yo lo permitiríamos. Serás feliz, ya
lo verás. El mundo no es como este imbécil lo des-
cribe... Ea. Todo pasó. (*Cariñoso, empuja a* NURIA
hacia las cortinas.) Ve con tus padres... Déjame con
él. Tengo yo que decirle algunas cosas. Mi sirenita...
Mañana será tuyo algo... que te gusta con delirio...
Te lo prometo.

(*Ella va a salir y se detiene.*)

NURIA

No le riñas... Habla así porque sufre.

JULIO. (*Grave.*)

Gracias, Nuria.

FELIPE

No te apenes tú por nada, nena... Adiós... (*La besa.
Ella sale por las cortinas. Una pausa. La espectral
iluminación aumenta. Con leves tanteos,* JULIO *se encamina al bar y se recuesta en el mostrador, de cara
al frente.*) No quiero reñirte. Ella tiene razón. Sufres
y yo sufro contigo, hijo mío; más de lo que piensas.
Los hijos son... toda nuestra vida. Y la daríamos por
vosotros. Sin vacilar.

(JULIO *ríe quedamente.* FELIPE *avanza hacia el tresillo.*)

JULIO

No te preocupes demasiado por mí. Te he salido dís-
colo: mala suerte. Por fortuna tienes a mi hermano,
que es un modelo de virtudes.

FELIPE

No pienses que lo prefiero. En tu espíritu hay una
luz que él no tiene. ¿Crees que no lo sé?

JULIO

Gracias.

FELIPE. (*Se sienta en el sofá.*)

No voy a reprocharte nada. Pero sí quiero rogarte
algo.

JULIO

¿Te has sentado?

FELIPE

Sí.

JULIO

Voy aprendiendo.

FELIPE. (*Suspira.*)

Te decía que quiero rogarte algo... No tienes el derecho de turbarla, de entristecerla... No hables así a
Nuria.

JULIO

Es natural que me hayas hablado con tanta ira, aunque nunca lo hayas hecho antes... No te disculpes.

FELIPE

¡No me disculpo!

JULIO

Te disculpas ante ti mismo por haberle levantado la
voz a tu hijo ciego.

FELIPE

Hazte cargo. Me sublevó esa crueldad tuya con la
nena...

JULIO

¡Sí lo comprendo! Defendías a otro hijo tuyo.

FELIPE

¿A otro hijo? ¿Qué tiene que ver tu hermano...?

JULIO

Me refiero a Nuria. Era natural que te irritases al
ver llorar a tu hija.

FELIPE. *(Se levanta.)*

¿Qué dices?

JULIO

¿Te has levantado?

FELIPE

¡Sí!

JULIO. *(Asiente, satisfecho.)*

¿Me creías ignorante de que eres su padre? ¡Si es
la evidencia misma! No hay más que ver cómo la
tratas y la defiendes, incluso contra tu hijo predilecto.

FELIPE. *(Descompuesto.)*

¡Eso es mentira!

JULIO

No me llames embustero, padre. Está feo, porque
sabes que no lo soy.

FELIPE

¿Estás loco? ¡Nuria es mi ahijada!

JULIO
Eres su padrino porque eres su padre. De muchacho
te he visto buscar la mano de Matilde, abrazarla y
besarla, separarte aprisa de ella porque entraba el
marido... De niños somos espías. No nos véis, pero
nosotros sí os vemos.

FELIPE. (*Balbuciente.*)
¡No sabéis lo que veis! ¡Confundís bromas, besos
amistosos, con...!

JULIO. (*Sarcástico.*)
¿Amistosos?

FELIPE. (*Pasea, agitado.*)
¿Qué entiende un muchacho? En todas partes ve
sexo, porque ya le inquieta el sexo...

JULIO
Ve sexo porque lo hay. ¡Si también es natural! Costumbres de ricachones despreocupados. Cuando te
acuestas con la mujer de tu mejor amigo no haces
más que seguir la moda. Para ti, una moda. fácil, pues
siempre fuiste un conquistador... Juraría que esa pobre boba de Margot es otra antigua conquista: se
desvive por complacerte con sus crónicas dulzarronas,
quién sabe si buscando que se las pagues accediendo
a recordarle viejos ardores... Pero, eso sí, hay que
callar. O aplicar vuestro asombroso lenguaje. La caricia obscena es un beso amistoso; la traición al
amigo, piedad por una mujer insatisfecha. Una piedad deliciosa, pues tal vez no hay ni traición y el
amigo lo consiente...

FELIPE. (*Que se detuvo a escucharlo.*)
Escucha, Julio...

JULIO
Y la hija es ahijada. (FELIPE *se vuelve a sentar.*)
¡Todo, antes de que vuestro bello pantano se re-
mueva!

FELIPE

Julio, esta conversación es absurda. No tienes ninguna prueba de lo que has dicho y yo no reconozco nada. Espero que no lo olvides y que seas discreto.

JULIO

Callaré... Esa pobre niña me da lástima. La habéis deformado tanto que no resistiría la verdad. Sólo se le pueden ir dando pequeñas verdades... Y esperar a que madure para tratar de que comprenda.

FELIPE

Confío en que no estés aquí para entonces.

JULIO

Yo también.

FELIPE. *(Suspira.)*

Hijo, ven a mi lado. Hablemos.

JULIO

Aquí estoy bien.

FELIPE

Lo más importante ahora es tu curación. Ya hace veinte días que estás enfermo...

JULIO

Ciego.

FELIPE

Al parecer, porque quieres. Te llevé en París a un oculista y a tres médicos: todos coincidieron. Ceguera psíquica.

JULIO

Histérica.

FELIPE

No me asustan las palabras. Elijo otras por esa delicadeza que para ti sólo es hipocresía. Cuando tu novia...

JULIO

Mi amante.

FELIPE

Cuando Verónica me envió el telegrama llevabas enfermo varios días. Corrí a tu lado y os traje a los dos conmigo para que descansaras.

JULIO

¿Por qué a ella también?

FELIPE. *(Asombrado.)*

¡Tú mismo lo pediste!

JULIO. *(Después de un momento.)*

Cierto. Adelante.

FELIPE

Llevas aquí ocho días. Tus ojos están sanos. ¿No has tenido ningún momento de visión normal?

(Breve pausa.)

JULIO

No.

FELIPE

Uno de los médicos indicó que podrías tenerlos.

JULIO. *(Después de un momento.)*

¿Eso es todo?

FELIPE

Quisiera rogarte por segunda vez que visitases al psiquiatra.

JULIO. *(Riendo.)*

¡Lo esperaba!

FELIPE

¡Es un médico excelente!

JULIO

No quiero un psiquiatra de ricos.

FELIPE

Tú no eres pobre.

JULIO

No. Yo soy tu hijo. Hablemos de otra cosa.
(Breve pausa.)

FELIPE

Como tú no querías, lo he visitado yo. *(Con irritada sorpresa,* JULIO *se vuelve hacia él.)* No te traicionaba: en la Isla no es un secreto lo que te pasa. Y quería saber su opinión.

JULIO. *(Glacial.)*

Qué interesante.

FELIPE

Le he preguntado si podría exponértela... Ha dicho que sí. (JULIO *se sienta en la butaca derecha del tresillo.)* La hipótesis puede molestarte... Pero también te puede ayudar.

JULIO

¡Cuánto circunloquio!

FELIPE

¿Has reparado en lo curioso de la coincidencia? Cuando tú inaugurabas tu exposición, yo me disponía a abrir aquí la mía.

JULIO

¿Y qué?

FELIPE

Por supuesto, ahí termina la coincidencia y empiezan las diferencias. Yo soy un aficionado sin pretensiones: expongo en este rincón por divertirme y tú allá, de cara al mundo, para conquistarlo...

JULIO. *(Risita.)*

Te ayudaré. Tu exposición triunfa y la mía se hunde. ¿Voy bien?

FELIPE

¡Ojalá hubiera sido al revés! Si mis acuarelas no gustasen, poco me importaría. *(Grave.)* Yo no habría cegado.

JULIO. (*Da un respingo.*)
¿Qué?

FELIPE
No te exaltes... Piensa conmigo.

JULIO
¿Y con el psiquiatra?

FELIPE
Y con el psiquiatra.

JULIO. (*Le asoma la risa.*)
¿Suponéis que he cegado por ese fracaso?

FELIPE
En cierto modo...

JULIO
No veo la relación. Aunque fracasase, ¿por qué cegar?

FELIPE
Porque dudas de ti. ¡Pero dudar es el mejor de los indicios! Los más grandes creadores sufren tremendos desalientos... Tú has dudado... desde pequeñín. Nunca haré esto, me decías, llorando, ante la pulcritud académica de mis acuarelas. Y yo me reía y te contestaba: los mejores pintores no son los más perfectos. Harás cosas mucho mejores. ¡Y ya las haces! Pero cualquier revés te sume de nuevo en tu negro pesimismo... En tu nobilísima duda. ¡Ah!... Si yo la sufriera, en vez de envanecerme como un chiquillo con mis relamidos cuadritos, sería un gran pintor. (*Se incorpora y se sienta cerca de* JULIO.) Vales mucho más que yo y tus ojos deben abrirse de nuevo. Mi ridículo éxito nada vale al lado de tu supuesto fracaso.

JULIO. (*Se cruza de brazos, risueño.*)
Vamos a ver si he entendido. ¿Queréis decir, tú y el psiquiatra, que la envidia por el éxito de tu exposición me ha hecho cegar?

FELIPE. *(Titubea.)*
Deberías hablar con él... Yo no lo expreso bien. Él habló, sobre todo, de tus dudas... técnicas, y del trauma causado por el fracaso de la tuya.

JULIO
Pero no cegué ante las malas críticas ni ante la sala vacía, sino mucho después. Y tú ya me habías escrito dándome cuenta de tu éxito.

FELIPE
No debí mandarte aquella carta engreída y tonta.

JULIO. *(Se ríe en silencio, cada vez más.)*
No era engreída. Era modesta y sencilla.

FELIPE
¡No me vas a decir que cegaste después de leerla!

JULIO
Al día siguiente.

FELIPE. *(Desconcertado.)*
Bueno, si tú mismo lo admites... (JULIO *rompe a reír inconteniblemente.)* Pero es la duda, dudar de ti, sobre todo, lo que...
(JULIO *sigue riendo. Entre carcajadas se levanta y pasea.)*

JULIO
¡Qué confortables son vuestros psiquiatras! Nada grave: una crisis de sensibilidad debida al talento del muchacho y a sus dudas de creador. Y algo de envidia al padre también, lo cual no es deshonroso: resulta muy elegante y muy psicoanalítico. Si el chico lo comprende, se incorporará de nuevo a la vida. *(Se vuelve hacia su padre.)* Podrá volver a ser un alegre personaje... de la acuarela. *(Se acerca.)* Durante estos ocho días no me he decidido a hablarte. *(Cruza hacia el bar, donde se recuesta.)* Ahora tendrás que escucharme a mí, padre.
(*Durante estas palabras se abre, en el primer término y ante la mesita, un oscuro hueco rectangular en el*

271

*que, algo más tarde, empieza a crecer una vaga clari-
dad violácea.)*

FELIPE

¡No deseo otra cosa!

JULIO

Tú fuiste para mí un dios. De tu mano, cuando niño,
me sentía invulnerable. Tú me enseñabas el mundo, lo
creabas para mis ojos, y yo veía que era bueno. Después, crecí...

FELIPE

Y yo disminuí. (JULIO *asiente en silencio.)* No hay
que divinizar a los padres. Todos los muchachos pa-
decen esa decepción: es el principio de la madurez.
Prefiero que me creas un ser humano, con sus defec-
tillos... Lo mismo que el mundo.

JULIO

¿Lo mismo que el mundo?

FELIPE

También viste que no era bueno, pero no es tan malo como lo describes. Los hombres saben y pueden
más cada día. Nuestra felicidad en estas Islas es una
de sus conquistas. Y ya hay muchos lugares como
éste.

JULIO

Padre, tú sabes que eso no es cierto.

FELIPE

¡Lo creo firmemente!

JULIO

Tú sabes que hay hambre, miseria, radiaciones; que
la tierra está contaminada y que vamos hacia la hecatombe general.

FELIPE

Ya te oí antes todo eso. ¡Hay mucho dinero dedicado al estudio de esos problemas y se resolverán!

JULIO

Nunca el necesario, porque hay mucho más dedicado a los armamentos. Y con éstos se cierra la trampa. Si la paz dura, envenenaremos el mar, el aire y los alimentos; si no dura, miles de bombas nucleares saldrán de sus almacenes y nos abrasarán.

FELIPE

No saldrán. Hay más que suficientes para arrasar cinco planetas como el nuestro.

JULIO

¿Y eso es una garantía?

FELIPE

¡Nadie está tan loco para iniciar un desastre en el que sabe que él también caerá!

JULIO

Pero hay locos... Y el temor los multiplica... Y también hay accidentes. De vez en cuando, estalla un polvorín. Y la tierra es hoy un polvorín gigantesco.

(El móvil inicia lentos giros.)

FELIPE. *(Firme.)*

También son gigantescas las precauciones. Se evitará ese peligro. No habrá más que guerras localizadas. Y aquí no la hay.

JULIO

¡Porque ya la hubo!... Tu paz es ficticia. La guerra nos acecha. Siempre vuelve a estallar bajo nuestros pies. ¡Y tú la hiciste, padre! Tú eres guerra.

FELIPE. *(Se levanta. Pasea.)*

¡No! Tuve que hacerla, pero amaba la paz. Y en cuanto pude, la busqué. Aquí. Para dársela a los hijos que quería engendrar. Olvidé aquel horror, me nacionalicé, me casé, ayudé a crear prosperidad... Encontré la paz y te la brindo. Acepta la que te rodea, ya que tienes el privilegio de gozarla. Y confía en ella: la paz crea paz. Aquí hubo guerra, cierto. Un barrio entero de la ciudad fue destrozado. ¿Y qué? Ahora es el más bello parque de todas las Islas.

(*Se detiene bajo el móvil, que gira más aprisa. En el mortecino fulgor del hueco del primer término, una sombra se perfila: un hombre, desnudo de medio cuerpo, al que por el momento se distingue mal. Su cabeza y hombros surgen suavemente; luego permanece de frente, inmóvil y con el rostro levantado.* JULIO *lo mira durante unos segundos.*)

JULIO. (*Va a sentarse.*)
Tú eras teniente en la guerra mundial.

FELIPE
Sí.

JULIO
Y al final te ascendieron a capitán.

FELIPE
¿Qué importa ya eso?

JULIO
Capitán del Servicio de Inteligencia.

FELIPE
Así es. No recuerdo habértelo dicho...

JULIO
Y estuviste en Wessels. (*Silencio.*) ¿No?

FELIPE
Estuve en tantos sitios... ¿Wessels?

JULIO
¿No recuerdas esa ciudad?

FELIPE
Estuve en ella, sí. ¿Te lo he contado alguna vez?

JULIO
Tú no.
(FELIPE *se acerca al tresillo.*)

FELIPE
Entonces, ¿quién?

JULIO
Un muchacho, en París.

FELIPE
¿Un muchacho?

JULIO
Un joven músico, de Wessels. Tiene mucho talento y muy poca salud. Ambas cosas las heredó de su padre.
(El hombre inmóvil en el hueco del suelo empieza a emerger despacio, crecientemente iluminado. Sus ojos, que nunca pestañean, carecen de pupilas.)

FELIPE
¡Qué coincidencia más extraordinaria!

JULIO
Lo mismo pensé yo.

FELIPE. *(Se sienta, risueño.)*
Pero, si es de tu edad, ¿cómo puede conocerme?

JULIO
Un día me confesó que, al principio, buscó mi amistad porque le había intrigado mi apellido... Tu apellido. Y cuando me visitó por primera vez, vio tu retrato sobre mi mesa. Entonces te reconoció.
(El hombre semidesnudo se eleva aún más. Ahora se le distingue mejor: flaco, macilento, despeinado, con barba de días y oscuras ojeras, muestra su tronco, brazos y cara atrozmente cubiertos de innumerables surcos y llagas, de los que parten largos regueros de sangre coagulada.)

FELIPE
¿A mí?

JULIO
Su padre había encontrado y conservado un boletín militar donde publicaron tu fotografía y tu ascenso.

Yo lo he visto. Estabas de uniforme, con treinta años menos. Y tu apellido al pie.
(Vivamente iluminado, el móvil proyecta ahora sus enloquecidos relumbres.)

FELIPE
¿Quién es su padre?

JULIO
Era... Una mujer abnegada se casó con él al terminar la guerra, pero estaba destrozado y no tardó en morir. Mi amigo tenía dos años cuando se quedó huérfano; su madre y sus compatriotas se lo han contado todo. *(Breve· pausa.)* Todo lo que le hiciste tú.

FELIPE. *(Sin voz.)*
¿Qué...?
(Iluminado vivamente, el hombre lacerado emerge del todo, al tiempo que la claridad del hueco se extingue.)

JULIO
No te alarmes. Ya no es fácil reunir pruebas contra ti y mi amigo juzga inútil vengarse... *(Se levanta y pasea, agitado.)* Como otros muchos, prefiere escupir sobre vosotros y seguir adelante. Sólo que... tampoco puede. Me lo reveló todo para desahogar contra mí su rencor. Después hemos llorado los dos por su padre, ante ese boletín... Y yo también lloraba por ti. *(Está llorando.)* Ni él ni yo hemos podido superarlo... Nuestra amistad ha cesado. *(Considera la imagen del torturado y se acerca a su padre.)* ¿Cómo le torturaste, padre? ¿El foco de luz, primero? ¿A latigazos, después? ¿Corrientes eléctricas? ¿Le arrancaste las uñas? Quizá ni lo recuerdes. ¡Debieron de ser tantos!

FELIPE. *(Con dificultad.)*
Yo... no toqué a nadie.

JULIO
Por supuesto. Otros lo harían bajo tus órdenes. Tú eras el cerebro.
(Pasea, nervioso.)

FELIPE

No fue como tú piensas... Se exagera...

JULIO. *(Frío.)*

Seguro. Yo lo imagino cubierto de sangre. Tal vez
no hubo sangre; sólo electricidad, o baños helados, o
azotes con toallas húmedas...

FELIPE

Déjame explicarte...

JULIO

¿Vas a negar? Dilo: mi amigo se engaña, su padre te
confundió con otro... ¿Lo dices?

FELIPE. *(Baja la cabeza.)*

Cumplía con mi deber.

JULIO. *(Mordaz.)*

¿Tu deber?

FELIPE

La ciudad estaba infestada de resistentes... Asesina-
ban todos los días a nuestros soldados por la espalda,
ponían bombas en los cuarteles y en los trenes, eje-
cutaban a nuestros oficiales... Recibimos confidencias
de que preparaban una acción muy peligrosa... que
nos costaría muchas vidas. Para obligarles a hablar,
tuvimos que ser duros con los enlaces [18] que captu-
ramos. Fue espantoso, lo sé. Pero te ruego que lo
comprendas... Había que salvar a miles de nuestros
soldados.

JULIO

Para que siguiesen, a su vez, matando, violando y tor-
turando.

FELIPE

El enemigo también torturaba...

---

[18] *enlace:* «Persona que en una organización, particularmente
una organización secreta, sirve para mantener la comunicación
entre elementos que no pueden verse o hablarse directamente»
(María Moliner). No figura esta acepción en DRAE, pero la
Academia ha aprobado ya su inclusión; vid. BRAE, LIII, 1973,
página 78.

JULIO

¡La guerra!

FELIPE. *(Asiente, sombrío.)*

Hace tantos años... La guerra nos vuelve a todos muy distintos. Y a ti también te habría vuelto diferente, si la hubieras hecho. Olvídala, hijo mío, y esperemos que nunca vuelva. Yo ya no soy aquél.

JULIO

¡Nunca ha terminado! ¡En este mismo instante, otros polizontes uniformados como tú apalean, usan la picana! [19] ¡Otros flamantes oficiales, otros civiles sonrientes y educados, destrozan vivos a sus prisioneros! ¡Esos sí que son tus hijos! Las fieras siguen sueltas, y tú no eres más que una fiera que descansa. Pero la guerra no te ha abandonado. *(Erguida y sigilosa, la imagen del torturado se vuelve hacia* FELIPE, *camina y se sitúa a su lado.)* Si no quieres recordar a aquella víctima, yo la veo junto a ti. En esta negrura donde me asaltan todos los fantasmas, ese hombre está a tu lado, cubierto de sangre..., siempre..., con sus ojos sin luz.

---

[19] *picana:* instrumento eléctrico de tortura. No figura en DRAE con esta acepción, sino como americanismo, con el significado de «aguijada», cuyo origen y uso explica Corominas, *DCELC*, III, pág. 767b. Picana, en el sentido que ofrece el texto, es frecuente en escritores hispanoamericanos actuales: «Es más progresista torturar con picana eléctrica que con ratas, a la china» (Ernesto Sábato, *Sobre héroes y tumbas*, 1961; pág. 271 de la edición de Buenos Aires, Sudamericana, 1969). «También se habló de... realizar comisarías modelos en el territorio de Misiones. ¿Con picanas electrónicas?» · (*Ibídem*, pág. 380). «Astudillo tiene toda la espalda morada y ampollas múltiples provocadas por la picana eléctrica (Julio Cortázar, *Libro de Manuel*, Buenos Aires, Sudamericana, 1973, pág. 123; vid. también páginas 370-381, *passim*). De Hispanoamérica procedería no sólo la palabra, sino también el procedimiento, tristemente extendido luego, según el irónico texto de Sábato: «le acercaron la punta de la picana. Se la mostraron y le preguntaron si sabía lo que era. —Es un invento argentino —dijo el Turco, riéndose—. Después dicen que los argentinos no sabemos más que copiar lo extranjero. Industria nacional, sí, señor, y a mucha honra» (Ernesto Sábato, *Abaddón el Exterminador*, Buenos Aires, Sudamericana, 1974, pág. 478).

FELIPE. *(Levanta la cabeza.)*
  ¿Qué?

JULIO
  Le rompiste algún nerviecillo, o quién sabe si el alma.
  Perdió la vista un año después y murió ciego. *(Silencio.)* Un pormenor insignificante, que su hijo me reveló tres días antes de recibir tu carta. Y al siguiente
  día de recibirla, mi vista se empañaba... *(Se aparta.)*
  Tú me has cegado. Vuelve con tu psiquiatra y dile:
  como todos los padres, fui un dios para mi hijo, y
  él acaba de descubrir que soy un tigre que pinta dul-
  ces acuarelas. Muy sano, eso sí: estar sano es haber
  torturado y pintar. Tu psiquiatra te lo confirmará;
  para eso le pagas. Dile también: como todos los padres, he querido que mi hijo sea un dios. Y a ese
  dios no le ha cegado la envidia sino el horror. Yo le
  he cegado. (FELIPE *se quita lentamente las gafas y
  mira, espantado, a su hijo.)* Y dile aún: lo he cegado
  para que vea. Porque él ve a mi lado a ese hombre
  empapado en sangre que yo no quiero ver. Y lo ve...
  implacable. ¿Te atreverás a decirle todo eso?
*(Sus manos se crispan, muy próximas la una a la otra.
Con la mirada de sus blancos ojos sin pupilas siempre
ausente, el torturado aferra despacio, al mismo tiempo,
el cuello de FELIPE, que continúa con sus ojos fijos en
JULIO. El móvil gira frenético.)*

FELIPE
  ¡Hijo!
*(El torturado le aprieta el cuello. Con los ojos desorbi-
tados, FELIPE jadea bajo la presión y tiende sus brazos
trémulos hacia el hijo. En el rostro de JULIO se dibuja
un amargo rictus. Saca del bolsillo sus gafas negras y
se las lleva despacio a los ojos. Cuando se las pone,
la luz comienza a bajar, y pronto llega la oscuridad
absoluta. Se oye el manso rumor de las olas.)*

TELÓN

PARTE SEGUNDA

En el mismo lugar, bajo la luz de otra irisada mañana.

(FELIPE, *derrengado en el sillón de orejas contiguo a la chimenea, bebe a lentos sorbos de un vaso. Aunque conserva el atezado de su piel, parece desmejorado. Durante unos segundos, el mar cercano envía su canción y su brisa. En bañador, blusa y sandalias,* VERÓNICA *entra por las cortinas y, sin advertir la presencia del hombre oculto por el sillón, se aproxima a la cristalera para mirar, cautelosa, hacia la playa.* FELIPE *vuelve la cabeza, la ve y bebe ruidosamente, dejando luego el vaso en el suelo con un seco golpe. Ella lo mira, sorprendida.)*

VERÓNICA
Perdón. No quería molestarle.
(Va a salir.)

FELIPE
Por favor, no te vayas. (VERÓNICA *se detiene y aguarda en silencio.)* ¿Quieres sentarte?

VERÓNICA
¿Desea hablar conmigo?

FELIPE. *(Recoge el vaso y se levanta.)*
Te lo ruego. (VERÓNICA *mira hacia la playa y se encamina a una butaca, donde se sienta. Él lo agradece con una leve inclinación y cruza hacia el bar.)* ¿Te sirvo algo?

VERÓNICA
No, gracias.

FELIPE
Permíteme entonces otro ruego. Tutéame. *(Toma botella y sifón y repone su bebida.)* Yo te tuteo.

VERÓNICA
No es lo mismo.

FELIPE
¿Por qué no? Todo el mundo lo hace hoy. *(La mira agudamente.)* ¿Te desagrada por algún motivo?

VERÓNICA
Me da igual.

FELIPE
Entonces, ¿de tú?

VERÓNICA. *(Se encoge de hombros.)*
Bueno.

FELIPE. *(Recostado tras el mostrador, bebe.)*
Pero a disgusto. *(Ella va a hablar.)* No digas nada. Sospecho que no te soy simpático. Entre tú y mi hijo no habrá secretos...

VERÓNICA
¿Quién sabe?
(Silencio.)

FELIPE
¿Has oído hablar de una ciudad llamada Wessels?
(Se miran durante un segundo.)

VERÓNICA. *(Sin desviar la vista.)*
En Wessels nació un amigo nuestro.

FELIPE. *(Trivial.)*
¿Sabes que yo estuve allí poco antes de terminar la guerra mundial?

VERÓNICA
Lo sé. No hace falta que pregunte más.
(Silencio.)

FELIPE. *(Turbado y sin mirarla.)*
Habíamos quedado en tutearnos.

VERÓNICA. *(Con fría sonrisa.)*
Como quieras. El tuteo no significa nada para mí:
ni afecto ni confianza. ¿Es simpatía y confianza lo
que buscas?

FELIPE
Supongo que me odias tanto como mi hijo.

VERÓNICA
Yo no te odio.

FELIPE
¿Me desprecias?
(Silencio.)

VERÓNICA. *(Se encoge de hombros.)*
Ni eso. *(Él la mira, ceñudo. Bebe un trago, sale del
mostrador y se acerca, recostándose sobre el respaldo del sofá.)* Supongo que ya no hay más que hablar.
(Va a levantarse.)

FELIPE. *(Grave.)*
No es de mí de quien quiero hablarte, sino de Julio.
Porque tú quieres ayudarlo...

VERÓNICA
Naturalmente.

FELIPE
Pues dame tu opinión. Yo estoy dispuesto a cuanto
sea necesario para que él cure. Lleváis quince días
conmigo. Entre él y yo, todo ha sido dicho... Y sigue ciego. ¿Qué piensas tú que se puede hacer?

VERÓNICA
Él debe marcharse.

FELIPE
¿Quieres decir separarse de mí?

VERÓNICA
Eso mismo.
(FELIPE contornea el sofá y se sienta a su lado.)

FELIPE

Verónica, mi hijo el mayor ha telefoneado desde el Sur. Debo ir allá dentro de un par de días. ¿Puedo dejar a Julio a tu cuidado?

VERÓNICA

Claro que sí.

FELIPE

¿Para siempre?

VERÓNICA. *(Lo mira, intrigada.)*

No entiendo.

FELIPE

Si tú lo apruebas, no vuelvo. Si tuviese que volver más adelante, ya procuraría no veros. Julio va a necesitar atenciones y comodidades; tal vez maestros que le enseñen a adaptarse a su dolencia... Tú puedes atenderlo mejor que nadie, Verónica. Quédate al frente de esta casa, con él. Indefinidamente. En ningún sitio estaríais mejor. Yo te dejaría dinero y abriría una cuenta a tu nombre. ¿Te parece bien?

VERÓNICA

No.

FELIPE. *(Apesadumbrado.)*

Entonces aconséjame. Si soy la causa de su ceguera, ¿qué debo hacer? ¿Qué es lo que él quiere? *(Breve pausa.)* Tú debes saberlo, Verónica. Dímelo. *(Breve pausa. Baja la voz.)* ¿Quizá desea que confiese y me entregue a un tribunal? Eso significaría, probablemente, la cárcel por el resto de mi vida. *(Ella lo mira, irónica.)* Pero lo haría, si tuviese la certeza de que eso le devolvía la vista. ¿Crees que la recobraría?

VERÓNICA

Ni tú ni yo lo sabemos. ¿Te arriesgarías a entregarte sin estar seguro?

FELIPE. *(Lo piensa.)*

Me arriesgaría si supiese que él lo desea.

VERÓNICA. *(Asombrada.)*
¿Te bastaría que él lo desease para hacerlo?

FELIPE
Sí.

VERÓNICA
Y si Julio ignorase tu pasado, ¿te entregarías?

FELIPE. *(Titubea.)*
... No. Tengo otro hijo, negocios, un bienestar duramente ganado. Y créeme, en la guerra no fui de los peores... Los hubo más crueles.

VERÓNICA
.Incluido más de un jefe de Estado, ya lo sé.

FELIPE
Y ya nadie puede remediar lo que hice... ¿Por qué iba a entregarme, si aún viven tantos otros que no lo han hecho?

VERÓNICA. *(Fría.)*
¿Es una pregunta? *(Sonríe.)* No, claro. Es una afirmación.
(Una pausa.)

FELIPE
Pero si él lo desea...

VERÓNICA. *(Se levanta y pasea.)*
Tal vez lo desee. Pero no creo que así recobrase la vista...

FELIPE. *(Cabizbajo.)*
Sabes de sobra que me aborrece.

VERÓNICA
No importa.
(Cerca de los cristales, atisba hacia la playa.)

FELIPE. *(La mira, perplejo.)*
¿Crees que puedo hacer alguna otra cosa?

VERÓNICA. *(Mirando al exterior.)*
Se han levantado.

FELIPE
¿Quiénes?

VERÓNICA
¿No sabías que están en la playa?

FELIPE
¿Julio y Nuria?

VERÓNICA
Nuria se está enamorando de él. (FELIPE *la mira,*
descompuesto. Se levanta, va a su lado y mira. Ella
lo observa, irónica.) Vaya contrariedad, ¿eh? Para se-
pararlos, habría que revelar a Nuria la verdad... Vienen hacia acá.

FELIPE. (*Turbado.*)
¿Qué verdad?

VERÓNICA
La de que es tu hija.

FELIPE
¿Te ha dicho él eso?

VERÓNICA
¿No es cierto? Entonces te gustará ese amorío. Mañana podría representar un enlace ventajoso y la definitiva recuperación de Julio para vuestro mundo.

FELIPE. (*Seco.*)
No habrá tal enlace.

VERÓNICA
Tal vez no. (*Sin mirarlo.*) Pero voy a darte un con-
sejo: no contraríes a Nuria, no dificultes sus encuen-
tros con él... Sería peor.
(*La oscuridad invade la escena. Un foco ilumina a* NU-
RIA *cuando empieza a hablar. Coronando su fino cuerpo*
de adolescente, apenas cubierto por las dos piezas del
bañador y la fresca blusa, la cabeza, sin máscara.)

NURIA
¡Hola! Es fascinador todo lo que Julio me estaba
contando.

VERÓNICA. (*Un foco la revela, hierática y lívida, mirando al vacío.*)
¿Qué te contaba?

NURIA

Me hablaba de los cuadros impresionistas que hay en el Jeu de Paume... ¡y es como si los vieras!

JULIO

¿Quién más hay aquí?
(*Foco sobre su cara, que hace brillar sus gafas. Su brazo, en el brazo de* NURIA; *en el otro, suspendido, el bastón.*)

FELIPE

Yo, hijo mío. (*Aparece su cara espectral, con las gafas negras. La imaginada luz crece sobre todos.* FELIPE *se acerca a* VERÓNICA *y le toma una mano.*) Cuéntanos también a nosotros. Tomad algo.

NURIA

Ahora no podemos. Tenemos que hacer antes de que vengan mis amiguitas.
(*Tira de* JULIO.)

VERÓNICA

¿El qué, si puede saberse?

NURIA

Cosas nuestras. Pruebas de localización que hace Julio con mi ayuda.

VERÓNICA

¡Ah!...
(*Su imagen toma la mano libre de la de* FELIPE. *Mirándose a los ojos, se acercan entre sí.*)

NURIA

¡Vamos, Julio!

JULIO. (*Desearía quedarse.*)
Vamos.

FELIPE
¿Por qué no lo dejáis para después? ¡Quedaos ahora con nosotros!

(*Cogidos de las manos y ante* JULIO, *él y* VERÓNICA *se miran, denegando.*)

NURIA. (*Cerca ya de las cortinas.*)
¡Ahora no puede ser! Pronto volvemos. (*Tira de* JULIO, *que se detiene y torna la cabeza hacia el grupo que imagina. Menos su cara, la escena entera se sume en la oscuridad.*) ¡Julio!

(*El foco sobre la cabeza de* JULIO *se apaga también. Oscuridad total. Un segundo después retorna la claridad diurna.* NURIA *y* JULIO *han desaparecido.* FELIPE, *de nuevo sin gafas, y* VERÓNICA *están mirando a las cortinas, bien separados.*)

FELIPE
Hay que evitar esto.

VERÓNICA
Luego son hermanos.

FELIPE
Yo no he dicho eso. Pero no los quiero casados.

VERÓNICA
Si ellos lo quieren un día...

FELIPE
¡Julio no puede quererlo!

VERÓNICA
¿Estás seguro? Tú tendrías que callar, y él se reiría de vuestra sociedad al tiempo que se dejaba atrapar por ella. Sería su venganza secreta: un padre torturador bien se merece el incesto de sus hijos...

FELIPE. (*Demudado.*)
¡No te burles!

VERÓNICA
No me burlo.

FELIPE
Él... ¡te quiere a ti!

VERÓNICA
Le llevo diez años. No seré la última en su vida.

FELIPE
¡Es monstruoso lo que imaginas!

VERÓNICA
¿Tú hablas de monstruosidades?
(*Va hacia las cortinas.*)

FELIPE. (*Después de un momento, con débil voz.*)
Ella es muy niña. Para él, como una muñeca. Esto concluirá cuando él se cure.

VERÓNICA
Si se cura.
(*Atisba por las cortinas.*)

FELIPE
No sé que hacer. (*Va al primer término y se sienta en una butaca.*) Cometí la ingenuidad de exponerle la hipótesis de un psiquiatra acerca de su ceguera. Supongo que te lo ha dicho...

VERÓNICA. (*Intrigada, se vuelve y miente.*)
Sí...
(*Continúa mirándolo, muy atenta.*)

FELIPE. (*Sonríe tristemente y suspira.*)
Entonces fue cuando me habló de vuestro amigo...
¡Pero, si no hay medio de borrar aquello, tampoco lo habrá de que mi hijo se reponga! (VERÓNICA *da un paso hacia él, quiere preguntar algo y se arrepiente.*) Y no puedo soportarlo.

VERÓNICA. (*Pasea.*)
Yo no estoy segura... de que aquello sea la causa.

FELIPE. (*Se levanta, esperanzado.*)
¿Crees que el psiquiatra... anda encaminado? (*Humilde.*) ¿O lo dices por consolarme?

VERÓNICA. *(Irónica.)*
¿Por consolarte?

FELIPE. *(Va hacia ella.)*
Dime qué piensas tú, dame un poco de luz...

VERÓNICA. *(Hermética.)*
No puedo aclararte nada. No..., de momento.

FELIPE. *(Se acerca, rápido, y la toma de los brazos.)*
Verónica, por favor. Franquéate conmigo...

VERÓNICA
¡No me toques!

FELIPE. *(La suelta, inmutado.)*
Perdona. *(Va a la mesita, enciende un cigarrillo. Ella vuelve a mirar hacia las cortinas.)* Olvidé que mi contacto es repulsivo. A mi hijo ya no me atrevo ni a darle la mano... *(La mira.)* Pero vosotros sois crueles, porque me deberíais reconocer algunas cualidades... He sido un buen padre y un buen ciudadano. La prosperidad de estas Islas, a mí se me debe en gran parte... La afición a estas playas la iniciamos mis socios y yo. Hemos creado riqueza, bienestar...

VERÓNICA
Y fábricas.

FELIPE
¡Y fábricas! En el archipiélago ya no hay pobres.

VERÓNICA
¡Qué altruistas! Con tanta abnegación, os habréis empobrecido vosotros.

FELIPE
¡No es un crimen ganar fortunas! Y es bueno hasta para vosotros: ni tú ni mi hijo podríais estar aquí si yo no fuese rico. *(Fuma nervioso.)* Ni en París..., donde a Julio nunca le faltaron mis cheques.

VERÓNICA. *(Se acerca a él.)*
De los que también yo me beneficié, ¿no?

FELIPE
No es un reproche.

VERÓNICA. *(Glacial.)*
No. Tú no puedes reprochar nada. Y menos, impo-
nerme ese ridículo canto a tus virtudes. Tú y los tu-
yos estáis cegados por el dinero, y hasta vuestros más
hondos sentimientos los medís por cheques. Pues el
dinero os hundirá. *(Burlona.)* Creáis prosperidad, sí. Y
al tiempo, dolor. Enriquecéis al país y le robáis divisas para guardarlas en el extranjero...

FELIPE
¡Yo no he hecho eso!

VERÓNICA
¡Qué raro!... Lo harás. Los de tu calaña terminan
siempre por hacerlo. Entre tanto, ganáis millones levantando colonias [20] en las playas: ¡El baño más de-
licioso al alcance de cualquier bolsillo! Siempre que
se tenga algo en el bolsillo, claro está. Y a la vez,
echáis en ese mismo mar todos los detritus de vuestras industrias, porque eliminarlos costaría muy caro
y no sería rentable...

FELIPE
Hay plantas depuradoras en estudio.

VERÓNICA
Sí Se estudian en todo el mundo desde hace muchos
años. Las seguiréis proyectando mientras enferman los
bañistas de los que también vivís... y vosotros mismos. Estáis locos.

FELIPE. *(Se sienta y bebe, turbado.)*
El lenguaje de mi hijo...

VERÓNICA
El mío. Se lo estoy enseñando. Y es un buen dis-
cípulo. *(Sonríe.)* Le llevo diez años, no lo olvides...

---

[20] *colonia:* Agrupación de viviendas o apartamentos, general-
mente de recreo. No figura esta acepción en DRAE.

Soy, casi, su madrecita. Así me llama él, cuando se cansa de llamarme niñita.

FELIPE

Y yo soy su padre. Aunque te disguste, nos une el cariño que le tenemos. (*La mira con afecto.*) Gracias por ser mi aliada.

VERÓNICA. (*Dura.*)

¿Aliada? (*Se acerca.*) Justo es que conozcas mi vida, ya que yo conozco la tuya. (*Paseo.*) Mi padre era como tú... Considerado. Delicado. Mi madre era una criada de servir, y la sedujo muy delicadamente. Él era casado, y muy considerado con su mujer, que enfermó del disgusto... Para no herirla más, no me reconoció. (*Ríe.*) Pero ayudó a mi madre y me costeó estudios... ¡Era considerado! Y a cambio de su dinero, quería mi gratitud, mi afecto... (*Irónica.*) Y yo no se los di; ya ves lo perversa que soy. Como tampoco se lo he dado a tu hijo por tu dinero. Te sorprendería si supieses lo que hacíamos en París con tu dinero. Lo dábamos, y vivíamos de mi sueldo.

FELIPE

¡No es posible!

VERÓNICA

Es posible, sólo que tú ya no puedes comprenderlo. Hace años que no sé nada de mi madre. También ella quería que fuese agradecida con mi padre, y me encomiaba sus... bondadosos cheques. Rompí con ella, para que una de las dos, por lo menos, se salvase de tanta bajeza. A ella le habían enseñado a ser esclava y ya no podía. Le habíais enseñado vosotros, los señores... Sé que he estudiado gracias a vuestro dinero...

FELIPE

¿Nuestro?

VERÓNICA

Es el mismo... El de vuestros cheques. Desde París se los devolví a mi padre, hasta que él dejó de

mandarlos. Sí; he sido, a mi pesar, otra privilegia-
da. Procuré remediarlo marchándome de aquí y viviendo por mi cuenta. He cantado, bailado, fabrica-
do collares... mientras estudiaba. *(Breve pausa.)* ¡No
hay alianzas entre tú y yo! Intentaré curar a Julio,
pero por mi cuenta. Debemos marcharnos los dos,
cuanto antes. Y si él no quiere, me iré sola... Porque si prefiere quedarse está perdido y tampoco yo
podré salvarlo... No, no creas que me refiero a esos
jugueteos con su hermana. Eres tú quien lo mantiene enfermo, y lo mejor será alejarlo de ti.
(Silencio.)

FELIPE. *(Se levanta.)*
Va a necesitar cuidados...

VERÓNICA
Lo cuidaré.

FELIPE
Si vuelves a tu trabajo, no podrás. Aquí estaríais mejor...

VERÓNICA. *(Risitas.)*
¿Ya no te parece tan horrible que se casen un día?

FELIPE. *(Pasea.)*
No hay peligro hasta dentro de unos años. En bien
de Julio, quedaos ahora. Yo me iré.

VERÓNICA
Hay muchos otros peligros aquí, y nos urge vivir.
(Ceñuda, se sienta en el sofá.)

FELIPE. *(Se acerca y, sobre el respaldo del sofá, se inclina hacia ella.)*
¿Para la revolución? (VERÓNICA *levanta la cabeza.
Se miran.)* Te he entendido... No me vas a negar que
eres toda una revolucionaria... Quizá una activista...[21]

---

[21] *activista:* «Agitador político, miembro que en un grupo
o partido interviene activamente en la propaganda o practica
la acción directa» (DRAE, Suplemento).

VERÓNICA

¿Qué te importa?

FELIPE

Me importa porque esas revoluciones vuestras acaban siempre en bailes psicodélicos[22], en drogas... y hasta en el crimen gratuito[23].

VERÓNICA. *(Con sorna.)*

¡En el repugnante crimen gratuito! El tuyo, como no era gratuito, hasta te valió un ascenso. ¡Siento defraudarte! No me drogo y no voy a matar a nadie. Todavía te llevo ventaja.

FELIPE. *(Se incorpora, rojo.)*

¡También tu revolución tortura cuando guerrea o toma el poder!

VERÓNICA. *(Lo considera con frialdad.)*

Ésa no es mi revolución. Mi revolución despertará toda la grandeza de los hombres, o no será. Tendrá que hacerlo, si quiere evitar que vosotros aniquiléis el planeta.

FELIPE. *(Disgustado, musita.)*

Ilusiones. Tópicos.

(Va hacia el bar y, de espaldas, se arrima cansadamente la botella para llenar su vaso. Se oye el son de las olas. Oscuro muy rápido, inmediatamente suavizado por el foco que alumbra la figura de JULIO, *que ha irrumpido por las cortinas. Tras él, en la penumbra,* NURIA. *Reclinada en el sofá con las piernas entreabiertas,* VERÓ-

---

[22] *psicodélico:* No figura en DRAE, pero ya está admitido por la Academia: «Perteneciente o relativo a la manifestación de elementos psíquicos que en condiciones normales están ocultos, o a la estimulación intensa de potencias psíquicas», así como lo «causante de esta estimulación», como las drogas (*BRAE,* LI, 1971, pág. 239; vid. A. Zamora Vicente, «Sobre nuevas palabras», *ROc,* XXXV, núm. 103, octubre 1971, página 105).

[23] Si, como quedó dicho en la nota 4, Matilde hablaba según su carácter, Felipe no es necio, sino más inteligente y, sin embargo, mantiene su misma versión tópica y unilateral de Verónica.

NICA *muestra la laxitud posterior a la entrega amorosa. Extrañas claridades acarician la escena; las paredes transparentan sus grietas.* JULIO *otea, ciego y ceñudo, a uno y otro lado.)*

NURIA
No hemos terminado el ejercicio...

JULIO
Estoy cansado.
(Tantea con su bastón y se encamina presuroso al sofá, donde palpa; la figura de VERÓNICA *se encoge, felina, hacia la izquierda del asiento, sin que las manos varoniles lleguen a rozarla. Entonces* JULIO *contornea el sofá y se sienta en su centro.* VERÓNICA *permanece a su lado, sentada e inmóvil, mirando a* FELIPE.

FELIPE. *(Intenta ser jocoso.)*
El bar sigue abierto...

JULIO
No, gracias.

FELIPE. *(Triste.)*
Yo, sí.

NURIA. *(Avanza.)*
Julio, ¿tú sabes cómo se pinta a la acuarela un cielo unido y sin rebabas? [24] A mí siempre se me corta el color.

JULIO
Pregúntaselo a mi padre. Él sabe hacerlo.

NURIA
¡Si no quiere enseñármelo! Dice que es un secreto profesional. Los dos sois unos egoístas.

FELIPE
Era una broma. Te lo enseñaré cuando quieras.

---

[24] *rebabas:* «Porción de materia sobrante que forma resalte en los bordes o en la superficie de un objeto cualquiera» (DRAE).

NURIA. *(Se acerca al bar.)*
¡Ahora!

FELIPE
Julio, tu hermano me ha llamado. Pasado mañana he
de ir al Sur a hablar con el anterior dueño de las
Antigüedades. Quizá tarde en regresar... *(Va a sentarse cerca de su hijo.* NURIA *saca del mostrador gruesos pinceles de acuarela, se recuesta en el brazo de su
butaca y, de tanto en tanto, brinda un pincel a* FELI-
PE, *que lo rechaza blandamente.)* ¿Prefieres volverte a
París?

NURIA
¡No!...

JULIO
¿Ya no esperas que cure?

FELIPE
Sólo quiero que hagas tu gusto.

JULIO
¿Tú también te volverías, Verónica?

VERÓNICA. *(Deniega.)*
¡Sabes que sí!

JULIO. *(A su padre.)*
No sé si te entiendo. ¿Te estorbo?

FELIPE. *(Triste.)*
En efecto, no me entiendes.

JULIO
¿Tú qué prefieres?

FELIPE
De momento, que te quedes. Te conviene descansar
algo más.

JULIO. *(Después de un momento.)*
Me quedo.

NURIA

¡Hasta que te repongas!

FELIPE

Muy bien. Hablaremos a mi regreso, por si decides marcharte.

NURIA

¡Ea, no se hable más! Ahora podrías explicarme cómo se pintan los celajes, padrino.
(Le pone un pincel en la mano.)

FELIPE. *(Se levanta.)*

El secreto está en humedecer antes el papel con una esponja. *(Levantada la cabeza hacia el vacío adonde apuntan sus lechosas córneas, el hombre martirizado emerge tras el mostrador. Por delante de éste, NURIA corre a situarse a la derecha y FELIPE a la izquierda de la imagen. Un potente foco ilumina a los tres.)* Luego se pinta con rapidez y suavidad... Y queda un tono azul muy limpio, sin chafarrinones... *(Ha comenzado a pasar el pincel, como si los repintara, por los sangrientos goterones del hombre torturado y sigue en su minuciosa tarea con amanerados ademanes de acuarelista.)* O un hermoso rojo, si es un ocaso lo que pintas.

(JULIO no sabe si reír o espantarse.)

NURIA

¡Ya estoy deseando probarlo!
(Se pone a pincelar a su vez, muy pizpireta, los hilos de sangre.)

FELIPE

Verás qué fácil es. *(Pintan los dos.)* Pero ahora que me acuerdo... *(Se detiene. La imagen del torturado se va oscureciendo mientras desciende, lenta, y desaparece.)* Tengo una sorpresa para ti.

NURIA

¿Cuál?

FELIPE. *(Le cede el pincel.)*
Vuelvo en seguida.
(Se encamina al fondo. JULIO *se muestra desazonado. Su padre sale por las cortinas.)*

NURIA
¿Qué será? Una preciosidad, seguro. Es más bueno el padrino... *(Deja los pinceles tras el mostrador.)* Si se va, descuida, que no te quedas solo. Vendré todos los días, por si necesitas algo. *(Se sienta junto a* JU-LIO. VERÓNICA *y ella, mirando al frente, parecen dos cariátides.)* Y a alegrarte, tristón... Que siempre estás triste.

VERÓNICA
Aunque su padre se vaya, no se queda solo.

NURIA. *(Suave.)*
Tú también estás triste, Verónica... Y Julio necesita alegría.

VERÓNICA
¿Sugieres que mi compañía no le conviene?

NURIA
No he dicho eso.
*(*JULIO *se levanta, nervioso, cruza hacia el bar y otea hacia las cortinas, ocultando una angustia que no sabe a qué atribuir. Las paredes exudan más claridad. La red de oscuras grietas destaca fuertemente.)*

VERÓNICA. *(Entretanto.)*
¿Estás insinuando que me vaya?

NURIA
No puedo hacerlo. Ésta no es mi casa. Y además...

VERÓNICA
Calla. *(Sigue mirando al frente.)* ¿Qué te pasa, Julio?

JULIO
Nada.

VERÓNICA
Estás demudado. ¡Y temblando!

NURIA
¡No tiembla!

VERÓNICA
¿Te sientes mal?

JULIO
No... No.
(El padre reaparece por las cortinas, siempre con sus gafas.)

FELIPE. *(Risueño y sigiloso.)*
¡Ya está aquí la sorpresa!
(Sin llegar a mirarlo, VERÓNICA y NURIA se levantan y se vuelven.)

NURIA
¿Dónde?

FELIPE
Te la van a entrar tus amiguitas, que ya han llegado.
¡Atención!
(Alza la cortina. Tarareando suavemente, muy diverti-das, la «Canción de Primavera», de Mendelssohn, avan-zan cadenciosas INÉS y FABY en sus atractivas ropas pla-yeras, pero sus pálidas caras son las de dos calaveras sonrientes. Traen a hombros un ataúd blanco sin tapa, que el torturado sostiene a retaguardia. Se detienen.)

NURIA. *(Loca de alegría.)*
¡Padrino! *(Corre a su lado para besarlo.)* ¡Ya no lo esperaba!

FELIPE
Como que tuve que encargarlo. En la ciudad no que-daba ni uno.

NURIA. *(Le vuelve a abrazar y a besar.)*
¡Ay, qué padre más bueno tienes, Julio! ¡Y es pre-cioso! ¡Me gusta más su color que el del tuyo, Faby!

INÉS. *(Con sorna.)*
¿Nos bañamos, Nuria?

NURIA

¡Hoy no hay baño! *(Ríen sus amigas.)* ¡Vamos a probarlo ahora mismo! Primero, en la playa...

FABY

En la arena no se podrá.

NURIA

Si no se puede nos vamos al parque.

FABY

Si pasamos por mi casa, recojo el mío.

NURIA

¡Dámelo ya!
(Sus amigas ríen.)

INÉS

¡Cuánta prisa!
(Depositan el ataúd en el suelo.)

NURIA

¡Mío! ¡Es mío!

FABY

Toma, ansiosa.
(Y se lo indica. NURIA se mete en el ataúd y enlaza sus manos.)

NURIA

¡Ven a verme, padrino!

FELIPE

Vamos allá...
(Se sitúa junto al torturado. Entre ellos dos y las muchachas levantan el féretro.)

NURIA

¡Y tú también, Julio!
(JULIO no se mueve. Está rígido como una estatua. El fúnebre cortejo inicia la marcha hacia la cristalera; las muchachas tararean, bulliciosas, la «Canción de Primavera». Salen al tormentoso exterior, bajo los siniestros

fulgores del cielo; se pierden sus voces y risas. Silencio. De repente, JULIO echa a andar hacia el fondo.)

VERÓNICA
Julio. *(Él se detiene.)* ¿Qué has imaginado?

JULIO
Poco importa.
(Da unos pasos más.)

VERÓNICA
¡Julio, quédate! *(JULIO se detiene.)* No eran fantasías voluntarias, ¿verdad? Éstas te han asustado. *(Breve silencio.)* Dímelas.

JULIO
¿Para qué?...

VERÓNICA. *(Se sienta en el extremo derecho del sofá.)* Ven al sofá. Junto a mí.

JULIO. *(Vacila; al fin se sienta en la butaca izquierda del tresillo.)*
¿Qué le ha regalado mi padre a Nuria?

VERÓNICA
Un saltador.

JULIO
¿Una comba?

VERÓNICA
Una vara, con una plataforma circular sobre muelles, donde se ponen los pies. Se toma impulso y se avanza a saltos.

JULIO
¡Ah!...
(Por su tono, parece tranquilizado. De pronto experimenta otro destello de visión normal y percibe, tras sus oscuras gafas, los nítidos pormenores del salón inundado de luz. Instintivamente se quita las gafas y su mirada recorre el ámbito hasta que se fija en VERÓNICA.)

VERÓNICA. *(Sin mirarlo.)*
Vámonos de aquí, Julio.
(La oscuridad retorna para JULIO, *que se oprime los ojos; la estancia muestra de nuevo las lívideces que él imagina.)*

JULIO
¿A París?

VERÓNICA
Sí.

JULIO
¿Con mi padre?

VERÓNICA. *(Asintiendo con vehemencia.)*
¡No! ¿Cómo puedes pensar eso?

JULIO
Dudo de que nos dejase allí mucho tiempo tranquilos... Nos adora. Aunque tal vez yo no me enteraría de su llegada...

VERÓNICA
No te comprendo.

JULIO
Prefiero quedarme.

VERÓNICA
Hace varios días que te has franqueado con él. Ha perdido toda su alegría. Lo notarías si lo vieses...

JULIO
Lo noto.

VERÓNICA
Pero tú sigues ciego.

JULIO
La conversación entre él y yo no ha terminado.

VERÓNICA
¡De nada sirve que le sigas hablando! Más bien necesitas... que alguien te hable a ti.

301

JULIO

¿Quién?

VERÓNICA

Yo, si me lo permites.

(Una pausa.)

JULIO

Verónica, es inútil. Estoy desalentado... Acaso no recobre la vista. Vivimos esperando el fuego, la explosión que ya nadie evitará. El fin de una era. Otros se drogan... Yo ya vivo acosado por mis fantasmas, sin necesidad de eso. Y se han transformado en pesadillas que me espantan... Negarse a ver es dimitir, acercarse al sueño... Quisiera un sueño profundo, como el de la cuna. Dormir dentro del vientre maternal, en su agua tibia y oscura... ¿Oyes las olas?...

VERÓNICA. *(Conmovida y alarmada.)*

¡No las escuches! ¡Ven aquí!

JULIO

¡Verónica! *(Se levanta y corre a sentarse a su lado, abrazándola con desesperación.)* ¡Sólo en ti puedo refugiarme!

VERÓNICA. *(Muy quedo.)*

¡Niño mío!

JULIO

¡No me engañes tú, no me falles!

VERÓNICA

¡Cálmate, amor!

JULIO

¡Sosténme!

(VERÓNICA lo reclina en su regazo y él se abraza a su cintura.) [25]

---

[25] La escena del acunamiento, de cuyo sentido se habla en la introducción, presenta un indudable eco unamuniano no sólo por la frecuencia en él de la esposa-madre, sino por el paralelismo que ofrece con dos dramas de don Miguel. En *Soledad*, Agustín

VERÓNICA
Aquí, conmigo... Siempre... *(Le acaricia el cabello.)*
Yo soy tu cuna. Tu madre. Y te daré vida, aunque
sea dolorosa. Vida y no muerte. Ea, cálmate...
(Pausa.)

JULIO
Gracias, Verónica.

VERÓNICA
¿Querrás escucharme ahora?

JULIO
Sí.

VERÓNICA
¿Aunque te haga daño?

JULIO. *(Parece adormilado.)*
Sigue hablándome.

VERÓNICA
Procura comprender, amor mío... Yo lo estoy intentando. Cuando tu padre nos trajo a las Islas, yo esperaba algo terrible, pero liberador, de lo que entre
tú y él se hablase. Sin decírnoslo, a los dos nos po-
seía la esperanza de que tus ojos volverían a abrirse.
¿Me equivoco?

JULIO
No.

---

habla así a su esposa: «¡Oh, si pudiera achicarme... achicarme..., aniñarme..., hacerme niño...! (...). Menos que niño...,
y encarnar de nuevo en tu seno, Soledad, y dormir allí... para
siempre..., para siempre..., para siempre.» Ella le llama «hijo
mío» y luego, en otro momento, según reza la acotación, «Agustín se sienta al pie de Soledad, apoyando la cabeza en el regazo
de ella y queda como rendido» (Unamuno, *Teatro completo,*
ed. M. García Blanco, Madrid, Aguilar, 1959, págs. 625 y 649).
En *Sombras de sueño,* Julio Macedo manifiesta el mismo deseo
que el Julio de Buero: «Sí, me gustaría volver al seno materno,
a su oscuridad y su silencio y su quietud...» (*Ibíd.,* pág. 748).
Este drama transcurre también en una isla y en él el mar es
símbolo constante, vinculado a la niñez y al sueño: «¿no le
parece, Julio, que la mar es como la niñez... ...)» (*Ibíd.,* pági-
gina 749); «...la mar, que arrulla el sueño...» (*Ibíd.,* pág. 754).

VERÓNICA

No se han abierto. Acaso, sí, alguna vez y por unos segundos... (JULIO *va a hablar.*) Siempre lo niegas. Pero, aunque no me lo confesases, los dos sabemos que unos segundos de luz no son la curación.

JULIO

Quizá no haya curación.

VERÓNICA

¡Me niego a admitirlo! Y por eso creo que... hay que buscarla por otro lado.

(JULIO *se incorpora despacio y continúa, sentado y erguido, junto a ella.*)

JULIO

¿Por otro lado?

VERÓNICA

Una tarde, en París, compruebas que tu padre ha torturado. Es una revelación espantosa, que puede destrozar a cualquier muchacho. Incluso a quien, como tú, no parecía amar a su padre, ni al vano mundo de su padre... Pero cegar... ¿Por qué? (JULIO *recupera el bastón, que dejó a un lado del sofá, y lo bate sobre el piso, nervioso.*) Te sobraba criterio, ¡y desprecio!, para superar el trance. Aun doliéndote, habrías podido romper definitivamente con él, olvidarlo como a un extraño.

JULIO

No era un extraño.

VERÓNICA

Tampoco lo son nuestros abuelos, nuestros antecesores... Y más de uno habrá torturado. Todos descendemos de algún torturador.

JULIO. *(Se separa levemente.)*

Es distinto. No los hemos conocido ni amado.

VERÓNICA

Pero tú no amabas a tu padre... hasta cegar.

JULIO

¡El padre de nuestro amigo murió ciego!

VERÓNICA

No cegaste al saberlo, sino cuatro días después. *(Breve pausa.)* Un día después de recibir la carta donde tu padre te refería su éxito.

JULIO. *(Se vuelve hacia ella con una risita.)*

Curioso. ¿Has hablado con él de esto?
(Breve pausa.)

VERÓNICA. *(Su cabeza asiente repetidamente.)*

No.

JULIO

O lo has hecho y me lo niegas, como, según tú, te niego yo otras cosas... *(Se levanta.)* ¿Conque, a tu juicio, he cegado por envidiar el éxito de mi padre?

VERÓNICA

Tu exposición había fracasado... Intenta comprender.

JULIO. *(Pasea.)*

Si te comprendo. Mejor de lo que supones. Estoy ciego de asco y de terror. Pero mi amorosa madrecita me ofrece una explicación sacada del pantano del psicoanálisis burgués. ¡Y qué casualidad! Idéntica a la del atildado psiquiatra a quien mi padre ha consultado. El muchacho ha cegado por nada, por una envidia pueril. Ya no es una víctima que acusa, sino un títere. Podemos respirar tranquilos... Sólo que esa hipótesis tampoco sirve. Después de conocerla continúo ciego.

VERÓNICA

¡No has comprendido! (JULIO *se encamina, rápido, hacia el fondo.)* ¡Espera!
(Se levanta.)

JULIO

¡No quiero oírte!

VERÓNICA

¡Tarde o temprano habrás de hacerlo!

(JULIO *titubea y se detiene, volviéndose hacia ella.*)

JULIO

¡Está bien! ¡Te escucho!

VERÓNICA

Creemos haber roto con este mundo y aquí estamos, disfrutando de sus comodidades... Cuando trazamos sus mordaces caricaturas, proyectamos en ellos nuestra propia caricatura. La explicación que te ofrezco podrá ser burguesa, pero no falsa. Es ingenuo pensar que ya somos diferentes y no advertir que todavía nos tienen contaminados. Dudo de lo que voy a decirte, Julio. Quiero que lo medites, porque quiero que cures.

(*Silencio.*)

JULIO. (*Da un paso hacia ella.*)

¡Continúa!

VERÓNICA

Quizá no sea sólo la envidia por el éxito de tu padre...

JULIO. (*Sonríe.*)

Sino el desaliento.

VERÓNICA. (*Asombrada.*)

Sí...

JULIO

Desaliento de pintor.

VERÓNICA

Sí, y algo más...

JULIO. (*Con sorna.*)

¡Extraordinario! ¿Y dices que no has hablado con él?

VERÓNICA

¡No hasta el extremo que tú piensas! Lo que he hecho ha sido observarte a ti... sin cesar. Tu desgana ante los pinceles, tu desánimo ante cualquier dificultad técnica... Cuando tropezabas, solías decir: esto lo hace muy bien mi padre. Bromeabas, pero en tus ojos había tristeza. Te reías de la perfección académica y yo me pregunto si, en el fondo, no la deseabas.

JULIO. *(Se sienta en el borde del respaldo del sofá y habla con tono incisivo.)*
¿Sugieres que no soy pintor?

VERÓNICA
Responde tú mismo, que sabes más de pintura. No quiero herirte, sino cauterizar una herida más honda. Acaso te notas sin facultades y no quieres reconocerlo. Un burguesito, sí. ¿Por qué no? Fascinado por su padre, a quien quiere superar y no puede. Que decide pintar sin ser pintor. *(La mano de* JULIO *se crispa sobre el sofá. Ella continúa, lenta.)* Que ciega para no pintar...* (*JULIO *se pone en pie, tenso. Ella baja la voz.)* Y al que el pasado de su padre le sirve de excusa. (*JULIO *reprime su agitación.)* Piénsalo. Si no eres pintor, tus ojos sólo se abrirán cuando lo reconozcas.

JULIO. *(Tartamudea, conteniendo su ira.)*
Y si no soy pintor, ¿qué soy?

VERÓNICA
Tendremos que averiguarlo. Si la pintura no es tu camino, hallarás el verdadero. Lo encontraremos tú y yo, solos. Lejos de tu padre. Él te tiene anclado aquí. *(Baja la voz.)* Y también tu hermana, cuyo inocente amor te complace..., no quiero saber por qué. Pues tampoco yo te entiendo del todo... Pero, si no nos vamos, temo que no puedas romper la red que te está envolviendo. ¡O que no quieras! Y entonces, sí serás un burguesito inútil, que se justificará insultando cada día al padre que lo mantiene... y del que no quiere separarse. *(Se acerca y le pone una mano en*

el hombro.) ¡Huye de él, Julio! (JULIO *se aparta, brusco.)* ¡Perdónalo, si es preciso, y déjalo atrás!

JULIO. *(Airado.)*
¿Perdonar?

VERÓNICA
Quise decir: olvídalo. Ese extraño sentimiento que te liga a él es insano. Acaso..., no sé..., lo admiras y lo odias a un tiempo, porque crees que te supera en todo. En la pintura... En la simpatía que causa a las mujeres... *(Él se vuelve hacia ella, tenso.)* En la fortuna de haberse hecho amar por la madre que apenas conociste.

JULIO. *(La irritación apenas le permite hablar.)*
Perfecto. ¿Hablas a su dictado?

VERÓNICA
¿Qué dices?

JULIO
No: es peor. Me atribuyes tus propios sentimientos. Sin darte cuenta, sus acuarelas te agradan más que mis cuadros; su éxito te seduce y mi fracaso te asquea. *(Va hacia ella, que retrocede, y la aferra por la muñeca.)* Y como soy huérfano, es inevitable que mi madrecita me dedique un amor cada vez más maternal y vea en mi padre una inesperada alma gemela... *(La repele con fuerza.)*

VERÓNICA
¡Julio!

JULIO
¡Tú no quieres curarme, sino hundirme! ¡Pretendes que nos vayamos y quizá ni te percatas de lo que ya maquinas! Un día, en París, me dejas una tierna carta, desapareces...

VERÓNICA
¡Julio, estás perdido!

Julio. *(Grita.)*
   ¡Tú estás perdida!
(Ella jadea. Largo silencio.)

Verónica. *(Con voz de hielo.)*
   Es inútil que me esfuerce más contigo. Yo también
estoy cansada... de tu desvío. Algo nos está separan-
do irremediablemente... Te lo preguntaré por última vez: ¿nos vamos mañana? *(Ademán de* Julio.
Tono de llanto en la voz de ella.) ¿No contestes aún!
¡Piénsalo!

Julio. *(Terminante.)*
   ¡Yo me quedo!

Verónica. *(Reprime su congoja.)*
   Como quieras.
(Huye por las cortinas. Julio *se pone, nervioso, sus
gafas. Luego se vuelve y escucha el son del mar, que
le atrae y le impulsa a acercarse, tanteando con su bastón, a las cristaleras. La voz de* Margot *lo detiene.)*

Margot
   ¡Buenos días, Julio!
*(La luz crece sobre su figura, que se halla cerca de las
cortinas. En su cabeza, los ricitos y la máscara de vieja
pepona.)*

Julio. *(Se vuelve, rápido.)*
   ¿Cuándo has entrado?

Margot
   Acabo de hacerlo. ¿No me has oído?

Julio
   ¿Estamos solos?

Margot
   ¡Claro! ¿Por qué lo preguntas? *(Risita.)* No preten-
derás insinuarte conmigo...

Julio. *(Irónico.)*
   ¿Te sorprendería?

Margot. *(Con dengues de colegiala.)*
Te llevo muchos años, mocito. Pero no me sorprendería. De tal palo... tal astilla. *(Melosa.)* Así que... tú dirás.

Julio
¡Qué buen humor!
(Gesto atribulado en Margot.*)*

Margot
¿Me das calabazas? ¡Qué le vamos a hacer! Y yo que venía a proponerte algo sensacional...

Julio
¿La entrevista?

Margot. *(Se acerca.)*
¡Miles de entrevistas! Atiende y no creas que estoy loca. ¿Por qué no te pones a pintar?

Julio. *(Se envara.)*
¿Es una broma?

Margot
No, Julio. He pensado mucho en ti. Y se me ha ocurrido que, mientras no recobrases la vista, podías aprovechar. ¿No lo comprendes? ¡El primer pintor ciego del mundo! ¡Serías genial! *(Ríe.)* Bueno, la idea también es genial, reconócelo. Yo te ayudaría en el lanzamiento, en la propaganda. Traería notarios que diesen fe de que nadie te ayudaba... Hay toda una teoría por construir de la pintura ciega y también en eso te ayudaría, si quieres. *(Se pavonea.)* Aunque me esté mal el decirlo, no tengo mala pluma... Pintarías abstracto, naturalmente.

Julio. *(Frío.)*
Me asombras.
(Cruza. Ella va tras él.)

Margot. *(Ufana.)*
¡No es para menos!... Imagínalo: de nuevo París y el mundo, pero ahora con el éxito asegurado. ¡Se-

310

ría emocionante! El triunfo de la voluntad sobre la
desgracia. Te adorarían.

JULIO
'Nos adorarían.

MARGOT. (*Derretida, le toma de un brazo.*)
Tuya sería toda la gloria... Yo aparecería como una
acompañante abnegada. Para la correspondencia, las
conferencias... ¿A que ya te seduce la idea? Hay
que estar con los tiempos, renovar todos los lengua-
jes, volver a la sinceridad que preconizáis los jóvenes. Actores improvisados, músicos sin estudios...
¡Pues un pintor sin vista!

JULIO
La idea es ingeniosa, no cabe duda. La mejor manera
de seguir ciego.

MARGOT
¿Cómo?

JULIO
Si triunfaba tendría que seguir ciego toda la vida. ¿No
lo has pensado? (*Ríe con ganas.*) ¿O lo que has pensado es que mi ceguera es ya incurable? ¿A que sí?
(*Vuelve a reír.*)

MARGOT
No, no... Pero por si acaso... De momento hay que
aprovechar, adaptarse... (JULIO *subraya con renovadas
risas estas palabras.*) Seguro que a tu padre le encan-
tará la idea. ¿Me dejas que le hable?
(JULIO *deja de reír. Silencio.*)

JULIO. (*Con el tono más brutal que puede.*)
¡No!

MARGOT. (*Sobrecogida, retrocede.*)
Sólo quería ayudarte... Ya veo que no hay modo de
hacerlo.
(*Se oyen murmullos y risas cercanas.* JULIO *se vuelve
hacia el fondo. Con su cara de zorra,* MATILDE *aparece*

311

por las cortinas, seguida de su cornudo esposo y de
FELIPE, *que ostenta sus gafas negras.)*

MATILDE. *(Deja sobre un asiento su bolsa playera y le
enseña la lengua a* MARGOT, *que la amenaza con los
dedos engarfiados.)*
¿De qué se habla?

MARGOT
De todo y de nada... Buenos días, Felipe. *(Se acerca
a él, mimosa.)* No te encuentro muy buena cara hoy.

FELIPE
Descansé mal esta noche.

ARTEMIO. *(Desde las cristaleras; a las que se aproximó con vagos vaivenes de cabestro.)*
Cuídate, muchacho. No tomes mucho sol.

FELIPE
¿Nos acompañas a la playa, Margot?

MARGOT
¡Con mil amores!

FELIPE
¿Queréis una copa antes?

MARGOT
¿Por qué no nos enseñas primero la últimas acuarelas? Me muero de curiosidad.
*(*JULIO *levanta la cabeza y se encamina despacio al
respaldo del sillón contiguo a la chimenea, donde se
apoya.)*

MATILDE
¿Has pintado en estos días?

MARGOT
¡Ya lo creo! Ayer y anteayer lo vi tras su ventana,
pinceles en mano.

MATILDE
Lo que a ti se te escape...

MARGOT
Es mi oficio. Anda, sé bueno y enséñanos tus nuevas obras maestras.
(FELIPE *se sienta en el sofá.* MATILDE *se inclina tras él y le acaricia.*)

FELIPE. *(Indeciso.)*
Si no merecen la pena... Un par de cosillas para entretenerme.

ARTEMIO
¿Cómo que no? Sube ahora mismo a buscarlas.

JULIO. *(Desabrido.)*
Claro, padre. Tráelas.

FELIPE. *(Tímido.)*
¿No te molesta...?

JULIO
¿Molestarme?

FELIPE. *(No se mueve.)*
Las tengo aquí, en la biblioteca. Quizá mejor, después del baño...

MARGOT. *(No se mueve.)*
Cuánta modestia. ¡Trae! *(Pausa.)* ¡Qué maravilla! ¡Venid, venid a ver!
(*Nadie se mueve.*)

MATILDE
¡A ver, a ver!

ARTEMIO
¡Muchacho! ¡Ésta es una preciosidad!

MARGOT
¡Y qué primor de ejecución! Una Minerva, ¿no?

ARTEMIO
Es guapísima.

MATILDE
Pero... ¿no os dais cuenta? ¡Es un retrato!

MARGOT
Pues sí... No cabe duda... ¡Es Verónica!
(JULIO *vuelve hacia ellos su rostro endurecido; sobre la biblioteca, en el panel, transparece la seductora visión de* VERÓNICA, *en su esplendorosa desnudez.*)

JULIO. *(Con la voz velada.)*
¿Tanto se parece?

FELIPE
No hagas caso, hijo. Exageran. Una semejanza muy vaga.

ARTEMIO
¡Qué dices! ¡Un retrato logradísimo!

JULIO. *(Frío.)*
¿Cuándo te ha servido ella de modelo?

FELIPE
Le hice un apunte rápido sin que lo advirtiera. Después he pintado de memoria. Pero no hay tanto parecido... No creí que lo fueseis a notar.

MARGOT
Es muy difícil obtener de memoria tanta semejanza.

FELIPE. *(Embarazado.)*
¡Si es muy pequeña!

MATILDE
Yo la encuentro exacta.

ARTEMIO
¡Y yo!

JULIO. *(Tamborilea sobre el borde del sillón.)*
¿Cómo es la segunda?

MARGOT. *(Sin moverse, después de un momento.)*
Aquí está. ¡Asombrosa!

MATILDE
¡Y tanto! Que yo sepa, es la primera vez que Felipe aborda este asunto...

MARGOT

¡Si vieras lo que tu padre ha pintado, Julio! Y he de reconocer que la novedad me complace mucho... Es agregar la hondura a la belleza. Pasar de los dioses... a Dios.

ARTEMIO

¡Excelente frase, Margot!

JULIO. *(Tenso.)*

¿Qué ha pintado?

MARGOT

Cristo en la cruz. *(Silencio.* JULIO *se estremece. Al tiempo que la imagen de* VERÓNICA *se esfuma, aparece despacio el fantasma del hombre ensangrentado, vencida la cabeza sobre el pecho y las manos clavadas en invisible madero. A través de la atmósfera irreal,* JULIO *y su padre se miran fijamente tras sus gafas negras.)* Portentoso.

ARTEMIO

Sí que lo es. Pero, ¿no le has puesto demasiadas heridas?

MARGOT

A Jesús lo azotaron bárbaramente...

MATILDE

Me encanta, muchacho. Aunque también yo, si he de ser franca, preferiría menos sangre. *(Risita de* JULIO.*)* ¿De qué te ríes, Julio?

JULIO

De nada.

MATILDE

Ni es lo tuyo, ni lo más propio de una efigie de Nuestro Señor. A la devoción verdadera le sobran tantas llagas... La majestad divina debe representarse más bella y más noble... ¿No crees, Margot?

MARGOT

Hay varios criterios... De todos modos. si el asunto

ha sido tratado con enorme patetismo, la factura de
la acuarela es finísima. *(Su cabeza gira hacia* JULIO.)
Nos pasamos la vida intentando comprender las osa-
días de los pintores jovenzuelos y terminamos rin-
diéndonos a la evidencia: ¡no hay nada comparable
a la sólida pintura tradicional!

(Un bastón aparece en las manos de MARGOT, *que em-*
pieza a deambular por el salón como una ciega, sin el
menor ruido. La voz de JULIO *suena vibrante de ira*
contenida.)

JULIO
    Perfecto. Ahora os podéis ir a comentar bajo el tol-
    do los últimos chismes de la colonia... Adelante.

(Sin perder de vista a su hijo, FELIPE *se levanta.)*

ARTEMIO
    ¿Qué mosca te ha picado?

*(*MATILDE *se incorpora. En su mano se divisa otro*
bastón. Y comienza a deambular a ciegas, como MAR-
GOT. *Los fantasmales golpecitos de los bastones no se*
oyen.)

JULIO
    ¿Cómo ha podido nadie pensar que yo podía acos-
    tumbrarme a esta basura?

ARTEMIO
    Muchacho, ese lenguaje...

(Tanteando con otro bastón que aparece en sus manos,
camina a su vez de un lado a otro. Las evoluciones de
los tres ciegos dibujan una rara contradanza a la mor-
tecina lividez que emana de los muros. JULIO *y* FELIPE
continúan inmóviles y enfrentados, con sus cabezas vi-
vamente iluminadas.)

JULIO
    ¿Os molesta? Lo siento. Ni sé ni quiero usar el
    vuestro.

FELIPE
    Julio, por favor...

316

JULIO
¿Por qué ese crucifijo, padre? ¿Vuelves tus ojos al gran perdonador, a ver si es cierto que existe y te perdona?

FELIPE
Hijo...

JULIO
¿Y si no te perdonara? No todos los martirizados te perdonarían.

FELIPE
Julio, espero que midas tus palabras...

JULIO
¿Es un soborno a la Divinidad? ¿O pretendes perdonarte a ti mismo con las dulzuras de una linda acuarela?

MATILDE
¡Estás loco, Julio!

MARGOT. (A media voz.)
De envidia.

JULIO. (Sin atenderlas.)
¿Temes que hable, padre? ¿Te asusta que lo revele?

MARGOT
¿El qué?...

FELIPE
Sólo te ruego que respetes mi tristeza.

JULIO
¡Claro! Entre vosotros la tristeza también es respetable.

MATILDE
¿De qué tristeza hablas?

FELIPE. (Alza la voz.)
¡Por lo menos es tan verdadera como la tuya!

ARTEMIO
   ¿Qué tonterías son ésas?

JULIO
   ¡Es otra mentira! ¡Si todavía te quedase algo de
verdad dentro, no sentirías tristeza, sino horror!

FELIPE
   ¡Qué sabes tú lo que siento!

MATILDE. *(Fuerte.)*
   ¡Reportaos los dos, por favor! ¡No seáis estúpidos!
*(La contradanza de los ciegos no cesa; por un instante,
los tres se barrenan la sien con un dedo desdeñoso. Pausa.
La figura del torturado se desvanece.)*

JULIO
   Tranquilízate, padre. No hablaré. Sería inútil... Locuras mías, dirían todos. Y tú no los desmentirías.
Todos se pondrían, y tú el primero, gafas oscuras
y algodones en los oídos...

ARTEMIO
   ¿Ves cómo deliras, Julito? Sólo tú llevas aquí gafas
oscuras.

JULIO
   Estáis más ciegos que yo. Y más sordos.

MARGOT. *(Bromea.)*
   Es que gritas mucho...

JULIO
   ¿Sí? Pues os diré algo sin gritar.

FELIPE
   ¡Julio!

JULIO
   Calma, padre. No lo que ignoran, sino algo muy
chistoso que todos sabéis perfectamente. ¿A que no
lo oís?

ARTEMIO
   ¿A que sí?

JULIO
¿A que no lo reconocéis?

ARTEMIO
Si es verdad, ¿por qué no?

JULIO
¿Os atreveríais a confesar que Nuria es hija de mi padre?
(Los tres ciegos se detienen al punto.)

FELIPE
¡Julio!

MATILDE. (Sin mirar a nadie, con la voz preñada de rabia.)
Me siento manchada... Abofeteada.

ARTEMIO. (Sin mirar a JULIO, reacciona con dificultad.)
¿Qué has dicho?

JULIO. (Sonriente.)
¡Ah! ¡No lo has oído!

ARTEMIO
¡Supongo... que es una broma de mal gusto!

JULIO
Es un secreto a voces.

MATILDE. (Llorando.)
Vámonos, Artemio.

JULIO
No finjas que lo ignorabas...
(Breve pausa.)

ARTEMIO
¡Canalla! (Se supone que intenta agredir a JULIO. Aunque no lo mira, su vaga silueta da unos pasos hacia él. MARGOT le antepone su bastón; FELIPE alarga un brazo, sin tocar a su amigo.) ¡Soltadme!

FELIPE
¡Está ciego, Artemio!

ARTEMIO
    ¡Eso le vale!

JULIO. *(Con asombro.)*
    ¿Lo ignorabas?

ARTEMIO
    ¡Canalla repugnante!...

FELIPE
    ¡Por favor, Artemio!

JULIO
    ¿Canalla por decirlo? ¡Hacerlo sí se puede! ¡Eso y
    otras cosas! ¡Pero a callar! ¡O a comentarlo en voz
    baja cuando lo hacen los demás, como otro chiste
    que amenice vuestros ocios! *(Breve pausa.)* Si no lo
    sabías, lo siento; no quería herirte. La hipocresía
    general era mayor de lo que pensaba.

FELIPE
    ¡Sal de aquí inmediatamente, Julio!

MATILDE
    No. Nos vamos nosotros.

JULIO
    No hace falta. Me voy yo. Sin mí lo arreglaréis me-
    jor. ¡Seguro! Sois expertos. Hasta os llamáis mu-
    chachos y sois viejos...

MATILDE. *(¿Apostrofa? ¿Suplica?)*
    ¡Eso que has dicho es una sucia mentira, Julio!
    (Largo silencio.)

JULIO
    Tal vez, Artemio. Quizá sólo una broma de mal gus-
    to. Yo no sé nada, yo me vuelvo a mi tiniebla. Adiós.
    *(La luz baja rápidamente hasta la oscuridad absoluta.
    El temblor de las cortinas aún se percibe cuando re-
    torna la luz normal. FELIPE no está muy lejos de donde
    lo imaginaba JULIO: apoyado en el extremo del mos-
    trador, le han desaparecido las gafas. MARGOT, sin su
    máscara de vieja adobada, se halla cerca de la biblio-*

teca del fondo con una gran carpeta en la mano. En medio de la escena, de cara a la cristalera y ya sin su fantástica cornamenta, ARTEMIO mira hacia la playa. Desaparecida su máscara de vulpeja y caladas las ambarinas gafas de sol para disimular la humedad de sus ojos, MATILDE está sentada en el sillón de orejas, de espaldas a todos. Ningún bastón es visible. Silencio.)

FELIPE. *(Sin mirar a nadie.)*
Artemio, no habrás creído ni una palabra de ese infundio de Julio... Lo que ha dicho es imperdonable y no voy a disculparlo. Pero él quiere herir a todos... porque está desesperado.

MARGOT. *(En voz queda y convencional.)*
Por supuesto. Ésa es la causa.
(Deja en la biblioteca la carpeta y se sienta.)

FELIPE
Es posible que de Matilde y de mí se hayan dicho cosas... Con lo que es la gente, y siendo los tres tan amigos, a la fuerza. Pero Margot también lo es y... vosotros no ignoráis que ella... sabe muy bien quiénes han podido ser mis amigas... *(Con los ojos muy abiertos, MARGOT lo mira. El matrimonio la mira con significativa discreción; ella baja los ojos, púdica.)* Ella podrá jurarte que Matilde fue siempre sagrada para mí.

MARGOT. *(Sonríe, mirando de nuevo a FELIPE.)*
¡Por supuesto!

MATILDE. *(Sin volverse.)*
¡Esas explicaciones me ofenden, Felipe! ¡Ya ha dicho ese miserable que no sabía nada!

MARGOT
¡Ha reconocido que era una broma!

MATILDE
Pero intolerable. *(Se levanta.)* Lo siento, Felipe. Mientras tu hijo siga aquí no volveré a poner los

pies en esta casa. *(Sin mirar a su marido.)* Vámonos, Artemio.

(Se encamina al fondo.)

ARTEMIO. *(Cabizbajo, empieza a volverse.)*
Sí. Vámonos.

FELIPE
¡No, por favor! *(Va hacia ellos.)* Si os marcháis le dais la razón. ¿No lo comprendéis?

MATILDE
No insistas.

FELIPE
¡Si actuáis como si nada sucediese, le ponéis en su sitio, le demostráis que no os afectan sus embustes! Y, además, hay que evitar la maledicencia. En Margot podemos confiar, no dirá nada...

MARGOT
¡No faltaba más!

FELIPE
Pero no en él, ni en los que todo lo olisquean... Todos los días venís a mi toldo de la playa; hacedlo hoy también. Que nadie sospeche problemas entre nosotros. Como si no pasase nada.

MARGOT
¡Si no pasa nada!

FELIPE
Por eso. Ahora, a la playa, por favor. A bañarnos y a reírnos... A mi hijo ya le hablaré yo. ¡Deberá disculparse y lo hará!

ARTEMIO. *(Se aclara la voz.)*
Déjalo... Hay que comprender su desgracia.

(MARGOT se levanta sonriente y aprueba con una inclinación de cabeza, oprimiéndole el brazo.)

FELIPE. *(Quizá realmente conmovido.)*
Un abrazo, Artemio. *(Se abrazan con calor.)* Julio se disculpará de todos modos, Matilde. Porque es a ti

a quien más ha ofendido. Y ahora, a la playa; se está haciendo tarde.
(MATILDE *vacila, turbada, y mira a su marido. Por primera vez desde que salió* JULIO, ARTEMIO *la mira largamente.*)

MATILDE. *(A media voz.)*
¿Tú quieres ir, Artemio?

ARTEMIO
Creo que es lo mejor…, muchacha.
(Rompiendo en sollozos histéricos, MATILDE *se echa en sus brazos.* ARTEMIO *le acaricia el cabello.*)

MATILDE
Bueno, vamos… Pero desde la playa nos iremos al Club… Aquí no quiero volver… No quiero tropezármelo.

ARTEMIO
Como tú digas.
(La conduce hacia la cristalera. Ella se desprende y recoge su bolsa para sacar la polvera y acicalarse.)

MARGOT
¡Todo está bien cuando acaba bien, como dice Shakespeare!

FELIPE. *(A* MATILDE.*)*
Gracias.

MATILDE. *(Mientras se acicala.)*
¿Y Nuria, no ha venido esta mañana?
(Un airecillo frío roza a todos. Ella también se inmuta, arrepentida de su inoportuna referencia.)

FELIPE. *(Embarazado.)*
Hace media hora que ella y sus amigas andan por ahí con el saltador. Se lo he regalado hoy.

ARTEMIO. *(Risueño, lo mira con una punta de suspicacia.)*
Regalos y más regalos… Voy a creer que la quieres… como a una hija…

MATILDE
¡Artemio!

ARTEMIO
Una broma, mujer...

FELIPE. *(Mirándole a los ojos.)*
Nada de broma. Como a una hija la quiero.

MARGOT. *(Riendo.)*
¡A la playa, a la playa!
(Van a salir.)

FELIPE
Adelantaos. Yo voy en seguida.

ARTEMIO
¡No tardes, muchacho!
(Salen MATILDE *y* ARTEMIO. MARGOT *se demora, hecha mieles.)*

MARGOT
¿Te acompaño?

FELIPE
Ahora no, Margot. Te lo ruego.

MARGOT. *(Insinuante.)*
Cuando quieras. Ya lo sabes.

FELIPE
Lo sé, Margot. Y muchas gracias.
*(*MARGOT *mira hacia fuera, corre a su lado y le estampa con ansia un prolongado beso en los labios. Después sale corriendo por la cristalera. Con un largo suspiro,* FELIPE *se vuelve. Solo, su cara no disfraza la consternación que ha estado ocultando. Sus pulmones jadean; su cabeza esboza vagas negaciones contra sí mismo; el dorso de su mano limpia el húmedo beso de* MARGOT. *Se advierte débil, quizá al borde del llanto. Va al bar y escancia un vaso de sifón, del que bebe un poco. Luego cruza hasta la chimenea, toma una píldora y la traga, empujándola con otro sorbo. Ceñudo, vuelve al centro y se detiene, mirando a la playa que le aguarda,*

*sin la menor alegría. Termina su vaso. Se decide, va
rápido al bar y lo deja. Cuando se vuelve ve aparecer
por las cortinas a* VERÓNICA.)

VERÓNICA
No encuentro a Julio.

FELIPE
Salió de aquí hace poco.

VERÓNICA. *(Mirando, va hacia la cristalera.)*
Por la playa tampoco lo veo... Bien. Poco importa.
Venía a anunciarle algo que tú también debes saber.
Me voy mañana.

FELIPE
¿Por qué?

VERÓNICA
Has vencido. Quise hacer de él un hombre y no lo
he logrado. Pretendí que me quisiese y creo que tampoco lo he conseguido... Todo es inútil. No puedo
seguir defendiéndole de sí mismo. Te lo dejo, y tú
terminarás de destruirlo.

FELIPE
Te consta que no quiero destruirlo.

VERÓNICA
Lo harás. Si no hubiese perdido toda mi influencia sobre él, aún procuraría evitarlo... La he perdido y debo irme.
(Una pausa. FELIPE *va hacia el sofá, con aire fatigado.)*

FELIPE. *(Se sienta.)*
Espera por lo menos unos días. Hasta mi vuelta...

VERÓNICA
No.

FELIPE
¿Habéis reñido?

VERÓNICA
No tengo nada más que decir. Si no me necesitas...

FELIPE

Te suplico... Estoy cansado... No puedo levantar la voz.

(VERÓNICA *se acerca.*)

VERÓNICA. *(Fría.)*

¿Estás enfermo?

FELIPE

Fatigado.

VERÓNICA

¿Quieres que llame?

FELIPE

Quiero que me escuches. Por favor, siéntate. *(Su voz se debilita.)* Cerca, para que me oigas bien. (VERÓNICA *se sienta junto a él de mala gana.)* Gracias. *(Breve pausa.)* Yo también lo he pensado mucho y creo que tienes razón. Julio y yo debemos separarnos para siempre.

VERÓNICA

No quiere irse de aquí. Por eso me voy.

FELIPE. *(En voz queda.)*

¿Es que no lo entiendes? Si no quiere irse, soy yo quien se irá. Pero a condición de que alguien lo cuide. Solo no lo vamos a dejar... Y, a su lado, nadie mejor que tú. Yo desapareceré un día: ya no soy joven. Si entonces continuase ciego, ¿qué va a ser de él? *(Una mano fina y trémula entreabre las cortinas. La luz baja hasta la negrura total, al tiempo que, bajo irreales claridades,* VERÓNICA *y* FELIPE *aparecen tiernamente abrazados.)* Aquí se comenta en broma vuestra diferencia de edad. A mí me agradó desde el primer día *(En la densa tiniebla del fondo, destaca el rostro angustiado de* JULIO.) Comprendí que tú podías ser, que ya eras la salvación de Julio.

VERÓNICA. *(Irónica.)*

Su madrecita.

FELIPE

Sin ironía: la madrecita que no tuvo y que le hace
falta.

VERÓNICA

Te equivocas. Yo ya no cuento para él. Es de ti de
quien no quiere separarse. Si te vas, te esperará; si
no vuelves, irá a buscarte a ti, no a mí.
(Su imagen y la de FELIPE *se funden en un beso apa-
sionado. La cabeza de* JULIO *se mueve, desesperada, re-
clamando una luz que no llega. Un súbito chispazo de
iluminación normal invade el salón.* VERÓNICA *y* FE-
LIPE *continúan juntos, sin besarse, pero cuando* JULIO
*va a mirarlos, vuelve la repentina oscuridad y, con ella,
la visión de la pareja abrazada que se prodiga caricias.*
JULIO *siente redobladas ansias de ver; su cabeza niega,
pertinaz; la crispación de sus facciones llega al máxi-
mo. La luz vuelve de nuevo...* JULIO *comprueba, mirando a todos lados, que no se va. Entonces mira fijamente a la pareja, que sigue muy próxima, y, con
artera rapidez, se cala sus gafas.)*

FELIPE

¡Tengo que irme para no destrozarlo! ¡Y si los dos
nos vamos, se desesperará!

JULIO

¿Juntos? *(Sorprendidos,* VERÓNICA *y* FELIPE *lo miran. Él avanza, simulando que sigue ciego con el tanteo de su bastón y la indecisión de sus movimientos.)*
Deberíais partir juntos. Conmigo ya no es necesario
el disimulo.

VERÓNICA

Julio, vuelves a equivocarte...

JULIO. *(Ríe.)*

¿Sí? Será porque estoy ciego. Ayúdame tú a comprender. *(Se sienta en la butaca derecha del tresillo
y deja a un lado el bastón.)* Resulta que, cuando
creéis que nadie os oye, os tuteáis...

FELIPE
Se lo pedí yo.

JULIO
Y Verónica accedió. ¡Pero eso no significa nada!
Todo el mundo se tutea. ¿También le pediste que
te sirviese de modelo?

FELIPE
Ya te lo he explicado. Pinté esa acuarela de memoria.

VERÓNICA
¿Qué acuarela?

JULIO. *(Riendo.)*
¡Admirable! Cuando no me rindo ante un tono de
sinceridad tan convincente, debo de estar loco.
(Tantea sobre la mesita.)

FELIPE
¿Quieres algo?

JULIO. *(Atrapa el puñalito que sirve de plegadera.)*
Nada. Cualquier cosa como ésta... para jugar. *(Ju-
guetea con el puñalito.* FELIPE *va a levantarse.)* ¿Vas
a levantarte, padre?

FELIPE
Sí.

JULIO
No lo hagas. Sigue junto a Verónica.
*(*VERÓNICA *y* FELIPE *se miran.)*

VERÓNICA
Julio, tu actitud es irrazonable. Le decía a tu padre,
simplemente, que me voy mañana.
(Intenta levantarse.)

JULIO. *(Tajante.)*
¡No te muevas! *(Ella se sienta, mirándolo muy fija.)*
Sigue a su lado. ¿Qué más te da? No veo... Además,
que sois mi papaíto y mi madrecita. Si estabais abrazados, volved a hacerlo...

328

VERÓNICA
    ¡Julio, no te tolero...!

JULIO. *(Ríe.)*
    ¡Es el juego de la gallina ciega, mujer! Os burláis
ante mis ojos cerrados y yo... *(Da dos o tres flojos
pinchazos en el aire con el cuchillito.)* busco quién
se quedará. ¡Ea, burlaos! ¿Nunca habéis sentido ante
un ciego ese impulso irresistible? Yo sí, cuando veía.
Así era de miserable. Pero todos lo somos... Si no os
acariciabais, hacedlo ahora. ¡Por juego! Me decís que
me engaño y os abrazáis en silencio ante mí. ¡Como
no veo!... Atreveos... *(VERÓNICA y FELIPE se miran.
JULIO los vigila.)* ¿Lo habéis hecho ya?

VERÓNICA
    ¡Ni ahora ni antes!

JULIO
    Lo negáis, es natural. Y yo no puedo ver vuestras
expresiones. Sigamos jugando. Imagina, padre, que
te estoy describiendo un cuadro que quisiera pintar.
Una escena violenta, poblada de brazos crispados, de
lanzas y de espadas que vuelan... *(Apuñala el aire.)*
Y en el calor de la explicación... la mano se me escapa y este puñalito se hunde en tu pecho. *(En un
envión, su mano llega cerca del pecho paterno. La
pareja se echa hacia atrás y lo mira espantada.)* Los
periódicos dirían: Padre muerto por su hijo ciego, en
un accidente.

FELIPE. *(En voz baja.)*
    Julio, por favor...

JULIO. *(Ríe.)*
    Vamos, seguid el juego, abrazaos ante el peligro...[26].
¿No? ¿Ni siquiera una mano buscando el consuelo
de otra mano, mientras los ojos vigilan este cuchillito?
(Pausa.)

---

[26] En las dos primeras ediciones: 'Abrazaos ahora ante el
peligro'.

VERÓNICA
No hallarías manos enlazadas ni gestos culpables si nos vieses. Ahora termina tu juego como quieras.
(Silencio. JULIO suelta el puñalito, que tintinea sobre el cristal de la mesa. Después suspira, se quita las gafas y las guarda, mirando a VERÓNICA.)

JULIO
Ya terminó. Estoy cansado. *(Ante la sorpresa de los otros, se levanta y va al bar, tras el cual busca algo que beber.)* Hace varios minutos que os veo.

FELIPE. *(Se levanta.)*
¡Hijo! ¿Es cierto eso?

JULIO. *(Se sirve una copa.)*
Ya veis que sí. Y la luz no se va. *(Bebe.)* ¡Ah!... Me siento ligero. *(Se frota los ojos, mira a todos lados.)* Tranquilo. *(VERÓNICA se está levantando, muy emocionada.)* Perdóname, Verónica. Dudaba de ti, y quise cerciorarme.

VERÓNICA. *(Sollozante.)*
¡Julio!
(Corre a su lado y se echa en sus brazos.)

JULIO
Pero me avergüenzo. ¿Cómo he podido abandonarme a esos celos ridículos, a esa escena de melodrama que acabo de haceros?... ¡Cuánta porquería de niño mimado!

VERÓNICA
¡Vámonos mañana mismo! ¡Juntos y para siempre!

JULIO
Así lo haremos..

VERÓNICA
¡Julio, Julio! No volveré a caer en esta debilidad... Pero ahora... tengo que llorar.
(Llora en sus brazos. FELIPE se sienta y apoya su cabeza en las manos, enlazadas como en oración. Sus hom-

bros tiemblan; acaso llora también. Julio *lleva a* Verónica *cerca de la cristalera.)*

Julio
Mira qué sol, qué azul. *(La vuelve hacia sí y la contempla.)* Y tú... Tú. *(La estrecha entre sus brazos.)*
Nunca más cegar. Nunca más. *(La besa, ardoroso,
con los ojos húmedos.)* No se puede perder esta maravilla. Es demasiado terrible. Es la nada. Si hay que
olvidar para retener esta inmensa pintura, olvidaré.
Olvidaré que ese azul está envenenado. *(Ella se desprende con suavidad; su mano y la de* Julio, *enlazadas, acaban por separarse blandamente.)* ¡Ah!... Res-
piro. *(Se vuelve, bebiéndose con los ojos cuanto ve.)*
¡Qué grato es todo! También esa antigua acuarela.
Y ese adorno, que ahora no gira. ¡Qué paz!

Verónica. *(Inquieta.)*
No es necesario olvidar, Julio.

Julio
¿Pues no me pedías tú que olvidara?

Verónica
Que olvidaras... sin olvidar.

Julio
Verónica, es irresistible la tiniebla. Déjame disfrutar
hoy de esta dulzura, aunque sea una dulzura culpable.

Verónica
Se puede ver sin olvidar.

Julio
Tal vez... Pero estoy tan agotado... Ver, aunque sean
mentiras... También eran mentiras las que veía ciego.

Verónica
¡No todas!

Julio
No sé... No sé. (Verónica *lo mira con angustia.* Julio *se sienta en el sofá cerca de su padre.)* Estás de-
macrado, padre. (Felipe *levanta la cabeza y la vuel-*

331

ve a humillar.) Es curioso. Bajo esta luz tan serena, parece imposible que hicieras aquello... ¿Lo hiciste realmente?

FELIPE. *(Musita.)*
A mí también me parece imposible.
(El rostro de VERÓNICA *se nubla.)*

VERÓNICA. *(Seca.)*
¿Nos iremos mañana, Julio?

FELIPE. *(Bajo un cansancio inmenso.)*
Quedaos. Me iré yo.

VERÓNICA
¡No! *(Va hacia* JULIO.) ¡Vámonos ahora! ¡Ahora!

JULIO. *(Se levanta, nervioso.)*
Por favor, Verónica. Los dos necesitamos calma...

VERÓNICA. *(Corre a abrazarlo.)*
¡Pues vámonos!

FELIPE. *(Con voz débil.)*
Quedaos... Lo peor ya se lo tragó el pasado... Disfruta de tu curación, hijo, aunque sea unos días..., en este remanso que busqué para vosotros.

VERÓNICA. *(Frenética.)*
¡No lo escuches!
(Se oía, fuera del salón, la llamada de un teléfono cercano. FELIPE *vuelve la cabeza, indeciso.* JULIO *y* VERÓNICA *se separan de nuevo. Los tres se miran, incómodos. Las llamadas se suceden.)*

JULIO
Nadie acude.

FELIPE
Es el teléfono del recibidor. Los criados estarán arriba...

VERÓNICA
Voy yo.
(Va al fondo y sale por las cortinas. Reprimiendo una

zozobra cuya causa no comprende, JULIO *se acerca a la butaca donde dejó su bastón y lo toma. El teléfono deja de sonar.)*

FELIPE. *(Alarmado.)*
¿El bastón otra vez? ¿Notas algo?

JULIO
No, no. Veo bien.
(Nervioso, da unos pasos hacia el fondo.)

FELIPE
¿Por qué no te quedas unos días y consultas al psiquiatra? Conviene afianzar tu curación...
*(*JULIO *no responde y espía hacia las cortinas. Luego va a la biblioteca y recoge de allí la carpeta que manejó* MARGOT.)

JULIO
¿Están aquí tus acuarelas?

FELIPE
Sí.
*(*JULIO *abre la carpeta y mira la primera.)*

JULIO. *(Frío.)*
El parecido con Verónica es vago.

FELIPE
Ya te lo dije. *(*JULIO *contempla la segunda acuarela. Después mira a su padre, que desvía sus ojos y soporta turbado, el silencio.* JULIO *cierra la carpeta, la deja donde estaba y torna a observar a su padre con sombríos ojos.* VERÓNICA *reaparece por las cortinas.* JULIO *la mira.)* ¿Quién llamaba?

VERÓNICA. *(Con faz inexpresiva.)*
Es un recado para Matilde y Artemio. Tienen que volver a su casa porque han llegado... unos primos, creo. Voy a decírselo.
(Va hacia la cristalera y se detiene al oír a FELIPE.)

FELIPE
¿Por qué no vas tú, Julio? Se alegrarán inmensa-

mente cuando te vean curado. También ellos te quieren, y se merecen alguna excusa amable... Antes les has dicho cosas muy feas...
(JULIO *lo mira y mira hacia el exterior, perplejo.*)

VERÓNICA. *(Rápida.)*
No lo hagas. Yo iré.
(Sale por la cristalera. Una pausa. Se oye el rumor del mar. JULIO *se asoma, desasosegado. Sobreviene, repentina, la oscuridad total: apenas un segundo. La luz vuelve, pero* JULIO, *aterrado, está mirando ya a todos lados.)*

JULIO
Verónica ha mentido. El recado a tus amigos no era ése.
(Mira hacia el exterior.)

FELIPE
No comprendo... Ella no ha dicho nada.

JULIO
La conozco mejor que tú. Algo pasa.
(De nuevo, la oscuridad repentina durante medio segundo.)

FELIPE
¿Qué va a pasar? Eres tú, que aún estás alterado...

JULIO. *(Muy inquieto.)*
¡Todo puede pasar! Otra vez estamos al borde...

FELIPE
¿Al borde de qué?

JULIO
¡De lo peor!

FELIPE. *(Se levanta.)*
Cálmate, hijo. Esos nervios...

JULIO. *(Pendiente de la playa.)*
Está hablando con ellos... *(Otro brevísimo instante de oscuridad. Con dedos trémulos,* JULIO *se oprime*

los ojos.) Parecen alarmarse… *(Oscuridad.)* ¿O ya no veo bien?

FELIPE. *(Se oyen su voz y sus pisadas.)*
   ¡No me asustes, Julio!
(Luz. FELIPE *está llegando al lado de* JULIO.)

JULIO
   Ella vuelve aprisa.

FELIPE
   ¿Y ellos? No los veo.
(Oscuridad.)

JULIO
   Ni yo. *(Luz.)* Sí. Allí, a la izquierda.
(Oscuridad.)

FELIPE
   ¡Están corriendo!

JULIO
   Sí. Estaban corriendo.
(Luz.)

FELIPE. *(Alza la voz.)*
   ¿Qué pasa, Verónica?
*(*VERÓNICA *entra por la cristalera. Oscuridad. Una pausa.)*

VERÓNICA
   Un accidente…

JULIO
¿A quién?
(Silencio.)

FELIPE
   ¿A quién, Verónica?

VERÓNICA
   A… Nuria.

FELIPE. *(Grita.)*
   ¿A Nuria?
(Breves, rápidos, irregulares, los destellos de luz alter-

nan con la tiniebla durante los instantes siguientes. Los gestos y movimientos de los tres se afantasman.)

VERÓNICA

En el parque. La punta del saltador tropezó con algo bajo la hierba..., que estalló... Seguramente una granada enterrada desde hace muchos años. También aquí hubo guerra...

FELIPE. *(En un alarido.)*
¡No!...

JULIO. *(Baja la voz.)*
¿Ha muerto?

FELIPE
¡Dios mío! ¡Yo la he matado!

VERÓNICA
No, no. Todavía vive...

FELIPE
¿Vive? ¡Quiero verla!
(Da unos pasos. VERÓNICA lo retiene.)

VERÓNICA
¡No vayas!

FELIPE
¡Es mi hija!

VERÓNICA
No está en su casa. La han llevado al hospital... Mutilada. Quizá no sobreviva.
(Con un estertor, FELIPE se acerca al sofá, donde se derrumba. A un oscuro algo más prolongado, sucede todavía un largo destello durante el cuál JULIO, con los ojos desorbitados, mira a su padre y lanza, inesperadamente, una seca y amarga carcajada. Después, oscuridad absoluta. Y la luz ya no vuelve para JULIO. Una pausa.)

FELIPE. *(Con dificultad.)*
Nos acecha en el aire y bajo el suelo. Sí. La guerra sigue víva.
(Entre la maraña de sus grietas, las paredes comienzan a despedir sus verdosas livideces.)

VERÓNICA. *(Alarmada.)*
  Julio, ¿qué te pasa? (JULIO *no responde. Una viva luz saca lentamente de la penumbra la figura del hombre martirizado; está junto al sofá, muy cerca de* FELIPE, *y su diestra, levantada, empuña la plegadera. Sobre los ojos de* FELIPE *han reaparecido las gafas, pero se advierte que está mirando con temor a su antigua víctima. Se insinúa en el suelo el violáceo fulgor del hueco rectangular; la truncada silueta de un cuerpo casi de espaldas que, de momento, no se identifica, se esboza en la oquedad. Al precisarse bajo otra luz creciente, resulta ser la imagen de* NURIA, *en bañador y con su carita apenas entrevista, pues está mirando hacia* FELIPE. *Secos coágulos almidonan su melena, que ahora, extrañamente, es plateada. Por el cuello, la espalda, los bracitos, le chorrea la sangre. En la altura y en todos los términos, casi invisibles todavía, han aparecido numerosos móviles semejantes al que adorna el salón, que empiezan a girar despacio.* VERÓNICA *habla desde la penumbra del fondo.)* ¡Julio, mírame!
(Entonces se oye la apremiante llamada de FELIPE.)*

FELIPE
  ¡Verónica! ¡Julio! ¡Ayudadme!
(Mal definido en la borrosa penumbra, JULIO *se vuelve hacia su padre.)*

VERÓNICA. *(Débilmente iluminada, se acerca al sofá.)*
  ¿Te sientes mal?
(El torturado apoya el puñalito sobre el corazón de FELIPE.)*

FELIPE. *(Se ahoga.)*
  Un dolor… inmenso…
(El torturado le está hundiendo, muy despacio, el arma en el pecho.)

JULIO. *(Se acerca al sofá.)*
  ¡Verónica, hay medicinas sobre la chimenea!

VERÓNICA
  ¡Sí!

(Su vaga imagen se desplaza suavemente hacia la izquierda.)

FELIPE

¡No las pequeñas!... Otra caja... con tabletas... Ponme una bajo la lengua... ¡Pronto! *(El espectro sigue hundiendo el cuchillito. Con el leve movimiento de una ensoñación, el cuerpo de* FELIPE *se desmadeja, pero no cae.)* Ahora... comprendo... Sí erais dioses... *(Vuelve a envararse y permanece sentado en absoluta quietud. El espectro retira poco a poco el arma, que hundió hasta la empuñadura; se incorpora y permanece, rígido e inmóvil, con sus ojos cuajados fijos en el vacío. Los móviles giran más de prisa.)*

VERÓNICA. *(Desde la penumbra cercana al sofá.)*

No puedo abrirle los dientes, Julio.

JULIO

¡Ponla bajo los labios!

VERÓNICA

¡Eso hago! Pero... no se mueve.
(Ninguna de estas acciones es visible. JULIO *llega, tanteando, hasta el cuerpo de su padre y lo toca.)*

JULIO

Padre...

VERÓNICA

Tardará en hacerle efecto...
(JULIO se inclina, buscando el pecho de su padre, y le aplica el oído. A poco toma, brusco, una de sus muñecas y la explora, sin dejar de escuchar.)

JULIO. *(Se incorpora.)*

Ya no le hará efecto.

VERÓNICA. *(Susurra.)*

¿Es posible...?

JULIO. *(Con emoción contenida.)*

Verónica, junto al teléfono creo que hay direcciones. Avisa inmediatamente a un doctor. Y también...

VERÓNICA
    ¿A tu hermano?
JULIO
    Ponle un telegrama. Tendrá que venir. Después llamaremos para trasladarlo a su habitación.

VERÓNICA
    Yo lo haré por ti..., *(En su voz se insinúa una pregunta.)* si no ves...

JULIO
    Sólo mis fantasmas. (VERÓNICA *gime en voz baja y sale por el fondo.* JULIO *tantea. Su mano tropieza con una rodilla de su padre. Se sienta, tembloroso, en el sofá. Su mirada parece buscar los veloces móviles; luego se fija en la imagen de* NURIA.) ¿Estáis aquí realmente?... Ya nada entiendo. Responded, dadme un signo... *(Las apariciones no se mueven.* JULIO *sonríe con tristeza.)* No debiera incurrir en la leve locura de hablaros... De hablarte. Quizá ya no existes, hermana. Será lo mejor. Sin saberlo, estabas atrapada en un cepo dorado. Podrida. Yo te quería porque aún no eras culpable. Si te salvas, se abrirán tus ojos, pero a un precio tan espantoso... Que no encanezca tu cabeza. Ciérralos para siempre. *(Una pausa. La imagen de* NURIA *levanta su diestra, que se tiende en muda imploración.* JULIO *se turba: cree que es a él a quien se dirige. La imagen del torturado deja sin ruido el puñalito sobre la mesa y avanza hacia el hueco extendiendo su izquierda. Con brusca inquietud,* JULIO *palpa el puñalito.* NURIA *va girando a medida que el torturado se acerca; era a él a quien llamaba, y las manos de los dos pronto se unen. El espectro de* NURIA *se halla ahora de frente y comienza a bajar, conduciendo al fantasma ensangrentado que la sigue, al tiempo que la luz los abandona y el hueco se oscurece. Los giratorios móviles, más iluminados, todo lo salpican de irisadas chispas.)* Ahora tú también estás ciego, padre. Y sordo. Tu agonía terminó. Yo te amaba... A ti, criminal, hipócrita, despreciable, te amaba... Y vine a matarte. Pues soy yo

quien te ha matado. Aunque no levanten contra ellos ningún arma, todos los hijos matan a sus padres. ¿Ha sido tu muerte el deforme engendro de mi envidia?... ¿O el castigo que tu propio hijo debía traerte desde el pasado?... Tal vez las dos cosas: las dos cosas mediante una sola ceguera... infinita. Nunca sabré por qué he cegado. Sólo sé al fin que no soy un dios, sino un enfermo de tu mundo enfermo. Si llegan un día, otros serán los dioses. No soy mejor que tú: yo también te he torturado hasta la muerte. Pero ella está sana... Su única enfermedad ha sido... quererme. Esa esperanza me queda: que su salud llegue a ser la mía... La débil y avergonzada esperanza de un niño desvalido, ansioso de un padre y una madre... Adiós. Descansa. Yo no descansaré.

(*La luz comienza a bajar.* VERÓNICA *reaparece por las cortinas y llega al centro de la escena.*)

VERÓNICA. (*En voz queda.*)
   ¿Aviso para que lo lleven?
(*La luz crece sobre su cara.*)

JULIO
   Sí... Ahora.
(*Se levanta. La imagen de* FELIPE *se levanta cuando ya él está en pie y* JULIO *la considera, trémulo. Tanteando con el bastón busca a* VERÓNICA, *que se adelanta. Se abrazan. El espectro de* FELIPE *va tras* JULIO *y se detiene a su lado.*)

VERÓNICA
   Volverás a ver, Julio.
(JULIO *torna la vista hacia el fantasma, que deniega.*)

JULIO
   Verónica, si yo no curase... ¿querrás ser mis ojos?

VERÓNICA
   Sabes que seguiré a tu lado... mientras tú quieras.

JULIO. (*Se estrecha contra ella.*)
   Nos iremos. Habrá alguna tarea en la tierra que debamos cumplir.

VERÓNICA
La buscaremos.

JULIO
Ya no pintaré.

VERÓNICA
¡Recobrarás la vista! ¡Volverás a pintar!
(La imagen de FELIPE *deniega.)*

JULIO
Tú lo dijiste, Verónica. Tal vez no soy pintor. Pintaré en la nada, como ahora... Pintaré mis fantasmas hasta que sólo quede la pizarra... negra.

VERÓNICA
¡Pero con los ojos abiertos! *(Lo vuelve hacia la derecha y lo enfrenta con el rostro de su padre.)* ¡Mira hacia la playa! ¡Está radiante de colores, de vida!

JULIO
Otra pintura en la nada.

VERÓNICA
¡El sol luce, calienta! ¡Míralo! *¡Puedes* mirarlo! ¡Tienes que lograrlo ahora mismo.
(Breve pausa. La luz sobre VERÓNICA *y* FELIPE *se amortigua. Se oye el son de las olas.* JULIO, *en la penumbra, considera los dos rostros que se apagan.)*

JULIO
Un padre y una madre... Que nunca más haya niños huérfanos.

VERÓNICA
¿Qué dices?

JULIO
Ayúdame a creer en ese sol, Verónica. En esa otra pintura...

VERÓNICA
Y en tus visiones también.

JULIO

¡No!

VERÓNICA

¡Sí! Esas imágenes que te espantan te harán crecer.

JULIO

¡Son mi locura!

VERÓNICA

Serán tu fuerza y tu misterio cuando las mires con los ojos abiertos. *(Con inmensa ternura.)* Yo te ayudaré a abrirlos, ahora que conoces tu propia miseria. *(Están desesperadamente abrazados. Oscuridad absoluta.)*

JULIO

Y si la destrucción llega antes...

VERÓNICA

¡Moriremos caminando!

JULIO

Verónica...
([27] El fragor del mar invade la escena.)

TELÓN

---

[27] Todas las ediciones anteriores a ésta incluían aquí: 'La luz se está yendo'.

Colección Letras Hispánicas

DE PRÓXIMA APARICIÓN